BIBLIOTHÈQUE ANGLO-SAXONNE

NAGER SA VIE

DU MÊME AUTEUR

CHEZ LE MÊME ÉDITEUR

Nourrir la bête, 2021

Le Plus Gros Jeu, 2023

Al ALVAREZ

NAGER SA VIE

Journal d'un nageur

Traduit de l'anglais
par Anatole Pons-Reumaux

Éditions Métailié
20, rue des Grands Augustins, 75006 Paris
www.editions-metailie.com
2025

Titre original : *Pondlife. A Swimmer's Journal*

ISBN : 979-10-226-1470-2
ISSN : 1248-6485

27 avril 2013

Cher Al,

Nager sa vie. Une magnifique incantation à la vie dans ce qu'elle a de plus simple et de meilleur. Une litanie à la morsure vivifiante de l'eau froide, aux oiseaux sauvages et au ciel invariablement fascinant. Un Amérindien comprendrait ton livre. Il nous plonge dans l'envoûtement d'un rituel sacré tout en décrivant dans le détail un rituel sacré – un rituel de guérison. "Que ferais-je sans ?"

Et tu y apparais comme un sorcier. Tu es un sorcier – tu ressembles même à un sorcier ! – un vieux sorcier cabossé et enchanteur, qui a connu l'épreuve et qui, grâce au langage et à l'amour, y a survécu. Ce n'est sans doute pas ce que tu ressens ces temps-ci, mais même si tu as du mal à y croire, tu t'en es sorti.

Ton ami de toujours,
Philip Roth

À Barbara Neil

“Et souviens-toi de ton Créateur aux jours de ton adolescence, avant que viennent les jours mauvais et qu’arrivent les années dont tu diras : ‘Je ne les aime pas’ ; avant que s’obscurcissent le soleil et la lumière, la lune et les étoiles, et que reviennent les nuages après la pluie ; au jour où tremblent les gardiens de la maison, où se courbent les hommes vigoureux, où les femmes, l’une après l’autre, cessent de moudre, où l’obscurité gagne celles qui regardent par la fenêtre. Quand la porte est fermée sur la rue, quand tombe la voix du moulin, quand on se lève à la voix de l’oiseau, quand se taisent toutes les chansons. Quand on redoute la montée et qu’on a des frayeurs en chemin. Et l’amandier est en fleur, et la sauterelle est pesante, et la câpre perd son goût. Tandis que l’homme s’en va vers sa maison d’éternité et les pleureurs tournent déjà dans la rue. Avant que lâche le fil d’argent, que la coupe d’or se brise, que la jarre se casse à la fontaine, que la poulie se rompe au puits et que la poussière retourne à la terre comme elle en est venue, et le souffle à Dieu qui l’a donné. Vanité des vanités, dit l’Ecclésiaste, tout est vanité.”

Ecclésiaste, 12

“Les miroirs ne sont plus ce qu’ils étaient.”

Tallulah Bankhead

Personnes et lieux

Adam Alvarez (né en 1958), fils d'Al et Ursula.
Adrian Brendel, violoncelliste, fils d'Alfred et Reni.
Alfred Brendel (Sir), pianiste et poète. Sujet d'un article d'Alvarez pour le *New Yorker*, reproduit dans son livre *Risky Business.*
Alan Owen (1928-2011), compositeur et producteur pour la BBC, nageur de l'étang.
Alex Henshaw, pilote.
Andrew Christie Miller, propriétaire terrien.
Anne Alvarez (née en 1939), épouse Al en 1966.
Barbara Neil Christie Miller, écrivaine.
Berenice Krikler (1930-2010), psychothérapeute.
Bernard Williams, philosophe.
Betty Joseph, psychanalyste.
Bob Silvers, rédacteur en chef de la *New York Review of Books.*
Cassius Cogan (né en 2006), fils de Kate et Danny Cogan, petit-fils d'Al et Anne.
Cate Haste Bragg, productrice et écrivaine, épouse de Melvyn Bragg.
Chris Ruocco, ancien boxeur, tailleur dans le quartier de Kentish Town, nageur de l'étang.
Cindy Blake, écrivaine, épouse de Tony Holden.
Cloe Peplow Alvarez (1946-2010), épouse d'Adam.
Cornwells, David (alias John le Carré, romancier) et Jane.
Cyrus Ghani, avocat international irano-américain, écrivain, universitaire.
Damasco et Diomira Pinelli, copains de grimpe d'Al et Anne en Italie.
Danny Campbell, maître-nageur et écrivain ; vit aujourd'hui en France.

Danny Cogan, mari de Kate, père de Cassius et Tommy.
Dan Fawkes, maître-nageur, chef d'équipe.
Dave (Little), avec un nouveau vélo pliable.
Dave Brooks, le Cornemuseur, vient aussi à vélo à l'étang, ancien boxeur et ancien videur.
Dermot Greene, ancien conseiller municipal travailliste de Camden, nageur, ami.
Étang des hommes de Highgate, proche de la route, donc plus accessible pour Al.
Étang mixte, le plus petit des trois étangs de Hampstead Heath. Ferme l'hiver, mais ouvre parfois en automne les jours de redoux.
Frank Kermode (Sir) (1919-2010), critique littéraire et professeur de littérature.
Gabriel Griffin, organisateur du festival Poetry on the Lake au lac d'Orta, en Italie.
Glynn Roberts, maître-nageur.
George Francis, ancien boxeur, nageur de l'étang.
Giuglio Gigli, ami en Italie.
Iga Downing, ostéopathe, compagne de Torquil Norman.
Joe Brown, formidable grimpeur et alpiniste.
Kate Alvarez Cogan (née en 1971), fille d'Al et Anne.
Ken McMullen, cinéaste et artiste, nageur de l'étang.
Les Lancaster, maître-nageur, blessé, aujourd'hui enseignant.
Luke Alvarez (né en 1968), fils d'Al et Anne.
Mac (Ian) McNaught-Davis, alpiniste, figure médiatique, partenaire de grimpe de Joe Brown et Al.
Max Ott, concepteur de cuisine.
Melvyn Bragg, animateur audiovisuel et romancier.
Mick Annegarn, maître-nageur.
Mike King, aîné des King Brothers, groupe de pop célèbre dans les années 1950 et 1960. Nageur de l'étang.
Mike et Kathy Levene. Mike est le neveu et l'avocat d'Al. Kathy est l'épouse de Mike.
Mo Anthoine (1939-1989), grimpeur et alpiniste, sujet du livre d'Al, *Nourrir la bête.*

Nicola Gammon, amie de Kate.
Olaf Henderson, paysagiste, expert hi-fi.
Paddy John, nageur de l'étang.
Paradiso, nom local de la maison des Alvarez près de Barga, en Italie, achetée en 1972 et dotée d'une piscine en 2006 quand Al ne pouvait plus grimper, ni beaucoup marcher.
Paul Thompson, sociologue et nageur de l'étang.
Percy, marchait huit kilomètres pour mériter son bain dans l'étang.
Piers Plowright, producteur radio, nageur de l'étang.
Powells, Robert, acteur, et Babs, danseuse dans la troupe des Pan's People dans les années 1960 et 1970.
Reni Brendel, première épouse d'Alfred Brendel.
Rendcomb, aérodrome et terrain d'aviation dans le Gloucestershire.
Riccardo, propriétaire-gérant de la piscine de Barga.
Richard Himes, maître-nageur super baraqué.
Robert Sutherland-Smith, agent de change, nageur de l'étang.
Roy, nageur de l'étang.
Roy Houghton, joueur de poker.
Rudolph Strauss, cousin d'Albert Einstein, nageur, mort à l'étang à plus de quatre-vingts ans. Une cérémonie s'est tenue en son honneur à l'étang.
Rupert Shortt, écrivain, nageur de l'étang.
Ruth Hajioff, acupunctrice.
Sally Simon (1924-1984), sœur d'Al.
Savannah Alvarez (née en 1990), fille d'Adam et Cloe Alvarez, petite-fille d'Al.
Shane Khedoo, maître-nageur.
Simon Low, compagnon de Luke.
Steve O'Connell, chef d'équipe, maître-nageur.
Sylvia Plath (1932-1963), poétesse américaine, mariée à Ted Hughes. Son œuvre, sa vie et sa mort ont été célébrées dans *Le Dieu sauvage*, d'Al Alvarez.
Terry Turner, chef des maîtres-nageurs.

Tommy Cogan (né en 2009), fils de Kate et Danny, petit-fils d'Al et Anne.

Tony (Anthony) Holden, écrivain, joueur de poker.

Tony May, maître-nageur.

Torquil Norman (Sir), homme d'affaires britannique, aviateur, philanthrope, fondateur du Roundhouse Trust. Sujet d'un article d'Alvarez pour le *New Yorker*, reproduit dans *Risky Business*.

Ursula Barr (1935-2008), première épouse d'Al, de 1956 à 1960.

Ursula Owen, éditrice, directrice de magazine et militante pour la liberté d'expression, compagne de Sir Frank Kermode.

Violet Alvarez (née en 1987), fille d'Adam et Cloe Alvarez, petite-fille d'Al.

Win, nageuse de l'étang d'un certain âge.

Préface

J'aime le langage et ce qu'on peut faire avec, et j'aime aussi cette affaire complexe qui consiste à trouver le mot juste, mais rester assis à un bureau, écrire, lire des livres et regarder par la fenêtre n'est pas une discipline aisée pour un accro à l'adrénaline qui ne tient pas en place. Le monde physique m'a toujours fasciné autant que le monde des idées et j'ai souvent utilisé l'écriture pour satisfaire mon besoin de sortir par gros temps, de faire des choses, de voir du pays et d'essayer tout ce qui se présentait à moi.

Dans mon arrogante jeunesse, je cultivais le goût du risque – en montagne surtout, mais aussi dans ma vie professionnelle. Mon ami Mo Anthoine, qui partageait ce penchant, appelait ça "nourrir la bête", et j'ai nourri la mienne inconsidérément, convaincu de n'avoir rien à perdre. Je suis né avec des symptômes de cancer; les médecins – mes parents aussi, pour autant que je sache – estimaient que je n'atteindrais même pas la puberté, et peut-être ai-je perçu leurs craintes et pensé la même chose. Quelle qu'en soit la raison, je n'ai jamais vraiment cru en mon immortalité; je me considérais comme quelqu'un qui vivait en sursis permanent, un homme pour qui l'âge proverbial de soixante-dix ans ne serait jamais un problème.

Et pourtant, je suis parvenu à célébrer mon soixantième anniversaire en regravissant un sommet que j'avais escaladé dix ans plus tôt et j'ai trouvé ça plus facile que la fois d'avant. Je me suis dit: je peux continuer à faire ça éternellement. J'avais tort. En 1960, des médecins gallois avaient mal réparé ma jambe cassée et trente ans d'usage intensif avaient usé tout le cartilage de ma cheville ; je pouvais toujours marcher, mais au prix d'une grande souffrance, l'os frottant sur l'os. Pendant un temps, j'ai préféré ne pas m'en soucier, mais l'été suivant, en Italie, je pouvais à peine me traîner jusqu'au pied de la paroi. J'ai continué à sauver les apparences en grimpant quelques années à Harrison's Rocks, un petit affleurement au sud de Londres, puis, à contrecœur, j'ai jeté l'éponge à soixante-trois ans.

Et puis j'ai fini par m'apercevoir qu'être un vieil homme n'était pas une existence posthume ; c'était simplement une autre sorte de vie, dont j'avais intérêt à profiter à fond tant que ça durerait. Mon corps avait beau tomber en ruine, à certains égards je ne m'étais jamais senti aussi vivant et le monde ne m'avait jamais paru aussi beau, aussi désirable, aussi poignant. Je plongeais dans les eaux ambrées des étangs de Hampstead Heath depuis que j'étais enfant ; j'ai commencé à en faire un rendez-vous quotidien, été comme hiver. Ce qui suit est la chronique de quelques-uns de ces bains.

2002

Mercredi 27 mars. 11 °C

Les cormorans sont partis il y a une quinzaine de jours, les mouettes peu de temps après. Les cormorans n'étaient jamais plus d'une demi-douzaine, mais les mouettes se comptaient par centaines. Parfois, quand je plongeais, une grande nuée s'envolait dans des cris stridents. Ma routine est de nager rapidement jusqu'à la ligne des vingt-cinq mètres, tête sous l'eau, en crawl, puis de revenir lentement sur le dos, en admirant le ciel, les nuages, le temps. Et les mouettes étaient là, avec leurs vols planés et leurs embardées agaçantes, toujours à la ramener.

Ça, c'était la semaine dernière. Aujourd'hui, les mouettes sont parties, tous les autres oiseaux font leurs nids et les cygnes ont pris le pouvoir. Ils ont élu domicile sur la berge opposée mais veulent garder tout l'étang pour eux. Et puis, la semaine dernière, la barrière des vingt-cinq mètres a été retirée et ça change la donne : le temps que vous passez dans l'eau, la distance que vous nagez et la température que vous êtes disposé à accepter, ça dépend désormais de vous. La première astuce est de nager là où les cygnes ne sont pas parce qu'ils n'aiment pas les intrus. Il y a un couple de bernaches du Canada venues de l'étang voisin, celui des bateaux miniatures, possiblement pour faire leur nid, mais chaque fois qu'elles s'aventurent vers le territoire des cygnes, elles se font cracher dessus et chasser. Idem pour les poules d'eau et les foulques, qui se tiennent à distance respectable.

À mon arrivée ce matin, les bernaches étaient sur la jetée. Elles se sont dandinées devant moi avec un air de reproche et elles se sont à moitié tournées au bout de la jetée comme pour me défier. J'ai dit "Barrez-vous" en continuant d'avancer. Elles se sont laissées tomber dans l'eau, puis elles ont nagé vers moi, attendant que je m'en aille. Quand j'ai plongé après elles, elles se sont envolées.

Jeudi 28 mars. 11 °C

Jusqu'à maintenant, chaque fois que je descendais le talus depuis la voiture jusqu'à la grille de l'étang, un courant d'air froid me frappait pile au moment où j'arrivais au niveau des trois grands hêtres. Peut-être que c'est dû à l'enfilade de quatre étangs – l'étang des hommes, l'étang des bateaux miniatures, l'étang des femmes, l'étang envahi par la végétation où nichent les hérons – qui crée un couloir d'air froid. Mais pas aujourd'hui. Pour la première fois de l'année, l'air sur mon visage était doux. Et comme le talus a été tondu hier, tout sentait l'herbe coupée. C'était comme plonger dans une cloche de verdure au parfum suave.

Chris Ruocco le tailleur a apporté mon nouveau pantalon en velours côtelé vert-de-gris et me l'a fait essayer après la nage. Une séance d'essayage en bonne et due forme : lui à genoux, des épingles plein la bouche, penchant la tête d'un air grave, les lèvres retroussées, pour apporter les derniers ajustements. Le tout très professionnel, sauf que nous sommes dans le coin vestiaire d'un étang de baignade du parc de Hampstead Heath, en plein air, sur un sol de béton entouré d'une clôture en tôle ondulée.

Vendredi 29 mars. 11 °C

Encore une journée sans nuage, radieuse. En haut du talus, les boutons floraux du marronnier sont encore tout verts, mais ils commencent à déplier leurs doigts. Pareil pour les trois grands arbres au milieu du talus : de petits chatons sur le hêtre (femelle), de jeunes pousses collantes sur les hêtres pourpres. Il y a une semaine, c'étaient encore de petites boules tout enroulées au bout des rameaux. La température de l'eau est la même, mais la surface est lisse comme un miroir, si bien que je nage plus loin et lambine sur le retour. Tout le monde se prélasse, prend le soleil, et le coin nudiste à côté semble déjà pris d'assaut. Nous sommes Vendredi saint et personne n'est pressé. Anne est venue avec moi. Tandis que je nage, elle marche d'un bon pas jusqu'au sommet de Parliament Hill, puis elle décrit une boucle pour me retrouver au terre-plein entre les étangs. Elle a les joues roses, l'œil pétillant et déterminé, et elle agite un bâton devant un cygne qui a réquisitionné un nid de foulques. Le cygne se lisse les plumes, tandis que les deux foulques poussent des cris indignés. Quand les foulques tentent de reprendre possession des lieux, il déploie son cou élégant et leur siffle dessus.

Samedi 30 mars. 11 °C

Une parfaite journée de printemps, l'air est doux et délectable. À dix heures du matin, le parc est curieusement dépeuplé – peut-être parce que c'est le week-end de Pâques et que tout le monde fait la grasse matinée. J'ai nagé presque jusqu'à la barrière extérieure, l'eau est toujours fraîche, l'air chaud. C'était fabuleux. Ensuite, nous avons pris un gros petit-déjeuner avec Anne au petit café-restaurant tenu par des Italiens. On m'y reconnaît désormais et on me salue en habitué, alors que je ne le suis pas tant que ça. Les portions sont copieuses, les tomates particulièrement délicieuses, le personnel est détendu et ça ne coûte quasiment rien. Bien plus sympa que l'assez prétentieux et toujours bondé Café Mozart de l'autre côté du parc.

Dimanche 31 mars. 11 °C

Toute la semaine, on se serait cru en mai ; aujourd'hui, mars a repris ses droits – ciel couvert, petite pluie, vent froid. Je me suis installé au volant avec une gueule de bois de poker – celle qui vient quand on sait qu'on a mal joué la veille. Ou plutôt, j'ai commencé à bien jouer et à gagner, puis j'ai été imprudent, téméraire ou fatigué – les trois, sans doute –, et j'ai fini par perdre gros. Je ne peux m'en prendre qu'à moi-même, et je n'y manque pas. Et dire que, la semaine dernière, je me félicitais pour mon attitude professionnelle. Ce n'est pas comme ça que jouent les pros. Après ça, j'ai bu un verre avec Adam et Ben, que j'apprécie tous les deux. C'est clairement mutuel, mais ça ne les a pas empêchés de me traiter avec la condescendance qu'on réserve à un vieil imbécile. Et j'ai joué le jeu, avec ce qu'il fallait de blagues et de bonne humeur, mais je bouillonnais intérieurement d'amertume. J'ai nagé encore plus loin qu'hier et l'eau m'a paru presque bonne. Il faisait bon aussi quand je suis sorti. Mais le vent m'a vite rattrapé, je me suis rhabillé à la hâte et je suis rentré chez moi avec le chauffage de la voiture à fond. L'étang semble étrangement vide sans les mouettes. Les cygnes et les bernaches campaient sur les berges, laissant l'eau aux canards, aux poules d'eau et aux foulques.

Mardi 2 avril. 11 °C

L'air et l'eau restent frais : comme dit le poète, "le printemps à venir est lent en ces contrées". De nouveau, les bernaches occupent la jetée et je dois les pousser devant moi et attendre qu'elles dégagent la voie pour plonger. Une d'entre elles m'a montré ce qu'elle pensait de moi en chiant prodigieusement au moment où je touchais l'eau, de sorte que j'ai dû me contorsionner dans les airs afin d'éviter son pâté blanc venu s'étaler sur l'étang. Jeff arrive pendant que je me sèche et m'informe des résultats du dernier épisode de *Late Night Poker*.

Mercredi 10 avril. 11/12 °C

Une semaine en Italie. La seule chose paradisiaque à *Paradiso* était la glycine, en pleine floraison et sans feuilles, toute la maison ornée de pétales mauve pâle, comme une extravagante pièce montée, et toutes les abeilles de la Garfagnana rassemblées dedans pour une célébration enivrée. Mais les nuages étaient bas, le vent froid, et il a plu presque toute la semaine. Nous avons expédié les affaires courantes – renvoyé une femme de ménage, embauché une nouvelle et rangé la maison – avant de nous blottir devant le feu avec un livre. C'était un soulagement de retrouver Londres et le chauffage central.

Il fait froid ici aussi, mais au moins le ciel est dégagé. Le printemps est arrivé d'un coup en une semaine. Les arbres revêtent leurs feuilles et l'herbe est d'un vert éclatant. C'est le moment où tout recommence et je me promène en pensant au *Troïlus et Criseyde* de Chaucer :

"Jeunesse toute neuve, filles ou garçons..."

Les maîtres-nageurs ont enlevé le tapis de coco sur la jetée, les oiseaux en pleine saison des amours s'affairent à leurs nids et l'étang semble désert. Le vent crée de petites vagues nerveuses et le soleil les fait briller. Tout est mouvant et éblouissant. On a l'impression de plonger dans du champagne. C'est ça qui me manque le plus en Italie. Les étangs de Hampstead Heath font partie de ma vie depuis mes onze ans et ils y occupent une place de plus en plus centrale. Les bains matinaux dans leurs eaux ambrées m'ont permis de tenir quand mon premier mariage est parti à vau-l'eau ; j'étais en train de nager dans l'étang mixte avec Anne Sutton le jour où Ursula a débarqué comme une furie et que notre union a pris fin. Ils me permettent de tenir aujourd'hui, quand une promenade dans le parc est au-delà de mes forces. Tous ces voyages, ce vagabondage permanent, ce besoin insatiable de partir, de regarder, de voir du pays, de rencontrer de nouvelles têtes et d'essayer des choses, et me voici revenu au point de départ. J'avais six mois quand mes parents ont quitté Bloomsbury pour s'installer à Hampstead, et je n'en suis jamais vraiment parti.

Jeudi 11 avril. 11 °C

Vent d'est froid et soleil pâle. L'eau est délicieuse. Un des cygnes était dans son nid sur la berge opposée, l'autre patrouillait de long en large à une vingtaine de mètres de la jetée. J'ai nagé plus loin qu'hier, mais pas assez pour l'intéresser. Les bernaches pataugeaient le long de la berge gauche et importunaient un pêcheur, si bien qu'à l'exception d'un couple de canards, le cygne et moi avions l'étang pour nous.

Samedi 13 avril. 11 °C

Drôle de temps : le vert s'intensifie sur les arbres, on aperçoit des touches discrètes de couleur sur certaines aubépines, les jonquilles dansent depuis plusieurs semaines et les jacinthes sauvages commencent à montrer le bout de leur nez. Mais on se sent en hiver ; le ciel est couvert, le vent du nord-est polaire. Il fait plus froid hors de l'eau que dedans.

L'été dernier, Danny, un des maîtres-nageurs, m'a fait lire une nouvelle qu'il a écrite sur quelque chose qu'il a vu dans la jungle en Thaïlande. Danny est costaud et sportif ; il court, il fait de la boxe et de la musculation. Qui eût cru qu'il voulait écrire ? Un mentor thaïlandais de ses amis a imprimé sa nouvelle, joliment reliée avec une couverture bleue. Il me l'a montrée avec grande fierté.

– Je sais que j'ai beaucoup à apprendre, il m'a dit. Mais au moins c'est un début.

Les maîtres-nageurs forment un groupe formidable. Ils sont tous accrocs au sport. Les, qui a racheté ma vieille Saab, s'entraîne sur le sac de frappe et nage comme un possédé. Steve court et a récemment attrapé le virus de la grimpe. (Je lui ai donné un exemplaire de *Nourrir la bête* et il me cite les blagues de Mo à tout bout de champ.) Terry, le chef, est un ancien de l'armée, tatoué et en surpoids, et il mène les foules estivales à la baguette. Sa femme est diplômée de littérature à l'Open University et il est incollable sur la faune du parc, les arbres et les fleurs. Il est incroyablement gentil avec les enfants, tel un oncle affectueux, et s'occupe de notre groupe d'habitués avec une espèce de tendresse bourrue. Surtout nous autres, vieux croûtons. Il est toujours sur le qui-vive lorsque je suis dans l'eau, veille à ce que je n'y reste pas trop longtemps quand elle est très froide. S'ils doivent nous sortir de l'eau, ils touchent un bonus de 5,80 £ ; c'est devenu une blague récurrente entre nous. Tous semblent m'apprécier, non parce qu'ils voient parfois ma tête à la télé ou lisent quelque chose que j'ai écrit dans les journaux, mais parce que je suis un ancien athlète comme eux. Le boitement est la faute à pas de chance ; ils ne m'en tiennent pas rigueur.

– Je ne m'inquiète pas pour toi dans l'eau, dit Terry. J'ai juste peur que tu te ramasses sur la jetée.

Les étangs sont le meilleur club possible, amical mais jamais intrusif, où tout le monde est lié par un intérêt commun adoré ; nettement mieux que le très select Beefsteak, et sans abonnement annuel.

Dimanche 14 avril. 11 °C

Comme souvent le dimanche, Anne est allée se promener pendant que je nageais. Le vert est de plus en plus vert, mais le ciel est nuageux et un vent froid continue de souffler. Puis les nuages se sont dispersés au moment où je sortais de l'eau et je me suis séché paresseusement dans ce qui avait tout d'une vraie météo de printemps. Les bernaches faisaient de nouveau bronzette sur la jetée. Cette fois, au lieu de défiler devant moi d'un air indigné, puis de se laisser tomber dans l'eau, elles ont bougé juste assez pour que je me fraye un chemin et elles ont sifflé sans conviction.

Aujourd'hui, c'était le marathon de Londres. Comme nous nous sommes levés tard, la course était terminée quand je suis arrivé à l'étang. Les maîtres-nageurs et les coureurs habituels du dimanche n'avaient que ça à la bouche : le vainqueur chez les hommes a battu le record du monde en 2:05:48 et une jeune Anglaise a remporté l'épreuve féminine en 2:18:56. Le tout sur 42 kilomètres, ou 26 miles, soit environ 4,5 minutes pour 1 mile. J'étais à Oxford lorsque Roger Bannister a couru le mile en moins de quatre minutes pour la première fois. Que les temps et le sport ont changé. J'ai nagé un peu plus loin que d'habitude, juste pour montrer que les vieux croûtons ne sont pas en reste.

Mardi 16 avril. 11 °C

Journée radieuse, sans nuage, tous les arbres en fleur – cerisiers, pommiers, etc. (mais pas encore l'aubépine – cette grande explosion de blanc que j'ai vue l'autre jour, c'est tout à fait autre chose). J'ai laissé la voiture au pied de West Hill pour la faire laver par les Kosovars, puis j'ai remonté la colline au milieu des embouteillages jusqu'à l'étang. Je souffrais le martyre : j'avais mal à la cheville, j'avais mal à la jambe, j'avais mal à la tête.

J'ai joué au poker au Vic hier soir et j'ai perdu, puis j'ai décidé de lire pour m'endormir au lieu de prendre un cachet ; bien sûr, je n'ai quasiment pas fermé l'œil de la nuit. Perdre me donne toujours le cafard, mais le cafard était exacerbé par le fait d'être assis à côté de Ron, un joueur afro-caribéen fantasque. En général, c'est exactement le genre de type qu'on veut avoir à sa table, parce qu'il jette son argent comme des confettis ; cette fois il a eu de la chance contre moi sur une ou deux grosses mains et m'a ensuite traité comme un vieux débris inconséquent – d'ailleurs, il n'arrêtait pas de m'appeler "le vieux". J'ai fini par avoir ma revanche sur lui – en le laissant ouvrir avant moi alors que j'avais une quinte flush –, mais j'ai fini par perdre et je savais que c'était mérité ; c'était une partie difficile et je jouais trop relâché.

Vieux, voilà donc comment je me sentais – usé, abattu, déprimé – en remontant le talus clopin-clopant. Puis j'ai bifurqué sur Millfield Lane, j'ai laissé les gaz d'échappement derrière moi et soudain, c'était une journée de printemps resplendissante : tout en fleur, les oiseaux s'en donnant à cœur joie, l'eau scintillante. J'ai nagé presque jusqu'à l'autre bout, puis je me suis séché lentement et j'ai absorbé le soleil. Ça ne peut pas être plus parfait – l'eau encore froide, le soleil brûlant. Les maîtres-nageurs ont installé des transats en toile devant leur cabane ; ils traînent là-bas, prennent le soleil avec bonheur. Ils doivent avoir un des boulots les plus agréables de Londres.

Mercredi 17 avril. 11 °C

Encore une journée exquise : eau fraîche, soleil brûlant. J'ai nagé jusqu'à la barrière du fond, puis je suis revenu paresseusement en admirant le ciel. Les nuées bruyantes de mouettes sont parties depuis longtemps et les pigeons ont pris le relais ; ils volent en binôme, l'air impérieux, comme s'ils étaient sur une affaire importante. Un avion de la Virgin Atlantic s'élève majestueusement depuis Heathrow ; ses ailes et son fuselage étincellent, son gros empennage est rouge vif. Avec les oreilles sous l'eau, son vol semble aussi silencieux que celui des oiseaux.

Jeudi 18 avril. 11 °C

L'air est plus froid aujourd'hui. À dix heures du matin, quand je nage, le ciel porte l'esquisse de hauts nuages qui s'amoncellent peu à peu toute la matinée jusqu'à devenir menaçants. Une nouvelle rangée de gros sacs bleus remplis de paille d'orge a été disposée autour du périmètre afin de protéger l'étang des algues bleues. On sent leur odeur quand on nage à proximité ; une odeur de décomposition.

Samedi 20 avril. 11 °C

Enfin une parfaite journée de printemps : l'air est chaud et doux et délicieux, tout est en fleur. La température de l'eau n'a pas (encore) changé, mais ça rend la nage encore plus agréable. Curieusement, il n'y avait pas un seul oiseau sur l'eau. Un des cygnes se promenait sur la berge à ma gauche, un couple de canards a débarqué quand j'avais déjà fini, donc j'ai eu l'étang pour moi quand je nageais. Ça ne pourrait pas être plus parfait (sans doute d'autant plus parfait que j'ai regagné hier soir l'essentiel de l'argent que j'ai perdu lundi !).

Dimanche 21 avril. 11 °C

C'est probablement parce que je vieillis et que ma cheville m'enquiquine de plus en plus, mais cette année je ne me remets pas de la pure opulence du printemps. Des fleurs partout, dans les rues et sur les voitures ainsi que sur les arbres, et le printemps fait son affaire à toute vitesse – arrivé avant qu'on soit prêt, parti avant qu'on ait compris ce qu'il se passait ; on sort le matin et la moitié du fardeau des arbres est déjà fané ou tombé depuis la veille. Puis il y a l'éclat du vert nouveau – parfois clair et diaphane, comme si la feuille n'était qu'un filtre pour la lumière du soleil, parfois d'un éclat riche et poisseux, comme si on venait de le tremper dans une eau scintillante. Aujourd'hui, les seuls oiseaux sur l'eau étaient un couple de grèbes (des nouveaux arrivants ?), mais sur la berge opposée il y avait mon ami le héron, que je voyais pour la première fois de l'année. Peut-être a-t-il été attiré par les relents des sacs de paille d'orge. J'ai nagé droit vers lui, puis je me suis tourné sur le dos et je l'ai dévisagé. Il m'a rendu mon regard avec dédain, puis, lentement, avec lassitude, comme s'il était très désœuvré ou très arthritique, il a tendu le cou, battu des ailes et s'est envolé, comme l'écrit Hardy, “avec un grand bruit effronté comme celui de portes et de volets qui s'ouvrent”.

Mardi 23 avril. 12 °C

Première vraie grosse chaleur de l'année et tout à coup il y avait du monde partout, et tant de voitures que j'ai dû me garer au pied de la colline. En empruntant le chemin qui mène à l'entrée, j'ai entendu un bruit semblable à celui d'un bateau à aubes parcourant l'étang de long en large. Le teuf-teuf a continué en fond pendant que je me changeais. Sur la jetée, le couple de bernaches était à moitié endormi et peu disposé à bouger. Lorsque je les ai enjambées aussi prudemment que possible, la première a plié le cou pour témoigner son mécontentement, puis elle a replongé dans le sommeil. En fait de bateau à aubes, c'était un nageur qui faisait des longueurs laborieuses, en poussant une planche en plastique pour travailler ses mouvements de jambes. Il était en attirail complet d'homme-grenouille : combinaison en caoutchouc noir parsemée de magenta, palmes, casque, gants. Tout cet attirail le jour où la température a enfin grimpé de 11 à 12 °C !

Il faisait chaud hier, il fait bien plus chaud aujourd'hui. J'ai nagé jusqu'au bout et suis revenu en faisant un détour. Pour la première fois de l'année, le béton était assez chaud pour qu'on n'ait pas besoin de porter de tongs, et sur le retour, ma polaire était de trop par-dessus mon T-shirt.

Avant de nager, j'étais éreinté et épuisé par quarante-huit heures de désastre. Dimanche après-midi (nous sommes aujourd'hui mardi), je me suis retrouvé coincé dans un embouteillage monstre – de Park Lane jusqu'à Victoria – pour aller chercher Anne au Gatwick Express. La voiture perdait de l'eau (peut-être depuis plusieurs semaines) et je n'avais rien remarqué. Sur le chemin du retour, elle a surchauffé et explosé un joint de culasse. L'assistance routière a été assez réactive, mais rien ne pouvait être fait un dimanche après-midi et, le lendemain matin, j'ai dû attendre quatre heures l'arrivée d'une dépanneuse. Ensuite j'ai dû foncer chez Swiss Cottage louer une voiture et rouler jusqu'à l'aéroport de Stansted récupérer Savannah. Je suis arrivé à seize heures, son avion devait atterrir à dix-sept. Largement le temps pour une boisson fraîche et un sandwich : j'étais content de moi. Que j'étais naïf. Le vol avait quarante minutes de retard, puis il a fallu attendre les bagages encore trois quarts d'heure. Il était plus de 18 h 30 quand la pauvre petite a passé les douanes. Je deviens trop vieux pour ces choses-là. Il a fallu l'eau douce et fraîche de l'étang pour me défroisser un peu. Comment pourrais-je garder les idées claires sans elle ?

Jeudi 25 avril, 13 °C

Encore un centigrade de pris. Je ne crois pas avoir envie de beaucoup plus chaud. Tandis que je nageais sur le dos, admirant le ciel, le héron est passé au-dessus de moi, puis il a décrit un cercle paresseux, me tenant compagnie.

Samedi 27 avril. 12 °C

Hier, alors que j'étais trop occupé pour nager, il a plu sans relâche, le vent a tourné à l'est, le froid est revenu et les fleurs qui tombaient étaient projetées contre le pare-brise comme de la neige. Aujourd'hui le vent souffle toujours depuis l'est et il faisait plus froid hors de l'eau que dedans. Mais le soleil est sorti pendant que je me séchais et c'était une parfaite journée venteuse de printemps – soleil et nuages au pas de course, chaud et frais. Pendant deux semaines dans l'année, quand l'aubépine est en fleur, l'Angleterre est le plus bel endroit sur terre – il y a des fleurs partout et même les rues sont parfumées. L'odeur de Hampstead Heath est la plus suave de toutes et les arbres sont à leur meilleur : toutes leurs feuilles sont sorties, mais elles restent pâles et fragiles – comme mes jeunes petites-filles. Il est bon d'être en vie.

Dimanche 28 avril. 12 °C

Nouvelle journée de printemps, soleil et grosses averses, tout en contraste – ciel d'encre, soleil incandescent l'instant d'après. Le vent pousse de petites vagues éblouissantes, si rapides qu'elles me donnent le vertige avant que je plonge. Il n'y a pas d'oiseaux sur l'étang, pourtant l'air est plein de leurs chants. Aucun autre nageur non plus tandis que je pique une tête. Les habitués arrivent au compte-gouttes et l'eau est encore trop froide pour les foules estivales.

"Oh être en Angleterre, à l'heure où vient avril."

Par une belle journée comme celle-ci, tous les clichés sont permis.

Mardi 30 avril. 11 °C?

Journée capricieuse s'il en est : bourrasques, tempêtes de fleurs, les arbres qui remuent furieusement. Sur le talus qui descend à l'étang, une petite culotte et une unique chaussette blanche laissées là, sans doute, avant que le temps ne tourne. Selon le panneau d'affichage, la température est de 13 °C, mais elle paraît plus basse que ça au ressenti et mes deux couches de vêtements ne suffisent pas. À l'extrémité de l'étang, un cygne chasse les bernaches ; à part eux, il n'y a qu'un couple solitaire de canards qui brave les eaux agitées. Pourtant le lilas et les roses dodelinent au-dessus des hauts murs entourant les jardins des superbes maisons dont l'arrière donne sur Millfield Lane et tout est en fleur. Je me rhabille à la hâte et rentre chez moi avec le chauffage allumé.

Jeudi 2 mai. 13 °C

Après plusieurs jours de bourrasques et de grosses averses, le temps s'est calmé ce matin, même si les bancs de cumulus à l'est menacent de nouvelles pluies à venir. Treize degrés et des poussières, c'est une température parfaite – le coup de fouet suffisant pour que l'eau reste vivifiante. J'ai nagé jusqu'à la barrière extérieure, j'ai fait un détour tranquille pour revenir et je suis sorti en me sentant revivre après quelques jours d'épuisement. Toutes les chandelles du marronnier sont allumées, les aubépines sont confites de fleurs, un doux parfum embaume l'air. Chris le tailleur faisait son circuit quotidien pendant que je nageais, mais ce matin il n'y avait aucun oiseau. Peut-être que c'est le moment où les œufs éclosent et que les parents vont bientôt défiler en tête d'une flottille de canetons, de cygneaux, d'oisons, et d'allez savoir comment on appelle les bébés foulques et poules d'eau. Mais aujourd'hui, rien. Même le ciel semblait vide.

Vendredi 3 mai. 13 °C

Encore une journée radieuse et changeante, tout en jeux d'ombre et de lumière, soleil chaud, vent froid. Aucune trace des cygnes, mais les bernaches, les canards et les foulques étaient de retour, nageant en couple. Même les pigeons dans le ciel semblaient voler deux par deux. J'ai nagé droit sur les sacs puants de paille d'orge, un bain de jouvence après une lecture de poésie au Voice Box hier soir et un dîner trop cher et quelconque au People's Palace. Maintenant que mes *New and Selected Poems* sont sortis, j'ai envie de repartir à zéro. Demain l'étang mixte rouvre, donc ce sera peut-être la dernière fois à Highgate avant plusieurs mois.

Dimanche 5 mai. 12 °C

Retour à l'étang mixte. Journée froide et couverte, l'eau un peu plus froide qu'à Highgate. Mais hier soir j'ai trop bu, trop mangé et trop veillé, donc j'avais besoin du froid. Il est bon d'être de retour, surtout quand j'ai les lieux pour moi. L'eau est plus trouble et il y a moins de soleil, mais l'étang lui-même est beaucoup plus beau avec les arbres qui ploient vers lui tout autour, comme pour le couper du monde. Les promeneurs du dimanche défilent sur le terre-plein, mais ils sont loin, tout au bout, trop loin pour déranger. Je me douche – l'eau paraît chaude après l'étang – et je m'assieds sur le banc pour me sécher et m'habiller, hors de vue du terre-plein. Je pourrais être n'importe où – enfin, n'importe où sauf au cœur d'une métropole. L'aubépine est en pleine floraison et l'air est chargé de son parfum. Mon odeur préférée.

Mardi 7 mai. 13 °C

Matinée sombre, sans vent et sans bruit, et une douce pluie, du genre qui vous trempe sans qu'il y paraisse. Comme je préfère éviter d'être trempé et que j'ai envie d'acheter du pain chez Rumbolds, je décide de rouler jusqu'à Highgate pour nager. Erreur. La voiture est couverte de fleurs de cerisier, la radio est introuvable, la circulation est infernale. Mais le bain est délicieux, l'étang lisse comme un miroir avec un unique cygne qui flotte sur son propre reflet. À midi, les nuages se sont dissipés, le soleil sort, l'air est chaud et on sent que l'été est enfin en route.

Jeudi 9 mai. 12 °C

Journée hivernale, comme si le calendrier avait reculé d'un mois. Je suis arrivé à l'étang mixte par l'extrémité sud qui, à cette époque de l'année, est généralement une longue parade d'aubépines confites de fleurs. Mais il fait si froid aujourd'hui que je pouvais à peine distinguer leur parfum sans enfoncer mon nez dedans. Bien qu'encore fraîche, l'eau est délicieuse, donc je nage jusqu'à la bouée la plus éloignée. Sur le retour vers la jetée, alors que je nageais sur le dos comme à mon habitude, un cygne est venu atterrir juste devant ma tête, ses pieds noirs palmés écartés et ses vastes ailes blanches déployées. Une arrivée soudaine, théâtrale. J'ai compris ce qu'a dû ressentir Léda. L'oiseau a dérivé vers moi et nous nous sommes toisés avec circonspection tandis que je revenais à l'échelle. L'air est empli du son des pigeons – cinq notes plaintives répétées en boucle. Je me demande ce qu'ils se racontent.

Dimanche 12 mai. 13 °C

Vendredi, j'ai fait la route jusqu'à Far Park, hier Torquil nous a emmenés avec Anne à bord de son Dragonfly pour aller à Yeovilton voir le Fleet Air Arm Museum, etc. Nous sommes rentrés directement de Rendcomb hier soir et ce matin, après les bouchons, j'avais un besoin terrible de nager pour me remettre d'aplomb. Il fallait aussi que j'amène la voiture au lavage, donc j'ai poussé jusqu'à Highgate. Encore une journée sombre et froide, mais l'eau est un degré plus chaude qu'à l'étang mixte – une température idéale. Je sentais les douleurs s'effacer à mesure que je nageais.

Mardi 14 mai. 12 °C

Hier il a plu sans relâche et le vent soufflait. Ce matin je me suis réveillé dans une journée de printemps en noir en blanc – nuages sombres, explosions aveuglantes de lumière. Les rouges-gorges se lavaient dans les flaques, comme s'ils se préparaient pour l'été, qui n'en finit pas de se faire désirer. Les rangées cérémoniales d'aubépines sont en pleine floraison mais, à cause du froid, elles ne distillent leur parfum capiteux qu'à contrecœur et seulement quand on y plonge franchement le nez. De toute façon, il est presque trop tard; leurs premières fleurs commencent à tomber. Le vent les charrie depuis le terre-plein et les pousse vers la jetée. Au moment où j'ai plongé, un couple de foulques avec leurs deux minuscules oisillons nageaient au milieu, nourrissant les petits de tout ce qui dérive avec les fleurs mortes et qui est comestible. Lorsque j'ai refait surface, elles avaient disparu.

Quand je suis revenu sur le dos, le ciel était spectaculaire : des amas de nuages de pluie violet-noir et de grandes fentes de ciel bleu, des ombres noires et des rayons de lumière. "Et puis le trompettiste, le soleil" : qui a écrit ça ? On dirait du Stephen Spender, truffé d'émotion factice et grandiloquente. On dirait aussi les daubes que j'écrivais adolescent. (Peut-être que c'est moi qui ai écrit ça ?) Mais aujourd'hui, c'est en plein dans le mille. Je suis resté trop longtemps, à admirer le spectacle, et il m'a fallu du temps pour me réchauffer.

Jeudi 16 mai. 12 °C?

Première vraie journée d'été – ciel sans nuage, air chaud même à neuf heures du matin, assez chaud pour que l'aubépine frustrée exhale un peu de suavité dans l'air. Une poule d'eau a fait son nid dans les fourrés près du banc où je me change ; elle en a jailli soudainement, m'a regardé ébahie, puis a filé se cacher. Les bébés foulques semblent avoir grandi en l'espace de deux jours. Avec leurs parents, ils étaient près de la jetée, comme d'habitude, et quand j'ai avancé dessus, le père foulque a fait volte-face vers moi, a écarté ses ailes, plongé son poitrail dans l'eau, ouvert grand son bec et a émis un drôle de sifflement : "Barre-toi" en foulquien. L'eau était fraîche et délicieuse, plus claire qu'avant, et plus chaude. Je ne crois pas que Terry ait pris la peine de relever la température. Je suis revenu enchanté, je n'avais pas envie que le plaisir s'arrête.

Samedi 18 mai. 17 °C

Il y a bien la pluie fine du poème, mais aucun vent d'ouest à l'horizon. Quand bien même, après deux petites journées d'été, l'eau est soudain chaude – elle dépasse les 15 °C pour la première fois depuis septembre. Je n'ai pas vraiment envie qu'elle monte plus, mais elle va monter, elle va monter : les foules vont envahir le paradis et je n'aurai plus l'étang pour moi quand je nagerai. Alors j'en profite tant que je peux. Aujourd'hui, je partage l'eau avec un couple de bernaches. Les nuages sont bas et rapides, pleins d'hirondelles et de martinets qui décrivent des cercles.

Terry me dit que le gendre de Rudolph l'a enfin contacté au sujet d'un banc en sa mémoire.

– On pourrait l'installer juste là, il me dit, sous l'arbre devant la cabane. Vous pourriez le partager, toi et Rudolph, et on pourrait tous poser notre cul sur vous.

– Ouais, je réponds. Je vais dire à Anne d'en discuter avec toi, ensuite elle réglera ça avec le croque-mort.

C'est de bonne guerre, mais au fond de moi je suis vexé à l'idée de partager l'éternité à mon étang bien-aimé avec quelqu'un d'autre – même l'adorable Rudolph. C'est vrai quoi, merde, je nage ici depuis l'âge de onze ans, soit depuis maintenant soixante-deux ans, ça devrait me donner le droit à mon propre banc.

Dimanche 19 mai. 17 °C

C'est une journée superbe, donc j'y vais tôt pour éviter les foules du dimanche et avoir brièvement les lieux pour moi. Steve, le maître-nageur super baraqué qui grimpe aussi, est en train de se changer en même temps que moi.

– Regarde, dit-il.

Un martin-pêcheur fuse le long de la berge opposée à trente centimètres de l'eau, tel un saphir tiré par un fusil.

Un simple éclair de bleu, une décharge électrique fulgurante, et il a disparu. Un miracle, ici, en plein Londres. Je fais mes soixante-dix mètres habituels jusqu'à la bouée de sauvetage au fond, puis je reviens lentement, tandis que Steve enchaîne les longueurs avec acharnement.

– Mille mètres, dit-il en sortant, satisfait.

Là-dessus, la foule débarque. Trois jeunes hommes à la peau mate, probablement kosovars, se jettent à l'eau en jean et T-shirt ; l'un d'entre eux exécute des sauts périlleux et guette les applaudissements des autres chaque fois qu'il refait surface. Au moment où je m'en vais, des couples arrivent avec les journaux du dimanche, des thermos de café et des sandwichs.

Mardi 21 mai. 17 °C

Encore le martin-pêcheur : une flèche bleue qui fuse vers le devant de l'étang et disparaît dans le plus haut des saules bordant l'eau. Je nage près de l'arbre sur le retour, mais aucune trace de l'oiseau bleu. Journée sombre, venteuse, nuages de pluie rapides et rayons de soleil passagers. L'eau est suave et tiède.

Jeudi 23 mai. 17 °C

Le temps reste clément, mais capricieux – nuages noirs, rayons de soleil, petite pluie. Le gros vent a dispersé les moucherons et recouvert la surface de fleurs. L'eau est peu attrayante, mais elle est douce comme du lait au toucher. Comme d'habitude, j'ai les lieux pour moi. Terry m'a regardé zigzaguer jusqu'à la jetée d'un air grave.

– On aurait dit que tu allais t'échouer sur la berge, dit-il.

– Je prenais juste mon temps. Je n'avais pas envie de sortir.

Quand je suis parti, lui et l'autre maître-nageur installaient leur échiquier, malgré quelques gouttes de pluie.

Vendredi 24 mai. 17 °C

Encore une journée mouvementée. Prévisions abominables, météo formidable. Nuages noirs et soleil éblouissant. "Et chasse dans l'air les corbeaux épuisés", écrit Tennyson. Pas de corbeau ici, donc les pigeons sont chassés à leur place et l'écume des fleurs mortes est charriée sur le côté, dégageant le reste du plan d'eau. Les dalles et la jetée en béton sont chaudes sous les pieds, l'eau a des airs d'aromathérapie. En milieu d'après-midi, en revanche, le ciel est sombre et il pleuviote.

Samedi 25 mai. 17 °C

Toujours ce même système dépressionnaire qui fait rugir le vent et scintiller un soleil intermittent. Les arbres lourds s'agitent dans tous les sens au-dessus de l'eau, comme si l'étang lui-même était en vie. Le bosquet au bout du terre-plein – les feuilles me font penser à des peupliers, mais Terry dit que ce sont des saules – resplendit de haillons d'argent, une grande masse de lumière aveuglante et turbulente. J'ai nagé jusqu'à la barrière et lambiné joyeusement sur le retour. Encore un bain demain dimanche, puis j'ai une opération des paupières et dix longues journées sans nager. Dieu merci, nous en passons cinq sur la péniche de Torquil en Bourgogne.

Dimanche 26 mai. 17 °C

Journée froide et sombre, gros nuages de pluie, vent violent, averses. Il fait véritablement plus chaud dans l'eau que dehors. La pluie tombe par intermittence pendant que je nage et qu'Anne fait sa promenade habituelle – elle monte en haut de Parliament Hill, descend aux étangs de Highgate et revient. Le soleil est de sortie quand elle me récupère à l'étang, mais il repleut avant que nous arrivions à la voiture. Même ainsi, le bain est magnifique ; il dissout toute douleur, m'apaise et me vide l'esprit. Comment vais-je survivre dix jours sans ?

Mercredi 29 mai.

Quarante-huit heures et je meurs déjà d'envie de nager. En l'état, j'ose à peine ouvrir la porte. Je ressemble à un lémurien – un grand cercle violet autour de chaque œil – ou au fallacieux oncle Fétide de *La Famille Addams*. J'imagine que c'est aussi ça, vieillir, la partie qui découle de l'humiliation – la bedaine, les muscles atrophiés, l'affaissement, les rides ; et puis le zèle condescendant des jeunes pour vous aider, vous laisser leur place dans le métro, et toutes ces autres insultes censées témoigner de leurs bonnes intentions et de leurs bonnes manières. L'étape d'après, c'est le dégoût de soi-même – le visage dans le miroir, l'hésitation, le trébuchement, la chute. Pas mon genre.

Jeudi 6 juin. 17 °C

Dix jours de repos, comme l'a exigé le médecin – cinq, Dieu soit loué, en Bourgogne sur la péniche de Torquil. Quand je suis rentré hier soir, le besoin de me dépenser me donnait des fourmis dans les jambes – ou devrais-je dire dans les nageoires ? Comme j'avais à faire du côté de Kentish Town, j'ai nagé dans l'étang de Highgate. Journée sombre et silencieuse, avec une pluie légère qui est devenue plus prononcée pendant que je nageais, avant de se calmer de nouveau. L'eau était tiède et douce, la nage merveilleuse, suivie d'une longue douche froide. Je me suis senti renaître parmi les humains.

Vendredi 7 juin. 18 °C?

Encore une journée sombre et triste. Pour cause de jubilé de la Reine et de Coupe du monde, les rues étaient désertes, même à l'heure de pointe, quand j'ai déposé Anne pour une conférence à Regent's Park. La température à l'étang mixte était de 18 °C – Danny le maître-nageur venait de la relever – et l'eau m'a paru plus froide qu'à l'étang des hommes hier, donc il faut croire que les gars de là-bas ne s'étaient pas fatigués à la relever depuis plusieurs jours.

Malgré les gros nuages, les martinets volaient très haut, en arc de cercle et en piqué, signe qu'il ne devrait pas pleuvoir, même si le ciel faisait de son mieux et que les bancs étaient trempés. Pendant que je me séchais, il y a eu un gros plouf dans les hauts-fonds entre la jetée et l'arrière de l'étang. Puis un autre, plus fort encore, et la grosse courbe rosâtre de ce qui aurait pu être une épaule de nageur, sauf que les nageurs n'ont pas le droit d'aller là-bas.

– Carpe, a dit Danny. Les hauts-fonds en sont remplis. De sacrées belles bêtes. C'est là qu'elles vont prendre le soleil.

Je nage ici depuis mes onze ans et j'en apprends tous les jours. Je suis loin de tout connaître.

Samedi 8 juin. 16 °C

Comment la température a-t-elle pu chuter de deux degrés du jour au lendemain? Danny l'a relevée hier, Terry ce matin et les deux jurent avoir le bon chiffre. Encore un mystère. En tout cas, le ressenti était clairement plus froid. Peut-être simplement parce que je suis arrivé beaucoup plus tôt ce matin. Je me suis réveillé à sept heures, tiré du lit par le soleil et les oiseaux, et j'étais dehors à 7h30. Les rues étaient vides, le parc curieusement plein, non pas de promeneurs de chiens, mais de coureurs, des sérieux, la foulée grave, le poing serré, la sueur ruisselante. L'étang aussi était plus rempli que d'habitude, et les nageurs également plus sérieux – c'était leur séance de gym d'avant le petit-déjeuner. C'est sans doute toujours comme ça. Dans mon créneau habituel, 9h30-10h, on trouve surtout les retraités et les flemmards. Les nuages ont commencé à s'amonceler pendant que je nageais et le soleil avait disparu pour de bon avant que j'arrive chez moi. Quel été pourri.

Dimanche 9 juin. 16 °C

Encore une journée fraîche et sombre, du vent, quelques gouttes de pluie. Encore un départ de bonne heure – neuf heures, tôt pour un dimanche – et le parc est en plein préparatifs pour une course solidaire. Le héron est assis sur son reflet sous les fourrés, vers l'extrémité du terre-plein. Les foulques emmènent leurs petits pour une promenade du dimanche, suivies à distance respectable par une petite flottille de canards. Au moment où je plonge, les corneilles tiennent à grand bruit un meeting politique dans les buissons au-dessus du bassin à carpes. Elles y sont encore quand je sors et quand je me douche. Puis, quand je me sèche, leur vacarme s'intensifie et un héron surgit soudain des fourrés, poursuivi par deux corneilles courroucées. Il se pose à l'autre bout du bassin à carpes, tête baissée, plumes ébouriffées, comme s'il essayait de recouvrer sa dignité. Au même instant, un autre héron débarque à l'extrémité du terre-plein et se pose sur la bouée de sauvetage réquisitionnée par les foulques pour en faire leur nid. J'ignorais qu'ils étaient deux à fréquenter l'étang et je ne les avais encore jamais vus en même temps.

Deux corneilles tapageuses surgissent depuis le buisson de leur meeting, fondent sur le deuxième héron et le chassent vers le terre-plein. Je ne le revois plus après ça, mais l'autre accapare toujours le nid des foulques au moment où je me dirige vers le parking, et les foulques impuissantes s'agitent tout autour, mais pas trop près. À dix heures, le parking est bondé, les organisateurs testent l'équipement sonore, les coureurs et les copains des coureurs se rassemblent et je tire ma révérence.

Mardi 11 juin. 16 °C

Froid, ridiculement froid pour cette époque de l'année. La pluie menace encore, le soleil va et vient entre des bancs de nuages noirs, la cime des arbres est éclairée par intermittence d'un coup de projecteur doré. Les promeneurs portent des polaires sur leur tenue d'été; une jeune fille se promène en sandales sans chaussettes, mais emmitouflée dans une doudoune. Il a dû pleuvoir fort cette nuit, parce que les flaques sont profondes et le parc semble lavé de frais. À cause de la pluie, l'eau est fraîche, plus fraîche que dimanche, mais le soleil est sorti pendant que je nageais et le haut du ciel était plein de martinets en chasse. Le héron trônait sur le nid des foulques, tandis que les foulques et leurs petits devenus grands patrouillaient les frontières de l'étang et faisaient mine de l'ignorer. Plusieurs nageurs – un type en combinaison qui enchaînait les allers-retours, puis un ami à lui et une fille, entrés-sortis en un éclair, puis Paul, le sociologue de l'University of East London, en costume sombre, chemise blanche et grosses bottes boueuses, de passage avant un entretien d'embauche. Terry a installé une télé portable dans la cabane des maîtres-nageurs pour qu'ils puissent regarder la Coupe du monde.

À la fin du match, il a dit :

– Allez, au boulot. Où est mon journal ?

Vendredi 14 juin. 17 °C

Enfin une journée chaude. Nuageuse bien sûr, et de plus en plus nuageuse, mais la température extérieure frôle les 20 °C et la brise est douce comme du lait. Anne part à L.A. pour le week-end et je la dépose à Paddington, en pleine heure de pointe, avant d'aller nager. J'arrive à l'étang éreinté – pas assez de sommeil, trop d'alcool, trop de circulation, j'ai mal à la cheville et je suis bloqué sur un article pour la *New York Review of books* sur les Juifs anglais. Les petits bobos se dissipent au fil de la nage, les muscles se détendent, le bruit dans ma tête disparaît. Magie de l'eau fraîche et de l'ondulation des arbres profonds. Cette année, les cygnes ont fait leur nid à l'étang le plus au sud, mais l'un d'entre eux est venu nous rendre visite ce matin. Il navigue impérieusement mais, quand il s'approche de trop près des foulques et de leurs petits, elles l'envoient balader. Il s'éloigne à la nage, comme si de rien n'était, puis s'envole vers son nid dans un grand battement d'ailes. Deux rapaces décrivent des cercles haut dans le ciel, sur un thermique. Les pigeons vont et viennent. Un des saules derrière le bassin à carpes s'est déraciné pendant la nuit ; il gît à moitié submergé, feuilles écartées, comme une femme qui boit. Un groupe d'employés du parc prennent pitié de ma cheville mal fichue et me raccompagnent à ma voiture – merci pour le coup de pouce.

Samedi 15 juin. 17 °C

Le héron était posé ornementalement sur le nid des foulques mais s'est envolé lorsque je me suis approché à la nage. Puis, tandis que je me séchais, un cormoran est arrivé. Il a pêché un moment, puis il a grimpé dans le nid désert et a étendu ses ailes pour les sécher. Je croyais que les cormorans étaient partis pour le Nord avec les premières chaleurs. Apparemment pas. Au moment où je traversais le terre-plein, il était revenu à l'étang du milieu en ayant l'air tout à fait chez lui dans ce qui semblait être son propre nid.

Samedi 16 juin. 17 °C

Luke et Kate sont venus avec moi à l'étang – après tout, c'est la fête des pères, même si le concept m'a toujours paru vaguement fumeux, et Anne est à L.A. Terry avait fait venir tous les maîtres-nageurs pour une journée de formation – sauvetage de chaises noyées, sauvetages les uns des autres, allers-retours aux bouées à toute vitesse, et acrobaties façon *Bozambo* avec les canoës. Beaucoup de bruit, beaucoup de rires – de notre part comme de la leur.

– C'est le bon jour pour que tu nous fasses une Rudolph, m'a dit Terry. On te sortira en moins de deux, et puis tes enfants sont là pour prendre les dispositions nécessaires.

À bien y réfléchir, ce n'est pas une mauvaise idée. Après ça, nous sommes rentrés à la maison pour prendre un solide petit-déjeuner anglais.

Mardi 18 juin. 18 °C

Hier, c'était une vraie journée d'été, la première de l'année : pas un nuage dans le ciel, le mercure à plus de 25 °C. Mais les nuages ont rappliqué et, cette nuit, la pluie et le tonnerre m'ont réveillé. Aujourd'hui il fait de nouveau sombre, mais chaud. La pluie n'en a pas encore fini ; le parc est vert foncé ; les arbres bouillonnent ensemble. Pas un oiseau en vue, alors que l'air est empli de leurs chants. Rien ne bouge. Le ciel s'assombrit à mesure que je nage. Une averse commence pendant que je me sèche, il y a un énorme coup de tonnerre et il fait très sombre. J'attends un peu, mais le déluge ne vient pas.

En venant à l'étang, j'ai croisé un type flanqué d'un mastiff: deux mâchoires proéminentes et deux regards mauvais; ils se ressemblaient comme deux gouttes d'eau.

Jeudi 20 juin. 21 °C

Je suis arrivé tôt et les lieux étaient pris d'assaut par tous ces gais lurons de Highgate qui nagent avant le travail. Et par les oiseaux: deux cygnes admirant leur reflet dans l'eau tranquille, la famille de foulques, deux couples de canards et une flottille de bernaches du Canada (deux couples, six oisons), tous voguant de concert, grignotant les feuilles des saules en nageant majestueusement dessous. La journée est couverte, comme d'habitude, mais chaude, l'eau est comme une soupe tiède – une soupe de canard aux croûtons de crottes de cygne.

Samedi 22 juin. 21 °C

Quand je suis arrivé, le héron était sur une des bouées les plus proches, le corps à la verticale, la tête en avant, attentive, observant l'action. Il était très beau vu de près – pattes jaunes, plumes plus bleues que grises. Comme nous sommes samedi et que l'étang des hommes est fermé, les lieux sont plus fréquentés qu'à l'ordinaire. Trop fréquentés au goût du héron; il s'est envolé vers la berge opposée, mais toujours à proximité de la jetée, présence bleu électrique vivace et circonspecte. Tandis que je revenais sur le dos, il s'est envolé de son nid près du terre-plein, un grand froissement d'ailes quelques centimètres au-dessus de ma tête.

Dimanche 23 juin. 21 °C

Une parfaite journée d'été – pour changer. Ciel bleu et clair, avec quelques amas de nuages ouatés et, tout en haut, une paire de longues traînées pâles, comme si une déité y avait gribouillé une signature illisible. J'étais là-bas à neuf heures, espérant avoir les lieux pour moi, mais il y avait aussi une bande de nageurs désireux d'avoir leur dose d'exercice avant l'arrivée des bronzeurs.

Mardi 25 juin. 21 °C

Matinée resplendissante – air doux avec quelques nuages choux à la crème dans le ciel immaculé. Les sternes pêchaient leur petit-déjeuner ; décollage, pause, puis le plongeon foudroyant. Elles semblent se disloquer en touchant l'eau et, l'espace d'un instant, elles disparaissent. Puis elles surgissent d'un coup, éparpillant des gouttes de lumière. Si les anges existaient, ils ressembleraient à des sternes : grâcieux, incisifs et évidents. J'adore leur silhouette élancée, la courbe élégante de leurs ailes et leurs corps fuselés, l'évolution au service du vol. Les présences célestes ne courent pas les rues à Londres, alors avec les sternes, les chants d'oiseaux et le soleil radieux, je rentre en me sentant privilégié.

Jeudi 27 juin. 21 °C

Journée nuageuse et lumineuse, mais beaucoup plus froide, avec un vent du nord-ouest. Pour la première fois de l'année, je suis entré dans le parc par Well Walk. Après cet été abominable, la boue dans les parties abritées a enfin séché, plus ou moins. L'entrée par ce côté est plus contraignante pour ma cheville amochée, mais la vue sur Londres, avec Saint-Paul et tous les gratte-ciel qui s'étendent devant vous et les collines du Surrey derrière, compense. Puis la lumière fragmentée dans les bosquets au-dessus de l'étang. L'eau est apaisante et chaude, bien plus chaude que l'extérieur.

Samedi 29 juin. 19 °C

À 9 h 30, la journée était froide et couverte, et j'avais les lieux pour moi : un seul nageur en train de se sécher à mon arrivée, pas même un oiseau en vue. (Le héron était perché sur le radeau des cygnes, grand seigneur dans l'étang du milieu.) Une fois de plus, l'eau était plus chaude que l'extérieur. J'ai pris un long bain réconfortant et suis sorti juste à temps. À 10 h 30 le soleil sortait et la foule s'amassait..

Dimanche 30 juin. 19 °C

Journée maussade, mais pas trop froide. À 10 h 30 il y avait une demi-douzaine de nageurs – peut-être venus piquer une tête avant la finale de la Coupe du monde. L'eau est tiède et bouillonneuse comme une soupe. Je ne me suis pas éternisé.

Mardi 2 juillet. 19 °C

En Italie, la température dépasse les 30 °C, ici je me tâte pour porter une polaire quand je sors le matin. Je ne m'en plains pas ; mieux vaut grelotter que cuire. À part les habitués et les réfugiés des deux étangs de Highgate, il fait trop froid pour les nageurs occasionnels, mais l'eau s'épaissit un peu plus chaque jour. Aujourd'hui, il y avait une sorte d'écume mousseuse autour de la jetée.

– C'est juste les feuilles qui se décomposent, a dit un jeune maître-nageur, que j'ai choisi de croire.

J'ai quand même pris garde de parcourir les premiers mètres sans sortir la tête de l'eau. Le héron est arrivé tard et s'est posé sur la bouée de sauvetage la plus proche. Il paraissait morose et abattu, comme s'il avait une grosse gueule de bois. Est-ce que les hérons se font remarquer que leur gorge ressemble à un entrejambe de nageur ?

Jeudi 4 juillet. 17 °C

Après plusieurs jours de pluie et de vents froids, matinée radieuse, ciel dégagé, vue sur la ville époustouflante. L'eau aussi s'est dégagée. Elle est fraîche et douce. J'ai nagé jusqu'à la barrière opposée, et pendant que je paressais sur le retour, un rapace décrivait des cercles patients au-dessus de ma tête, juste assez bas pour voir ses élégantes ailes en cimeterre, mais très haut, grimpant, volant, piquant, jouant sur les thermiques, appréciant le soleil, comme tout le monde. Terry sortait blague sur blague et les nageurs faisaient la causette, l'air de se féliciter mutuellement de leur chance d'être là par une si belle journée.

Samedi 6 juillet. 17 °C

Journée grise et maussade. Je suis arrivé tard et j'avais l'étang pour moi : deux maîtres-nageurs qui jouaient aux échecs, un unique pêcheur sur le terre-plein, pas même une foulque pour me tenir compagnie pendant que je nageais. Mais tout en haut dans le ciel, un escadron de martinets exécutait des acrobaties. Je les ai observés en lambinant sur le retour. L'observation indolente des oiseaux fait partie du plaisir, presque aussi importante que la morsure de l'eau froide : ils sont libres de voler, je suis libéré des misères de ma cheville. Quand j'étais proche de la jetée, le soleil a fait une brève percée et je me suis presque arrêté pour en profiter. L'eau était douce et vivifiante.

Dimanche 7 juillet. 17 °C

Nouvelle journée sombre, anormale pour la saison. Davantage de nageurs, mais pas les foules du dimanche habituelles. Ça me convient bien, mais Anne n'a pas envie de nager. Au lieu de quoi, elle monte au sommet de Parliament Hill d'un pas leste, descend aux étangs de Highgate et revient, vêtue de bottes et d'un anorak, comme si on était encore en mars. Je ne peux pas lui en vouloir.

Mardi 9 juillet. 17 °C

Cet été commence à ressembler à un film catastrophe hollywoodien. Le ciel noir déverse des trombes d'eau, les sentiers du parc ruissellent de torrents de boue, le chemin de l'étang mixte s'achève sur un petit lac aux berges glissantes, les nageurs du petit matin arrivent habillés pour l'hiver, on se sent plus mouillé hors de l'eau que dedans. Un décor à la *Blade Runner*. Malgré tout, le retour à la nage, avec la pluie qui me fouette le visage et pas un oiseau en vue, est curieusement vivifiant. Comme si l'eau était le seul élément qui restait et que je me transformais en poisson. Les nénuphars dans le coin opposé sont en fleur et les foulques nagent autour. Ce sont les seuls oiseaux qui restent à l'étang. Mais les poissons passent un bon moment en se goinfrant des mouches que la pluie plaque sur la surface.

Jeudi 11 juillet. 17 °C

Début de journée radieux et réjouissant – plein de nuages, mais aussi de grands bouts de bleu. Un ciel où il se passe beaucoup de choses, tandis que la surface de l'étang est lisse comme un miroir et que les arbres sont immobiles, luxuriants et mélancoliques. L'irruption soudaine des rayons de soleil éclatants révèle la couleur sombre des feuilles, signe de l'été qui avance sans jamais avoir lieu. L'eau est assez fraîche – absurdement fraîche pour la mi-juillet.

Dimanche 14 juillet. 19 °C

Enfin une vraie journée d'été : pas un nuage dans le ciel, soleil brûlant, brise légère. À dix heures, l'étang commence à se remplir sérieusement. J'ai manqué mon bain de vendredi parce que j'avais du travail à finir avant de prendre la route pour Far Park en fin d'après-midi. Le trajet a été cauchemardesque – une heure trois quarts pour dépasser l'embranchement de la M25 – et la journée d'hier a été longue. D'abord, Torquil m'a embarqué dans son Dragonfly pour me montrer l'atelier où son Dragon est en train d'être retapé, puis il m'a emmené à un déjeuner de gala à l'aérodrome de Popham, où j'ai croisé Alex Henshaw – l'œil vif, pétillant, en pleine forme physique, quatre-vingt-dix ans. Après le déjeuner, un Spitfire, le plus beau de tous les avions avec le plus nostalgique des rugissements de moteurs, a fait son banc d'essai juste au-dessus des têtes de l'assemblée. Puis nous avons regagné Rendcomb par les airs et j'ai repris la route de chez moi, juste à temps pour inviter Tony au chinois du coin. J'ai dormi huit heures et me suis réveillé avec la sensation d'avoir été roué de coups. Mais l'eau fraîche a accompli sa magie habituelle. Mes courbatures ont disparu si facilement et si vite que j'ai imaginé laisser une traînée derrière moi en nageant.

Mardi 16 juillet. 19 °C

À 8 h 30, encore une matinée d'été idéale, pas un nuage dans le ciel, le fond de l'air est chaud, l'eau juste encore assez fraîche. Les promeneurs se saluent sur les sentiers, les chiens sont au paradis canin, même les joggeurs du matin esquissent un sourire. Les nageurs traînent dans l'eau, puis traînent encore au moment de se sécher. Terry a installé son échiquier habituel et les adversaires se succèdent. Un gardien venu tailler les haies pique une rapide tête avant de commencer le travail.

"*Summertime and the livin' is easy*" : c'est l'été et la vie est facile.

À midi, les nuages ont rappliqué, le soleil a disparu et il pleuviote.

Mercredi 17 juillet. 20 °C

J'étais au parc tôt parce que je devais accompagner Anne à Heathrow. Un couple de busards a élu domicile depuis des années près de ces superbes immeubles edwardiens qu'on appelle les Pryors. Un des deux était à terre, en train de picorer : un gros oiseau indolent et impérieux, aux plumes brun clair qui semblaient s'embraser au soleil. Il a battu des ailes à mon approche, s'est perché rapidement sur un arbre, puis il est revenu là où il était et a attendu que je sois tout près de lui pour s'envoler. Un peu comme les merles qui nichent dans l'aubépine de notre jardin et qui chantent avec Radio 3 tous les matins. Ils sont tellement habitués à nous qu'ils ne prennent plus vraiment la peine de s'écarter quand nous sortons. Grosse chaleur aujourd'hui, ciel radieux, eau chaude – trop chaude. À neuf heures, tandis que je me séchais, il y avait une demi-douzaine de nageurs qui faisaient des longueurs, et il en arrivait d'autres à chaque minute.

Samedi 20 juillet. 20 °C

Couvert mais chaud. La journée d'hier a été longue : à Cambridge avec Kate pour le banquet annuel de King's College avec Frank et Ursula ; un long moment debout à boire des cocktails sur la pelouse avant le dîner, les feux d'artifice après, un peu de marche au milieu de tout ça, des sièges durs. À la fin de la soirée, ma cheville était sur le point d'exploser. Mais la nage l'a soignée, comme toujours. Avant, chacun des muscles et des tendons de mon corps me faisait mal. Je suis sorti ressuscité.

Dimanche 21 juillet. 20 °C

Encore une de ces journées de grisaille, pas les grosses chaleurs mais quand même, et l'eau s'est réchauffée, au point que la douche paraît fraîche. Un bain tranquille et réparateur, suivi par un bavardage tranquille avec les copains – Ken McMullen, Alan Owen, Paddy John. Une bonne façon de commencer la journée.

Mardi 23 juillet. 21 °C

Encore une journée sombre, la pluie menace mais se retient. Les arbres aussi sont sombres, dans leur teinte de plein été – sombres, lourds et couverts d'une fine couche de poussière. L'étang est silencieux et immobile, il n'y a qu'un autre nageur – le musicien barbu de l'orchestre symphonique de Londres – qui enchaîne paisiblement les longueurs le long de la barrière opposée. En face du banc où je me change, un jeune héron se tient dans l'eau, juste contre la berge, les pattes presque entièrement immergées, de sorte que son corps semble flotter au-dessus de la surface à la manière d'un aéroglisseur. Ses plumes bleu-gris chatoient dans cette atmosphère sombre. Il longe la berge un moment d'un air dédaigneux, puis il s'envole pour la bouée suivante. Pendant que je nage, il passe d'une bouée à l'autre et s'y pose la mine abattue, la tête entre les épaules, le bec-poignard en berne.

Mercredi 24 juillet. 19 °C

Retrouvé Alan Owen au moment où je me garais au bout de Well Walk. Promenade en bonne compagnie jusqu'à l'étang, à raconter des ragots et admirer la vue nuageuse sur Londres. Suivie d'un bain en bonne compagnie, tranquille, avec les bouilles habituelles. Une excellente façon de commencer la journée, bien que ça l'ampute d'une heure ou deux. J'avais presque décidé de ne pas y aller parce que ma cheville faisait des siennes. Elle est toujours mal en point, mais je suis content de m'être motivé. Bref, l'eau douce a dissipé la douleur pendant un temps. Quand on doute, on serre les dents et on fonce. Ça a toujours été ma règle, même si c'est à cause de ça que j'ai épousé Ursula et que j'ai avalé tous ces cachets ensuite. Parfois on gagne, parfois on perd, et on ne peut jamais savoir à l'avance.

Jeudi 25 juillet. 20 °C

Le jeune héron était de retour sur ses plates-bandes, évoluant furtivement dans les hauts-fonds près de la berge, avant d'embrocher un poisson d'un coup de bec foudroyant. À part lui et les maîtres-nageurs, j'avais les lieux pour moi. L'été a enfin pris ses quartiers. L'eau est trop chaude, les sentiers sont secs, les arbres lourds donnent une impression de laisser-aller.

Samedi 27 juillet. 20 °C et plus

Enfin, une vague de chaleur à l'anglaise : le mercure dépasse les vingt-cinq degrés et continue de grimper. Malgré le ciel couvert, il y a foule à l'étang le matin et l'eau est trop chaude. Peut-être que ce n'est pas plus mal que nous partions en Italie lundi. Je me suis longuement baigné, puis j'ai bavardé avec Harry, un ex-mathématicien. Il parlait de l'opposition entre théorie ondulatoire et théorie corpusculaire. Il les présentait plus ou moins comme des métaphores pour expliquer des vérités mathématiques. Puis il a évoqué l'ensemble de Mandelbrot et les fractales :

– La question, c'est de savoir si elles existaient avant qu'on ait des ordinateurs.

Ce à quoi j'ai répondu :

– Si tu prends la question à l'envers, tu peux l'utiliser comme preuve de l'existence de Dieu. La création de la vie est une théorie qui ne peut être prouvée qu'une fois qu'on a le bon instrument – la planète Terre – pour la rendre apparente.

Ou quelque chose dans ce goût-là. Je ne sais pas trop pourquoi je me suis retrouvé à défendre l'existence de Dieu, en qui je ne crois pas, avant le petit-déjeuner. Peut-être que c'est ce qui arrive quand on dort neuf heures.

Dimanche 28 juillet. 21 °C et plus

Le soleil continue de briller et la température grimpe. Je suis arrivé tard, vers onze heures, et l'étang était déjà bondé. Il est devenu encore plus bondé à mesure que je nageais ; quand je suis parti, les gens affluaient. L'eau est écumeuse et tiède – pas mon truc. Nous partons en vacances au bon moment. Malgré tout, ça va sacrément me manquer. Notre maison italienne avec un étang – ça, ce serait le vrai *Paradiso.*

Jeudi 1er août. Orta San Giulio

Nagé dans le lac à notre arrivée hier après-midi vers cinq heures. Il y avait eu des orages dans toutes les Alpes depuis bien avant Chamonix, avec des grêlons si gros que j'ai cru que le pare-brise allait se fêler, puis de la pluie hier sur la route depuis Aoste. Il avait plu ici plus tôt dans la journée et un autre orage couvait pendant que je nageais. L'eau était très chaude, mais clapoteuse avec le vent qui fouettait le lac, d'épais nuages qui s'amassaient, des éclairs au loin. La pluie est arrivée un peu plus tard tandis que nous rejoignions la ville à pied avant d'embarquer sur un teuf-teuf pour un dîner de fête sur l'île avec Gabriel et la bande du festival de poésie. Ce matin, le lac est plat, l'eau claire et fraîche et délicieuse. Le ciel est plein de gros nuages, les martinets et les hirondelles volent bas, mais il fait plus frais à neuf heures. Un bain charmant et paresseux dans un paysage de carte postale, monastères sur les falaises d'en face, petits villages et villas le long des rives, tout est impeccable, joli, parfait, les ragots et les méchancetés relégués à l'arrière-plan.

Vendredi 2 août – mardi 27 août

Autrefois, le mois d'août en Italie était synonyme de pas de baignade ou presque. Nous construisions un barrage sur la petite rivière au fond de notre vallée pour créer un modeste bassin d'eau glaciale assez profond pour que les enfants puissent faire quelques brasses et que les adultes se rafraîchissent. Aujourd'hui les enfants ont grandi, la rivière s'est amenuisée et Barga dispose d'une grande piscine publique, très similaire à celle de Bagni di Lucca, et construite par la même personne – Riccardo, ancien plongeur olympique, désormais grassouillet, divorcé et jovial, les cheveux blonds clairsemés et blanchissants, son œil pour les filles plus acéré que jamais.

Donc nous allons à la piscine quasiment tous les jours et, pour autant que peut l'être une piscine, celle-ci est une perle – trente-trois mètres d'eau turquoise avec des lignes de nage et des plots de départ. (Riccardo tient un club de natation avec de jeunes membres empreints d'un sérieux esprit de compétition.) Il y a des chaises longues et des transats abrités par des parasols bleu et blanc tout autour de la piscine, d'autres bains de soleil et parasols sur le talus derrière, ainsi qu'un vaste saule pleureur, le tout ombragé par un cercle d'arbres sombres. Les vues sont spectaculaires : au-delà du petit bassin, les pics jumeaux de la Pania et toute la façade nord des Alpes apuanes ; au-delà du grand bassin, les contreforts de Sommocolonia à Renaio et les versants pelés des Apennins derrière. Le ciel est toujours plein de martinets virevoltants. Les vestiaires sont épurés, modernes et propres. Il y a un bar qui vend des en-cas, et une pergola pour les manger à l'ombre.

Malheureusement, il y a aussi des enceintes qui crachent de la pop italienne non-stop et, à moins d'y aller juste après l'ouverture à dix heures, les lieux se remplissent tellement vite qu'il est difficile de nager. Pour les conditions de baignade : l'eau est à la température du corps et sent les produits chimiques. Nous faisons nos longueurs, nous séchons au soleil, puis nous repartons fissa à *Paradiso*. C'est un bon exercice, ça reste mieux que rien, mais on en retire peu de plaisir.

Vendredi 30 août. 20 °C

Rentrés hier à Londres pour trouver le même ciel couvert que nous avions laissé derrière nous. Ce matin je me suis levé tôt, impatient de retrouver l'étang. Comparé à Barga, c'est le silence qui me séduit – les arbres lourds qui encerclent les lieux, quelques feuilles qui commencent à se poser sur l'eau, les habituels canards, foulques et poules d'eau, un unique pêcheur sur le terre-plein, deux nouveaux maîtres-nageurs et tout l'étang pour moi. Alors que j'étais presque revenu à la jetée, une nageuse m'a frôlé et s'est excusée d'une voix forte, avec son accent très classe moyenne, d'avoir dérangé ma baignade. C'était comme un retour d'exil : temps frais, ciel gris, herbe encore humide de rosée, eau très chaude pour les standards londoniens, mais douce et vivifiante. Je sens que j'ai retrouvé mon âme. Sur le chemin du retour à la voiture à Well Walk, je suis resté assis sur un banc un moment pour admirer l'étendue de Londres, en pensant au "grand cœur qui bat là où il est" de Wordsworth. Bientôt le temps va se rafraîchir et l'eau sera parfaite.

Samedi 31 août. 20 °C

Samedi matin ensoleillé et toute la bande au complet : Ken McMullen, Allan Owen, Paddy John, etc. Les cygnes aussi – quatre maintenant, depuis que leurs petits sont plus ou moins adultes, tous dans une forme olympique. Pendant que je nageais, ils se promenaient au-delà de la barrière, puis ils ont décidé de prendre possession du reste de l'étang. Ken et son fils Sam sont revenus avec quelques longueurs d'avance sur eux, mais un jeune couple australien s'est fait chasser des lieux et, pendant un temps, les cygnes ont régné sur l'eau sans partage. Les cygneaux, sans doute en plein apprentissage des dynamiques de pouvoir, avaient l'air de passer un bon moment. Là-dessus est arrivée une dame de l'étang des femmes – cheveux blancs, rachitique et seins nus. Les cygnes étaient alors retournés près de la barrière et vaquaient à leurs occupations. Elle a foncé droit sur eux et a commencé à enchaîner des longueurs dans un élégant dos crawlé. Les cygnes ont fondu sur elle illico, l'ont encerclée et l'ont repoussée vers les hauts-fonds sous les arbres. Puis ils l'ont coincée là et n'ont plus bougé, tandis que, de l'eau jusqu'à la taille, elle exposait ses seins tristes aux passants du terre-plein. Un des maîtres-nageurs a fini par venir en kayak les chasser. Sur quoi elle a repris son crawl solennel le long de la barrière. Les cygnes, à ma grande surprise, ont fait machine arrière et l'ont laissée tranquille – reconnaissant peut-être une agressivité plus grande encore que la leur. Ils doivent avoir une attirance instinctive pour le blanc : peut-être la tignasse blanche de la nageuse les a-t-elle mis en émoi.

Dimanche 1er septembre. 20 °C

Encore une journée fraîche et ensoleillée. Les cygnes patrouillaient encore le long de la barrière, apparitions magnifiques, admirant leur reflet glissant et inspirant une sainte frousse aux nageurs. Tout à coup, ils se sont tous envolés vers l'étang voisin dans un grondement d'ailes semblable à un concert de voix s'époumonant à l'unisson. L'un d'entre eux s'est posé sur l'étang d'à côté, les trois autres ont décrit une boucle dans les airs avant de revenir dans une giclée d'éclaboussures. Quelques instants plus tard, le quatrième est reparu, volant bas, ses grands pieds palmés bleu-noir tendus devant lui avec raideur, quelques centimètres au-dessus de la tête d'une jeune nageuse terrifiée qui a poussé un cri, plongé la tête sous l'eau, puis refait surface dans un rire mal assuré. La troupe de cygnes s'est éloignée sereinement, sans daigner lui accorder la moindre attention.

Mardi 3 septembre. 21 °C

Comme la voiture était couverte de sève de tilleul et que je devais aller récupérer des pantalons en velours côtelé chez Chris le tailleur, j'ai roulé jusqu'à l'étang de Highgate et j'ai laissé la voiture aux Kosovars pendant que je nageais. Highgate est loin d'être aussi beau ou secret que l'étang mixte, mais l'eau y est plus claire et plus pure, plus chaude également, et le grand ciel radieux est une bénédiction : pas un nuage en vue ; une mouette solitaire qui a fait un cercle rapide, avant de disparaître. L'eau était pure et douce. J'ai nagé jusqu'à la bordure extérieure tandis que mes petits bobos du matin se dissipaient, puis je suis revenu par le plus long chemin possible. Les petits bobos semblent empirer à un rythme indécent. Ma cheville bousillée me houspille telle une mégère acariâtre ; il m'a fallu dix minutes pour monter les quelques centaines de mètres depuis les Kosovars jusqu'à l'étang et j'étais épuisé en arrivant. Une fois dans l'eau, je suis sans douleur, souple et fort. L'atmosphère de camaraderie virile après la baignade est ravigotante. Little Dave a un nouveau vélo pliable ingénieux qu'il ouvre et referme avec grande fierté ; un certain Stewart nous bassine avec l'opéra de Garsington ; quelqu'un d'autre évoque la nage en hiver – pour ou contre ? Chris parle de voitures et des moyens de traverser la Manche pour pas cher. Tous des anciens athlètes, qui se voient toujours dans le coup, essaient d'accepter le vieillissement, refusent de se plaindre. Conversation tranquille, badine, pudique, triste.

Jeudi 5 septembre. 18 °C

C'est la fin de l'été. La rosée s'attarde sur l'herbe, il y a des mûres sur les ronces derrière l'étang et une odeur musquée dans l'air – relents discrets de maturité et de pourrissement. Les bordures de l'étang sont embrumées, l'eau est plus fraîche et merveilleusement vivifiante. Je me tiens sur la jetée, me prépare à plonger. La Néo-Zélandaise blonde avec un grand sourire nage vers moi.

– C'est comment ? je demande.

– Le paradis, dit-elle.

Ça résume bien le truc. Le paradis – alias ça ne peut pas être plus parfait.

Samedi 7 septembre. 18 °C

Encore une journée radieuse, le soleil allait et venait, il faisait sombre quand nous sommes sortis avec Anne, pas un nuage quand je nageais. L'eau est soyeuse au toucher, mais paraît congestionnée avec les feuilles qui commencent à tomber. Nous sommes arrivés tard – midi – donc la bande habituelle était partie. Baignade paisible après les turbulences d'hier – nouvelles fenêtres dans le bureau et la cuisine, chaos partout, ma cheville qui faisait des siennes et zéro travail abattu. Les eaux ambrées effacent tout.

Dimanche 8 septembre. 18 °C

Dans la nuit, les feuilles et les brindilles ont coulé au fond et commencé à fermenter. La surface ressemble désormais à un chaudron de sorcière, parsemée d'une écume bouillonnante et verdâtre, avec des plaques bleutées qui pourraient être de l'essence mais qui n'en sont pas. Vingt mètres plus loin, les saletés ont disparu, l'eau est claire et douce et étonnamment chaude.

Mardi 10 septembre. 17 °C

Hier il a plu non-stop jusqu'à ce que le ciel n'ait plus une goutte d'eau à verser. Temps radieux aujourd'hui, air cristallin, chaque détail se détache avec une netteté parfaite. Le parc est plein de gens qui promènent leur chien ou leur poussette et qui n'en croient pas leur chance. Le vent est léger, mais déjà un peu mordant. L'automne n'est pas tout à fait encore là, mais il se rapproche. L'eau est dans la tranche idéale – entre quatorze et dix-sept degrés – encore chaude et plaisante, mais elle a un côté mordant, comme la brise.

Cette nuit j'ai dormi neuf heures ou plus, donc je suis arrivé tard et j'aurais dû me presser de rentrer pour me remettre au travail. Au lieu de quoi, je suis resté une demi-heure à tailler le bout de gras avec Terry et Danny, Ken et Alan. C'était trop agréable pour s'en priver. Le fils de Terry, quatorze ans, avait cuisiné des lasagnes à l'école, que Terry, allergique aux tomates, ne pouvait pas manger. Alors il les a apportées pour les copains et j'ai eu droit à une part. Des lasagnes au petit-déjeuner ! Ma foi, il faut bien tout essayer. C'était délicieux. Encore un don inespéré, comme ce temps radieux. Mais il était quatorze heures passées quand je me suis remis au travail.

Jeudi 12 septembre. 16/17 °C

Journée douce et clémente, ciel toujours voilé après le brouillard de la nuit, les arbres commencent à s'affaisser et à s'effeuiller. Sur le terre-plein, un pêcheur solitaire s'active depuis un fauteuil motorisé, les quatre cygnes sont stationnés juste devant lui sur le plan d'eau lisse comme un miroir. L'un d'entre eux est endormi, le bec fourré sous son aile. L'eau est plus fraîche ; elle devient de plus en plus délectable au fil des jours. J'ai donné un exemplaire des *Imitations* de Lowell à Danny, le maître-nageur féru de poésie qui écrit, et nous avons causé bouquins. Puis Richard, le maître-nageur super baraqué, m'a parlé de sa virée prochaine à Bornéo avec le SAS et la BBC. Puis Alan Owen est arrivé avec Ecclésiaste, 12, dans son portefeuille, désireux d'une explication de texte. Tout ça était très Hampstead dans l'esprit, l'intelligentsia qui étale son intelligence.

Vendredi 13 septembre. 17 °C

L'année semble aller à rebours : plein été plus qu'été indien, soleil brûlant, brise légère, un temps à manches courtes. J'ai nagé jusqu'à la barrière la plus éloignée, puis je suis revenu tranquillement sur le dos en admirant les arbres. Les saules, les bouleaux et les peupliers semblaient apprêtés pour Noël – une enfilade d'argent délicat et scintillant, tous en mouvement. Même si avec l'état de ma cheville qui empire de jour en jour, le retour à la voiture par Well Walk est désagréable, avoir ça si près de chez moi me donne le sentiment d'être privilégié. J'aurais dû foncer chez moi pour aller retravailler mes conférences de la New York Public Library, mais un des habitués – je crois qu'il s'appelle Mike – a commencé à évoquer l'époque où il était dans un groupe, les King Brothers, qui faisait les chœurs pour Sinatra. C'était trop bon pour s'en priver.

Samedi 14 septembre. 15/16 °C

Ça y est, l'été est fini. Retour aux vents froids et à la chape de gris. Les cygnes remettaient le couvert. Avant mon arrivée, ils avaient entouré Paul Thompson, le sociologue, et lui en ont fait voir de toutes les couleurs jusqu'à ce que Danny débarque en kayak pour les disperser. Quand je suis allé nager, il est remonté dans son kayak pour me chaperonner. Même si les cygnes se tenaient à bonne distance, j'ai opté pour la prudence et n'ai nagé que jusqu'à la bouée la plus éloignée. Une fois que nous sommes tous deux remontés sur la terre ferme, ils sont repartis vers la jetée et ont repris leur diplomatie de la canonnière. Ou plutôt, trois d'entre eux. Un des deux cygneaux devenus adultes – sans doute celui qui dormait pendant leur dernière aventure militaire – refuse de se joindre à eux.

Dimanche 15 septembre. 15/16 °C

L'automne arrive pour de bon. La température de l'eau est toujours clémente, mais le vent a tourné au nord et l'air est juste assez frisquet pour vous passer l'envie de musarder sans chemise après la baignade. C'est d'ailleurs une des raisons pour nager toute l'année : pendant un court instant, entre le déshabillage et le rhabillage, vous n'êtes qu'un "homme sans accessoire, nu et fourchu" qui sent l'eau sur sa peau. C'est comme une forme allégée d'escalade : elle vous prive des conforts et des protections que Shakespeare nomme des “extensions”.

Mardi 17 septembre. 15 °C

Un jour d'absence, et la saison avance d'un cran pendant qu'on a le dos tourné. Journée grise et immobile, les feuilles pendent lourdement, comme accablées par leur poids, le jaune s'étend dessus, l'eau se rafraîchit. J'arrive plus tôt que d'habitude parce que j'ai du travail et je me rends compte de ce que j'ai manqué jusqu'alors : autour de 9 h 15, un groupe de mamans jeunes et jolies afflue d'un coup pour piquer une tête avant d'emmener les enfants à l'école. Quel dommage que l'étang mixte ferme à la fin de la semaine. Sur le retour à ma voiture par Well Walk, le soleil fait une percée et, l'espace d'un instant, on se croirait de nouveau en été.

Jeudi 19 septembre. 15 °C

L'automne avance à toute allure. Les feuilles pendent toujours tristement, mais elles semblent plus frêles et plus jaunes de jour en jour et elles commencent à tomber. Le sentier entre les arbres derrière l'étang est maussade et détrempé, le froid nocturne joue les prolongations, le premier contact tonifiant avec l'eau efface mes douleurs matinales et me vide l'esprit. J'adore cette époque de l'année. Depuis hier, la température est passée sous les quinze degrés, si bien que j'avais enfilé une couche supplémentaire ; précaution superflue.

Samedi 21 septembre. 16 °C

Journée chaude et clémente, comme si l'été effectuait un bref retour pour offrir à l'étang mixte des adieux en bonne et due forme. Même les cygnes se sont bien tenus, patrouillant de long en large par simple plaisir, délaissant les nageurs. L'eau n'a jamais été aussi douce, aussi réconfortante, aussi délectable, et Dieu sait si j'en ai besoin. J'ai passé toute la journée d'hier – Anne est à Stockholm – devant l'ordinateur, à m'escrimer sur ma troisième conférence à la New York Public Library. 11h-23h, avec juste une banane pour tenir le coup. Puis je suis descendu, je me suis versé un bourbon et préparé un sandwich. Naturellement, j'étais incapable d'aller me coucher, alors j'ai regardé un film jusqu'à 1 h 30, puis je me suis réveillé en piteux état. Je n'ai jamais eu autant besoin de la bénédiction de l'eau fraîche, et elle a opéré sa magie habituelle.

Dimanche 22 septembre. 15 °C

Jour de fermeture à l'étang mixte. Malgré le temps frisquet et le vent piquant, ils sont plus de nageurs qu'à l'ordinaire – une demi-douzaine – à effectuer des circuits lents, savourant leur dernier bain, faisant leurs adieux à ce trou de verdure magnifique jusqu'à mai prochain. L'étang, en retour, assure le spectacle. Les saules penchent la tête comme Raiponce, les bouleaux frémissent et tremblent, des feuilles descendent des ormes, plus grands et plus sombres, derrière. Le moment idéal pour une "Ode à l'automne" et cela tombe bien, puisque Keats a vécu et écrit le poème à quelques centaines de mètres d'ici.

J'ai fait un bout de chemin avec un Indien d'Afrique du Sud – lui et sa femme sont des habitués –, un petit homme suffisant qui parle beaucoup et n'écoute pas les réponses. Il a les cheveux teints au henné et les épaules chétives, mais il fait ses trois longueurs sur l'étang et tient à ce que ça se sache. Quand nous nous sommes séparés au sommet de la colline, il m'a demandé, à brûle-pourpoint :

– Tu as quel âge ? Quatre-vingts, quatre-vingt-dix ?

Quand j'ai dit soixante-treize, il n'a pas caché sa surprise. La flèche du Parthe, sans doute, alors que nous allons forcément être amenés à nous recroiser tôt ou tard à Highgate. Qu'il aille se faire foutre, tiens.

Mardi 24 septembre. 16 °C

Retour à l'étang des hommes et journée paradisiaque – "radieuse" ne serait pas assez fort. Quelques nuages ouatés dans un ciel brillant, température élevée, le talus au-dessus de l'étang fleurant bon l'herbe fraîchement coupée, les trois nobles bouleaux au tournant des saisons. L'étang mixte, niché entre les arbres, est peut-être plus beau et plus caché, mais l'eau de celui des hommes est plus claire, plus douce et plus chaude, et cet espace à découvert vous gonfle le cœur. Il y a une mouette juchée sur chacune des bouées de sauvetage qui parsèment l'eau ; quand je nage devant elles, elles me toisent avec dégoût et ne bougent pas d'un pouce. Je nage jusqu'à l'extrémité, puis reviens doucement, en extase. L'air est empli de pigeons et de couples de corneilles qui font des acrobaties, mus par le simple plaisir d'être en vie. Je sais ce qu'ils ressentent. Je me sèche tranquillement, puis je prends le soleil un moment avant de me rhabiller. Ça ne pourrait pas être plus parfait.

Mercredi 25 septembre. 16 °C

Encore un bain parfait dans une eau parfaite, même si les nuages ont mis plus de temps à se disperser aujourd'hui. Immobilité vaste et absolue, pas un souffle d'air, l'eau lisse comme un miroir. J'ai encore nagé jusqu'à la barrière la plus éloignée, puis je suis revenu par un long détour. Je ne voyais pas de raison de sortir. Ni maintenant ni jamais.

Vendredi 27 septembre. 16 °C

Je me suis réveillé tôt et je me suis mis à lire. Pas de chœur matinal à cette époque de l'année, juste un ou deux oiseaux solitaires qui marmonnent dans leur barbe, sans chanter, et les vols du matin qui atterrissent à Heathrow. Comme des ouvriers étaient censés venir, Dieu sait à quelle heure, j'ai jugé qu'il valait mieux aller nager tôt. Le ciel était couvert mais rose orangé à l'est, promettant encore une belle journée. À 7 h 15, la circulation était encore fluide et le groupe de nageurs à l'étang était différent : Robert, l'agent de change retraité en surpoids, et deux têtes chenues et vaguement familières, dont je ne connaissais pas le nom. Je m'étais attendu à des jeunes qui piquaient une tête avant d'aller travailler. Avec la température frisquette dehors, l'eau paraît chaude – chaude, douce et accueillante. Un couple de cygnes voguait souverainement le long de la berge opposée vers l'endroit où je nage d'habitude. Danny, un des maîtres-nageurs, me lance alors :

– T'en fais pas, Al, je les ai à l'œil.

Je lui fais un signe et plonge, feignant l'indifférence, et quand j'arrive à la berge ils ne sont nulle part en vue. Revenu sur la jetée, je les repère à ma gauche, à bonne distance, clairement irrités que j'aie perturbé leur promenade matinale, mais pas assez pour me faire des misères. Pendant que je me sèche, Percy arrive, après avoir marché, comme à son habitude, huit kilomètres depuis West Hendon. Pour un homme de près de quatre-vingt-dix ans, il a l'air absurdement en forme – il est bronzé et filiforme, avec de longues jambes musclées. Il est poilu comme Esaü, mais ses poils sont blancs – une fourrure blanche qui le recouvre entièrement, tel un renard polaire. C'est cette blancheur qui trahit son âge – ses cheveux blancs, ses dents gâtées et sa manière d'incliner la tête quand il parle parce qu'il est dur d'oreille.

Samedi 28 septembre. 17 °C

L'été indien est de plus en plus estival. Chaque jour je reste un peu plus longtemps, je nage un peu plus loin et je fais durer le plaisir. Un mélange de fraîcheur et de paresse, la plus douce forme d'exercice qui soit. Voilà à quoi devrait ressembler la retraite – nager dans ces étangs charmants, lire, faire l'amour à ma femme et écrire un peu pour le plaisir. Hélas, je n'ai pas les moyens de prendre ma retraite.

Dimanche 29 septembre. 14 °C

Encore une journée spectaculaire d'été indien. L'air est chaud comme du lait et je ne m'explique pas pourquoi la température de l'eau a soudain chuté de trois degrés. Je présume qu'ils ne l'avaient pas relevée depuis plusieurs jours. Hier, il y avait un afflux d'algues vertes sur l'étang. Aujourd'hui elles ont pris une teinte orange vif venimeuse. Quand j'interroge les maîtres-nageurs, ils me répondent avec le sourire :

– Saddam Hussein est passé hier soir. Mais si tu peux grimper des montagnes, tu peux nager là-dedans.

Alors je nage, mais en prenant garde de ne pas avaler ces saletés. Je crois qu'ils vont rouvrir l'étang mixte dans un jour ou deux.

Mardi 1er octobre. 14 °C

L'agent orange a disparu, mais il y a un entrelacs d'algues vert pomme au pied de la jetée, qui ressemble à du vomi, et l'eau est épaisse, presque soupeuse. Elle reste fraîche et revigorante, mais là encore je fais attention à ne pas l'avaler et je me douche en sortant.

Mercredi 2 octobre. 14 °C

Triste journée d'automne, sombre et couverte, petite pluie. Les mouettes sont revenues de la côte et elles sont partout dans les airs. L'eau est chargée d'algues. On a l'impression de nager dans un potage, mais au moins les couleurs infectes ont disparu. Et la sensation est agréable – c'est frais et réconfortant. J'en avais besoin. J'ai remporté une belle victoire au Vic hier soir et, bien que je sois rentré avant dix heures, j'étais tellement survolté qu'il m'a fallu des heures pour m'endormir. L'excitation se prolonge encore ce matin. Il faut que je parle à quelqu'un de la main qui m'a fait empocher les plus gros gains – en jouant au Omaha, j'ai fait une série de grosses relances, la dernière à 495 £ (énorme pour une partie à 100 £) avec une paire d'as nus parce que j'étais sûr que le type la jouait trop agressive avec un simple tirage –, alors c'est tombé sur le pauvre Chris, à qui j'ai tenu la jambe entre la baignade et la douche. Il m'a écouté patiemment, tout grelottant, alors qu'il ne joue même pas au poker. On peut toujours compter sur l'amitié. Ou plutôt, vu que je ne le connais pas si bien que ça, on peut toujours compter sur les Italiens.

Jeudi 3 octobre. 14 °C

Encore un début de journée mélancolique, les arbres jaunissaient à vue d'œil, les feuilles tombaient. (Plus tard, les nuages se sont dispersés, le temps s'est réchauffé et le soleil était resplendissant.) J'ai pris mon bain habituel dans l'eau maussade. La température sur le panneau annonçait 16 °C, mais je l'ai trouvée plus froide qu'hier, donc les maîtres-nageurs font encore mumuse. Pas grave : c'était frais et agréable. Un grand oiseau s'est approché pendant que je revenais tranquillement. Le premier des cormorans, j'ai pensé. Mais quand je suis sorti, aucune trace de lui. Seulement la bande habituelle de mouettes qui se chamaillaient et un couple de cygnes qui patrouillaient sur la bordure extérieure. La beauté des lieux, la fraîcheur et le calme garantissent un excellent départ pour la journée. Ça apaise l'âme – si tant est que j'en ai une.

Vendredi 4 octobre. 16 °C

Journée parfaite, chaude et ensoleillée, ciel quadrillé de traînées de vapeur et légèrement voilé de nuages. Le panneau annonçait 16 °C et, pour une fois, ça collait au ressenti. L'eau est de nouveau claire – peut-être que la pluie d'il y a deux jours a poussé les algues au fond – et si délicieuse qu'il ne semblait y avoir aucune raison de sortir. J'ai nagé jusqu'à la barrière comme d'habitude, puis, au lieu de revenir tout droit, j'ai décrit un grand demi-cercle tranquille, pour faire durer le plaisir, le prolonger. Il va se passer trois semaines avant que je renage ici.

Jeudi 24 octobre. 11 °C

L'avion de nuit de JFK a atterri à sept heures, j'ai déposé Kate à Cambridge Gardens, défait ma valise tandis qu'Anne recevait un patient, et j'étais à l'étang à 10 h 30, reprenant là où je m'étais arrêté : ciel immaculé, eau délectable, encore une journée ensoleillée. Mais beaucoup plus froide, bien sûr. Contrairement à New York, les arbres sont rouges et or et se dépouillent rapidement, et l'eau commence à piquer. Je l'ai senti sur mon crâne chauve, quoique pas encore dans mes doigts, et je ne suis donc pas resté trop longtemps dans l'eau, ce que j'ai regretté une fois à mi-chemin du retour.

Ensuite je me suis séché et j'ai pris le soleil. Comme d'habitude, j'avais les lieux pour moi – ou plutôt, je les partageais avec un groupe de mouettes et un cormoran renfrogné. Quelle meilleure façon de lutter contre le décalage horaire ?

Samedi 26 octobre. 11 °C

Un vent violent secouait les arbres mais le soleil brillait de nouveau, si bien que j'ai mis une couche de moins qu'hier, avant de m'apercevoir trop tard que la température avait chuté pendant la nuit. On est bel et bien en automne, les arbres sont en feu, des feuilles volent dans tous les sens, l'eau est froide – plus froide que jeudi, même si le panneau annonçait toujours 11 °C. Je suis quand même resté plus longtemps et j'ai nagé plus loin, parce que je m'étais senti floué la dernière fois, puis j'ai passé l'heure suivante à frissonner tandis qu'Anne faisait des courses. L'heure est venue d'enfiler une couche de plus. Une mouette m'a tenu compagnie tandis que je nageais jusqu'à la jetée, planant pensivement au-dessus de ma tête, comme si elle se demandait si j'étais comestible, puis elle s'est posée à un mètre de moi, avec un regard mauvais – ou plutôt, avec le regard impassible du joueur de poker, à me jauger, me soupeser.

Dimanche 27 octobre. 11 °C

Journée superbe. J'avais oublié qu'on reculait d'une heure cette nuit, donc j'étais de sortie bien avant neuf heures. La tempête annoncée était arrivée et les rues désertes étaient jonchées de branches cassées, les arbres ployaient et s'agitaient comme des possédés, des colonnes de feuilles verticales dansaient et se courbaient comme des gouttières et tous les clichés poétiques avaient cours : “Ô vent d'ouest sauvage, âme et souffle de l'automne”, "et chasse dans l'air les corbeaux épuisés", etc., ne cherchez pas, ils y étaient tous. Il y avait des vagues et de grandes nuées d'embruns sur l'étang, le soleil allait et venait entre les nuages noirs et c'étaient les mouettes et les hordes de pigeons qui étaient chassées dans l'air. Le couple de cygnes était venu à terre sur la berge opposée ; ils avaient l'air ébouriffés et indignés. Un grèbe solitaire ballottait sur l'eau – charrié là par les vents ? – et semblait bien s'amuser. La température paraissait bien plus froide qu'hier, sans doute parce que les maîtres-nageurs ne s'étaient pas risqués à la relever. La porte et les fenêtres de leur cabane étaient soigneusement fermées. Je suis sorti en dansant – ou plutôt, j'aurais dansé si ma cheville n'avait pas été si flageolante.

Mardi 29 octobre. 11 °C

Apparemment, la tempête n'a pas abattu d'arbre à proximité de l'étang, mais beaucoup de grosses branches sont tombées et il y avait des pans entiers de blanc à vif sur les troncs des arbres. Hier l'étang était fermé ; "en raison de manque de personnel", ce qui signifie que tout le monde était occupé à déblayer les débris laissés par la tempête. L'eau refroidit progressivement, bien que les chiffres sur le panneau restent identiques et, de toute façon, je préfère quand c'est froid. On se sent formidablement bien en sortant, et ce sont l'avant et l'après qui comptent : "Tant qu'on s'habille bien chaud et qu'on a fait une bonne nuit", comme disaient nos mères autrefois. En l'état, une bonne nuit de sommeil est une denrée rare en ce moment ; mon horloge biologique est toujours déréglée. Nous ne sommes plus que le noyau dur maintenant – à cette heure-ci, il y a en général Chris le tailleur, David, les frères King, l'Indien aux cheveux teints au henné. Un avis punaisé sur le panneau d'affichage indique que John Hopkins (un camarade nageur) est mort à l'âge de quatre-vingt-huit ans. "Détails des obsèques à venir." Quatre-vingt-huit ans, ça me paraît tout à fait correct.

Mercredi 30 octobre. 10 °C?

On dirait bien que j'ai perdu ma capacité à dormir. Ça doit être le décalage horaire, mais je ne vois pas pourquoi ça dure aussi longtemps. Je me réveille perclus de douleurs, lessivé, ronchon, détestant mon corps décrépit, ma tête embrouillée et ma cheville douloureuse et instable, mais je sais que l'eau froide va me remettre d'aplomb pour me faire tenir un jour de plus – enfin, au moins pour un temps. La matinée est sombre, la circulation dense et il pleuviote. Les premières éclaircies arrivent pendant que je me change. Au moment où je plonge, il tombe des cordes et, allez savoir pourquoi, ça me réconforte. La pluie aplatit l'eau pendant que je nage, puis m'arrose délicatement le visage quand je reviens sur le dos. Ce matin, la jetée est envahie de mouettes et une demi-douzaine d'entre elles sont aussi perchées le long du plongeoir. On dirait qu'elles tiennent une assemblée de village. Elles me dévisagent froidement à mon approche, avant de décoller de mauvaise grâce. Une fois que je suis rhabillé, la pluie a cessé. Je suis seul sur les lieux ce matin, mais je croise Percy en retournant à ma voiture. Il a un anorak bleu vif, l'œil pétillant, le visage rougeaud et le pas léger. Il n'a pas l'air d'un octogénaire qui vient de marcher près de dix kilomètres. Qu'il soit un exemple pour moi. Idem pour feu John Hopkins ; quelqu'un a barré quatre-vingt-huit pour indiquer quatre-vingt-neuf.

Samedi 2 novembre. 11 °C

La météo prévoit de la pluie, et encore de la pluie, mais à neuf heures du matin le soleil brille d'un éclat très doux, pâli, et le fond de l'air est doux et chaud pour la saison. Même l'eau semble plus chaude que les 11 °C affichés, si bien que je reste plus longtemps dedans et ne me presse pas pour me changer. Ces deux derniers jours, j'ai fait ma gymnastique du matin et dix minutes sur le redoutable vélo d'appartement, dont chaque seconde était une épreuve. La nage paraît une option douce en comparaison, eau froide ou pas, et bien plus efficace pour effacer les petits bobos.

Dimanche 3 novembre. 11 °C

Encore une journée relativement chaude et un bain relativement long. Le soleil brillait pendant que je nageais et a continué de briller pendant que je me séchais, mais dans une sorte de numéro d'équilibriste, sur le fil d'un ciel noir de jais dans lequel il parvenait à ne jamais basculer. L'étang est à présent dans sa configuration hivernale standard – dépourvu, ou presque, de nageurs et plein d'oiseaux. Les observer pendant que je nage sur le dos est un plaisir formidable et curieusement libérateur. Libre comme un oiseau, je ne le suis pas quand je sors de l'eau. Malgré les prévisions météo désastreuses, nous avons roulé jusqu'à Cambridge pour un déjeuner avec Frank et Ursula sous un soleil parfait, avec tous les arbres en feu. Une bien belle journée, en somme.

Mardi 5 novembre. 11 °C

Les feuilles s'en vont à toute allure. Même les grands hêtres sur le talus au-dessus de l'étang ont l'air dénudés – seul le hêtre pourpre fait de la résistance, tout en flammes, dans un étalage de mélancolie. L'eau semble plus froide aujourd'hui – malgré la température affichée – mais seulement sur mon visage et mon crâne chauve. Je crois que je suis en train de m'immuniser.

“Vous êtes resté longtemps dedans”, me dit un Russe sympathique. Je ne l’ai jamais vu, bien qu’il affirme venir ici tous les jours depuis quinze ans. Il fait partie des lève-tôt. Dans mon état décrépit, ces petits compliments ne me laissent pas indifférent. J’imagine qu’un des signes du vieillissement est la gratitude envers quiconque remarque que vous avez toujours une identité. Hannah Arendt dit qu’un des triomphes du totalitarisme est de priver ses victimes d’histoire et d’identité, de les traiter comme de simples statistiques. La jeunesse, à sa façon, est une forme bénigne de totalitarisme. Comme je l’ai dit un jour à Alfred Brendel, au sujet de jolies filles : “Ce n’est pas qu’elles ne réagissent plus. Elles ne me voient même pas.” (Ce à quoi, étant célèbre, il a répondu : “Ce n’est pas un problème que j’ai.”) Ensuite je vais chez le médecin pour mon vaccin antigrippe annuel et redeviens un vieux croûton, envoyé éprouver la patience du personnel jeune et affairé. Il faut prendre le réconfort là où on peut le trouver.

Jeudi 7 novembre. 10 °C

Les étoiles sont sorties hier soir pour la première fois depuis Dieu sait quand et la température a chuté. Matinée sans nuage et scintillante, vent clément, eau clapoteuse. L’impression de se baigner dans l’élixir de vie : j’y suis entré grognon, perclus de douleur et vieux ; j’en suis sorti délesté de quelques années.

Vendredi 8 novembre. 10 °C

Une impression de premier jour d’hiver aujourd’hui – pas plus froid qu’hier, mais sombre et venteux avec des trombes d’eau –, le genre de journée où l’on serre les dents avant de se déshabiller. Mais la température de l’eau n’a pas bougé – elle est plus revigorante et délicieuse que froide : peut-être que serrer les dents fait partie du plaisir. Un peu comme la mise en condition avant une ascension difficile et la montée d'adrénaline qui accompagne le risque et les impondérables, sauf qu'il n'y a rien de risqué dans l'eau froide et que la montée d'adrénaline au moment du plongeon est tout à fait pondérable. Raison pour laquelle je suis accro. La nage en eau froide est le sport d'adrénaline du pauvre ; il n'est même pas nécessaire d'être en bonne forme physique et on se fait du bien avec un minimum d'effort.

Dimanche 10 novembre. 10 °C

J'adore ces journées sombres d'hiver. Hier, quand je suis allé à Twickenham avec les Cornwell pour voir l'Angleterre battre les All Blacks, le temps était doux et ensoleillé, aussi parfait que le spectacle sur le terrain. La pluie est de retour aujourd'hui, fine et persistante. Même pour les mouettes, la journée semble trop humide. Elles sont alignées le long du plongeoir, sur les bras des deux échelles et le long du garde-fou de l'autre jetée où se trouvaient les plongeoirs autrefois, comme si elles étaient déjà saturées et qu'il était impensable de flotter sur l'eau. Elles attendent que je sois juste devant elles avant de s'envoler de mauvaise grâce, puis décrivent un cercle et reprennent leur position une fois que je suis dans l'eau. Un cormoran solitaire est piteusement blotti sur une bouée, les ailes collées au corps. Juste avant que je revienne à la jetée, les cygnes approchent pour me toiser, mais même eux semblent trop accablés par la pluie pour jouer les durs.

C'est le Dimanche du souvenir aujourd'hui et Chris a apporté son clairon pour interpréter la sonnerie aux morts. Plusieurs anciens soldats sont présents, mais ils affirment que la vraie commémoration des morts à la guerre est demain, le 11, et que Chris étant en retard, le moment est mal choisi. Chris sort son instrument et joue quand même, avec force sentiment et beaucoup de fausses notes, tandis que nous nous tenons au garde-à-vous, à moitié habillés. Encore une chose que j'apprécie à l'étang : c'est le dernier avant-poste d'Angleterre.

Lundi 11 novembre. 10 °C

La météo d'hier soir annonçait une semaine de pluie, de vent et de "temps incertain". Mais le soleil resplendissait quand je me suis réveillé et j'ai jugé opportun de profiter de la journée tant que je le pouvais. J'ai bien fait. Le ciel était limpide, l'eau vive et vivifiante, le coin vestiaire baigné de soleil et assez réchauffé pour qu'on s'y attarde. Tony le maître-nageur était en train d'accrocher un grand drapeau britannique au garde-fou au bout de l'ancienne jetée pour la cérémonie du souvenir de onze heures. Il était accoutré comme pour une expédition polaire – grosse veste orange, capuche relevée, et pantalon orange.

– Tu ressembles à Robert Falcon Scott au pôle Sud, j'ai lancé, et il m'a adressé un doigt d'honneur.

Aujourd'hui, cela fait quarante ans jour pour jour qu'Anne et moi nous sommes rencontrés, sauf qu'en 1962, le 11 novembre tombait un dimanche.

Mercredi 13 novembre. 10 °C

Hier il a plu toute la journée, implacablement, comme si le deuxième déluge était arrivé. Ce matin le parc est une pataugeoire, le ciel est sombre, l'eau peu engageante. Aussi n'ai-je pas nagé aussi loin que d'habitude, ce que j'ai regretté à la seconde où je faisais demi-tour. Les barrières vont bientôt être installées – dès que la température descend sous les 10 °C – donc j'ai intérêt à en profiter un maximum. La vérité, c'est que j'aime quand l'eau est froide. Ça me rappelle que je suis toujours en vie. Percy était là, qui récriminait contre les retraites et les subventions publiques, tout en se vantant de n'en avoir pas besoin de toute façon, merci. Après son départ, Tony m'a raconté que Percy avait été un hippie dans les années 1960, les cheveux jusqu'aux épaules et aucune source de revenus jusqu'à ce qu'un autre nageur le paie pour faire un peu de jardinage. Le nageur était surnommé "Le Gentleman". "Il avait un accent bourge et une moustache à la Ronald Colman", m'a dit Tony. Pause. Grand sourire. "Tout comme toi, Al." Apparemment, le Gentleman n'avait pas de famille, parce qu'à sa mort, il a légué de l'argent à Percy, qui a fait l'acquisition d'un magasin de spiritueux avec. Percy a vendu le magasin à la mort de sa femme et s'est acheté une petite maison près du réservoir de Brent. Depuis lors, il vit libre comme l'air. Autour de cette époque, il y avait un autre habitué qu'on appelait "le Millionnaire". Il avait une superbe demeure sur Winnington Road et arrivait en voiture avec chauffeur tous les matins l'été pour jouer au squash, mais pas pour nager. Il y a un Londres parallèle comme il y a un Londres souterrain, et tout ceci en fait partie.

Jeudi 14 novembre. 10 °C

Matinée qui joue les artistes transformistes, tout en clair-obscur. J'ai dû mettre mes lunettes de soleil pour conduire, mais le ciel s'assombrissait à mon arrivée et, au moment où j'ai plongé, une fine pluie tombait, fouettée par le vent. J'ai nagé trois quarts du chemin jusqu'à la barrière dans ce mini-orage, puis je suis revenu sur le dos. Et là, nouvelle percée du soleil, traînées de condensation au milieu de nuages floconneux, mouettes qui allaient et venaient juste au-dessus de ma tête, comme si c'était juste une journée de début d'hiver frisquette et ensoleillée et que la pluie n'avait jamais existé. Il m'arrive de penser que c'est ce spectacle permanent dans le ciel qui m'a fait rester en Angleterre. Il y a quarante ans, j'aurais pu m'installer en Amérique, où je me suis toujours senti plus intelligent, plus énergique, plus heureux. L'Angleterre me semblait étriquée en comparaison, mesquine, renfermée, envieuse, malveillante. Je croyais rester parce que le travail d'Anne la retenait ici, parce que je voulais que les enfants étudient dans des universités anglaises et parce que je devais garder un œil sur ma mère veuve. Sans compter que je suis londonien et que j'adore cette ville. Mais j'adore aussi la météo imprévisible, le ciel changeant et les oiseaux affairés et patients qui vaquent à leurs occupations. Comme d'habitude, Terry m'observait depuis la fenêtre de la cabane des maîtres-nageurs – au cas où je passerais l'arme à gauche en pleine baignade, sans doute. Il avait l'air surpris de me voir rester aussi longtemps. Tandis que je marchais sur la jetée, il m'a lancé :

– Il va me falloir une fourche pour te sortir de là.

Lundi 18 novembre. 10 °C

Quand je suis venu samedi, les mois avaient défilé en accéléré. C'était une journée douce, suave, ensoleillée, aussi chaude qu'une fin avril. Alors j'ai nagé aussi loin qu'au printemps, puis j'ai lambiné sur le retour, admirant les gouttes d'eau étincelantes, la clarté qui descendait du ciel. Aujourd'hui l'hiver est de retour, l'air glacial et, à 9 h 30, les étangs sont toujours nimbés d'une brume qui se dissipe doucement pendant ma baignade. La température de l'eau est sans doute inchangée, mais le ressenti est plus froid avec la température extérieure qui a baissé. Peut-être est-elle plus froide : nous sortons tous aussi roses et luisants qu'un bébé de son bain. Le ciel est sans nuage au-dessus de la brume, mais le soleil est plus bas et les ombres sont longues.

Mardi 19 novembre. 10 °C (9 °C?)

Encore la même tambouille : froid et brumeux au départ, puis le voile se lève et le soleil perce peu à peu. Mais, aujourd'hui, le froid ne rigole pas ; ça sent l'hiver, le vrai – au moins au début. La température affichée de l'eau, bien sûr, reste à 10 °C, mais elle est à 8 °C au lido et à l'étang des femmes, donc le thermomètre électronique ultramoderne se trompe sans doute d'un ou deux degrés. Pourtant, le ressenti n'était pas si froid que ça. Les maîtres-nageurs ont installé la barrière des vingt-cinq mètres, et elle me fait l'effet d'une entrave. J'avais besoin de nager plus longtemps, et j'ai donc décrit un vague triangle, ce qui ne suffisait toujours pas. Peut-être un demi-circuit la prochaine fois, si la météo reste en l'état.

Sur le chemin du retour, la voiture, qui s'était bien tenue depuis le désastre de juin dernier, a encore surchauffé. J'ai roulé comme un escargot jusqu'à la maison, découvert que l'eau avait fui comme la dernière fois, et perdu le reste de la matinée à faire des allers-retours chez Hyundai au lieu de travailler. À la fin de la journée, j'ai décidé de limiter la casse : Hyundai me proposait une offre imbattable sur un nouveau coupé et je l'ai acceptée. Tout est bien qui finit bien.

Jeudi 21 novembre. 9 °C

Ce n'est toujours pas la température officielle, mais il faut bien s'amuser un peu et l'eau est maintenant froide – sans débat possible. Le temps aussi est froid et pluvieux, ce qui ne m'a pas empêché de faire mon demi-circuit, mais sans trop de style. Les virages à quatre-vingt-dix degrés sont difficiles à négocier quand on nage le crawl et j'ai un peu bu la tasse. Il faut que je règle ce problème.

Mais la dernière partie, sur le dos, avec les mouettes qui voltigeaient sous les nuages rapides, était doublement plaisante et je suis sorti en me sentant, comme toujours, régénéré.

Vendredi 22 novembre. 8 °C

En général, je ne nage pas le vendredi, mais le soleil brillait, le ciel était dégagé et le temps était affreux ces derniers jours, alors je me suis dit, allez, merde, j'y vais. Bien sûr, les nuages ont accouru au galop et la journée était plus froide qu'elle n'y paraissait. Pareil pour l'eau, même si elle était quand même bonne. J'ai fini par résoudre le mystère des 10 °C permanents, affichés depuis si longtemps que l'écriture est à peine déchiffrable. Terry m'a dit qu'ils laissaient 10 °C parce qu'ils doivent installer les barrières quand ça descend en dessous. Bon, les barrières sont là depuis le début de la semaine et le chiffre n'a pas changé. Selon Terry, l'eau est à 8 °C et la température continue de descendre. Le ressenti est à l'avenant.

Dimanche 24 novembre. 7 °C

Depuis plusieurs jours, les averses se succèdent, la pluie tombe drue, puis laisse brièvement la place à une éclaircie aqueuse dans un ciel semblable à de la soie changeante. Hier elle a fait une pause de deux heures entières pendant que l'Angleterre écrasait l'Afrique du Sud 53-3. Ce matin, nous avons eu une heure sans pluie pendant que je nageais et qu'Anne faisait sa promenade. L'eau refroidit, donc la centaine de mètres que je nage me ragaillardit et vide ma tête embrouillée, mais je tombe de sommeil en rentrant, ce qui me fait réaliser combien je vieillis. La pâle lumière du soleil n'en est qu'encore plus douce.

Mardi 26 novembre. 9 °C

Matinée froide et brumeuse, vitres de la voiture embuées, rues étrangement calmes. Mais le soleil a commencé à percer tandis que je roulais vers Highgate et, une fois que je me suis changé, la brume s'était levée. Apparemment, l'eau s'est réchauffée ces quarante-huit dernières heures, mais ce n'est pas mon ressenti. Alors j'ai fait mon triangle habituel et au moment où je suis revenu à la jetée, c'était certes vivifiant, mais pas excessivement froid. Comme d'habitude, j'avais l'eau pour moi, mais l'étang était envahi d'oiseaux – des hordes de mouettes et au moins quatre cormorans. J'apprécie leur compagnie. Après, je me suis habillé lentement et j'ai bavardé avec les quatre ou cinq qui nagent à cette heure-là. Encore une compagnie que j'apprécie.

Jeudi 28 novembre. 9 °C

Le téléphone a sonné à neuf heures pour m'annoncer que ma nouvelle Hyundai m'attendait, et soudain tout s'est enchaîné. Trajet au pas dans les bouchons et baignade rapide, sans traîner. Dommage, parce que la journée était ensoleillée et clémente, et l'eau délicieuse. Ensuite, direction chez Hyundai pour rendre la voiture de courtoisie, vider mon vieux coupé et me faire conduire à Dorset Square où m'attendait mon nouveau bolide – gris métallisé et flambant neuf –, ma première voiture neuve depuis ma Saab adorée, il y a vingt ans. Puis retour au garage pour récupérer les CD que j'avais oubliés. N'importe quelle excuse pour étrenner le nouveau coupé. Enfin retour à la maison, épuisé mais sur un nuage, pour régler un problème avec mon appareil photo et mon PC. Et toute la paperasse qui s'est accumulée pendant que je finissais de retravailler mes conférences à la New York Public Library – factures en souffrance, courrier en retard. La nouvelle voiture est assortie d'une garantie de cinq ans. Je ne dirais pas non à une garantie pareille.

Samedi 30 novembre. 9 °C

Je suis arrivé tard, juste au moment où le brouillard se levait et qu'un soleil pâle faisait une percée. Comme il était tard, j'ai eu les lieux pour moi. Juste moi, les mouettes et les cormorans – cinq en tout, tous les ailes déployées pour se sécher, tels des emblèmes héraldiques. Il y avait aussi une poule d'eau qui a fait un bout de chemin à côté de moi sur le premier côté du triangle, avant de prendre peur d'un coup et d'amorcer un virage serré. Avec les températures qui baissent, les maîtres-nageurs maintiennent la porte de la cabane fermée et maître-nagisent derrière des fenêtres fermées. J'adore la solitude, le silence, le froid. Avec la montée d'adrénaline de l'eau froide, aucun poids sur ma cheville, et donc aucune douleur, j'ai l'impression de reprendre possession de mon corps, de le ramener, l'espace de quelques minutes, à son état initial. L'eau était fraîche et douce – assez froide pour rester avec moi et me faire frissonner pendant que je faisais des courses plus tard dans la journée.

Lundi 2 décembre. 9 °C

Journée chaotique hier. Je devais aller chercher Anne à Heathrow à midi, donc je me suis levé tôt pour aller nager. La pluie tombait à verse et mon bolide flambant neuf refusait de démarrer. J'ai tout essayé, j'ai regardé sous le capot, attendu, réessayé, puis j'ai appelé l'assistance dépannage en désespoir de cause et suis rentré chez moi (la voiture était à Gardnor Road) pour attendre qu'ils me rappellent. J'ai poireauté une heure et demie avant de les recontacter. Apparemment, ils sont venus, m'ont appelé, sont tombés sur le répondeur, ont attendu, puis ils sont repartis. La communication ne passait pas. Alors je suis retourné à la voiture et j'ai attendu de nouveau. C'est là que je me suis rendu compte que je m'étais garé en laissant le levier en position marche arrière. Quand je l'ai mis en position P, la voiture a démarré aussitôt, mais il était trop tard pour nager. À mon retour de l'aéroport, l'étang était fermé. Je me suis senti horriblement mal toute la journée – privé d'exercice, privé de douche et terriblement déprimé. La sénilité, semble-t-il, avance à grands pas.

Aujourd'hui, l'étang était silencieux et bienfaisant comme toujours, même si le vent froid donnait un ressenti inférieur aux 9 °C affichés. Les nuages défilaient à toute vitesse, laissant apparaître des bouts de ciel bleu et de soleil aqueux, et les mouettes planaient et virevoltaient haut dans le ciel.

Mardi 3 décembre. 9 °C

L'eau est de plus en plus froide mais la température affichée ne bouge pas. Little David a nagé avant moi, Chris après, et, de l'avis général, elle ne peut pas être à plus de 7 °C. Le thermomètre dernier cri doit nous jouer des tours. Après tout, ça n'a pas grande importance. L'eau est toujours froide mais pas encore *très* froide, donc elle doit être entre 5 et 10 °C. Pourtant, nous faisons tous comme si les chiffres affichés avaient de l'importance – en gros, plus c'est froid, plus nous sommes durs au mal. Bien sûr, c'est un des attraits de la chose, mais un attrait mineur. Ce qui compte vraiment, c'est la morsure de l'eau et le rayonnement de bien-être qu'elle procure – rayonnement qui se traduit par le rose éclatant de nos corps, comme s'ils étaient pochés à la marmite. Un bien-être nourri et renforcé par la noirceur hivernale du ciel, l'immobilité et le silence. Et vous vous déshabillez pour foncer droit dedans. Le résultat est une version grande âge de l'ascension d'une face nord – un petit défi, l'homme face aux éléments. Puis vous plongez, nagez quelques minutes et ce n'est rien du tout. Mais vous en sortez avec une sensation de plénitude et vous vous dites : je suis peut-être un vieux schnock avec une cheville défaillante, mais je ne m'avoue pas encore vaincu. C'est bon pour l'âme autant que pour le corps, et c'est moins cher qu'une psychanalyse.

Jeudi 5 décembre. 7 °C

Le vent a tourné à l'est, il fait vraiment froid, l'hiver est là. Le panneau annonce toujours 9 °C mais Terry avoue enfin que le thermomètre est cassé – comme nous le savions depuis le début. Je suis arrivé éreinté après une nouvelle journée chargée hier : Phil Stanton qui a multiplié les allées et venues chez nous pour installer un nouvel ordinateur pour Anne et le relier au mien ; une télévision neuve géante qu'il a fallu monter jusqu'à la chambre et configurer ; des emballages géants à aller jeter ; le chaos partout. Puis nous avons veillé trop longtemps devant un film sur le grand écran en Dolby Surround. Mais l'eau a opéré sa magie habituelle, le soleil est sorti pendant que je me séchais et je suis rentré en me sentant formidablement bien.

Samedi 7 décembre. 6/7 °C

Matinée hivernale froide et sombre, aussi sombre que mon humeur après une nouvelle mauvaise soirée au Vic. (Je me fatigue, joue trop relax, puis je m'obstine en espérant me refaire, je me fatigue encore plus et je perds encore plus. J'ai conscience de la situation mais je m'entête. J'ai trop de bouteille pour être aussi bête.) J'étais tôt à l'étang, ayant conduit Anne à une conférence sur le TAVI. La pluie tombait, pas très fort, mais fouettée par le vent d'est et pénétrante. L'eau se refroidit sérieusement et le thermomètre est toujours cassé. Je n'ai fait que l'aller-retour à la barrière, cinquante mètres à peine, mais ça a fait l'affaire, Dieu merci. Je dois être plus à l'écoute de moi-même, tenir compte des années, dormir plus longtemps, me lever et quitter la table quand je n'ai pas de jeu – en bref, être aussi vigilant à la table de poker que je le suis à l'étang.

Lundi 9 décembre. 7 °C

Matinée d'hiver scintillante, vent du nord-est qui souffle fort, soleil d'acier dans un ciel bleu pâle délavé après le déluge d'hier. Je me suis emmitouflé dans ma tenue complète d'hiver – T-shirt, chemise en laine, gros pull et polaire –, mais le vent s'engouffrait en plein dans le coin vestiaire et chaque couche que j'enlevais enlevait un degré. L'eau était froide, bien sûr, mais il faisait plus froid dehors que dedans, détail devenu insignifiant tant je rayonnais de bien-être.

Mercredi 11 décembre. 5 °C

Le mercure ne peut guère descendre plus bas. L'eau est froide, enfin, pas tant que ça, mais le vent du nord-est est un coup de poignard. Comme dit Luke, c'est un vent fainéant ; il ne vous contourne pas, il fonce droit à travers vous. La météo d'hier soir annonçait une température ressentie de -9 °C, et c'est à peu près ça. J'ai fait mes cinquante mètres, puis je me suis rhabillé en vitesse. Malgré tout, mes doigts étaient trop engourdis pour que je noue mes lacets, donc j'ai dû demander à David de s'en charger à ma place. De retour à la voiture avec le chauffage à fond, j'ai dû attendre cinq minutes avant d'être en état de conduire. Il y a une exaltation dans tout ça et une fierté absurde, une sorte de "Au diable cette foutue cheville, je peux encore prendre des risques". Mais en vérité, y a-t-il vraiment de quoi se glorifier ? Dix minutes d'inconfort, puis retour dans une voiture climatisée jusqu'à une maison dotée du chauffage central. La belle affaire.

Samedi 14 décembre. 4 °C

J'adore ces journées sombres et froides, pas un chat à la ronde, juste deux-trois voitures garées sur Millfield Lane, les alentours calmes et silencieux maintenant que le vent est retombé. Les mouettes sont perchées en rang le long de la jetée. Elles me toisent d'un regard perçant et attendent, peu disposées à bouger. De nouveaux cormorans arrivent. Ils sont six désormais, chacun sur sa bouée, les ailes écartées. On dirait qu'ils prennent la pose pour figurer des boucliers de guerriers. L'eau est froide et refroidit encore, mais on se sent merveilleusement bien en sortant.

Lundi 16 décembre. 4 °C

J'adore ces matins sombres. Le solstice d'hiver approche, les voitures ont encore les phares allumés à 9 h 30, le parc est déserté, l'eau aussi noire que le lac de Grendel dans *Beowulf*, et très froide. Quand on plonge, tout se contracte vers le centre pour garder les organes vitaux au chaud, avant de repartir vers les extrémités quand on sort. D'où cet éclat rouge-écrevisse, ou, si vous préférez, ce teint rayonnant. Je suppose que cette détermination à survivre à l'adversité résulte de mon opération quand j'étais bébé, et que mon besoin permanent de tester mes limites en est une conséquence.

En tout cas, c'est devenu un état d'esprit qui me permet de me sentir pleinement vivant, seulement surpassé par faire l'amour à Anne. Les bains froids obligatoires à l'internat d'Oundle tous les matins m'ont donné le goût de l'eau froide, et j'ai poursuivi cette habitude l'année suivante, dans le petit cottage glacial que je partageais avec le concierge de l'école quand j'enseignais à Maidwall Hall. L'escalade – nourrir la bête – était une suite logique.

Mardi 17 décembre. 4 °C

Configuration similaire à celle d'hier : lieux déserts, eau sombre, mouettes tapies plus que perchées, trop frigorifiées et déprimées pour s'envoler. Et puis soudain tout s'est animé. Les maîtres-nageurs organisent leur repas de Noël au Guildhall aujourd'hui et leur cabane était pleine à craquer ; l'un d'entre eux venait de se baigner, et quand la porte s'est ouverte, tous bavardaient bruyamment. Les, qui est en congé maladie depuis un an, est venu pour l'occasion ("Sinon, on ne m'invitera plus"), Terry menait tout ce beau monde à la baguette dans son plus pur style de sergent-major, tous étaient sur leur trente-et-un et gonflés à bloc. Chris est arrivé encore plus tard que moi, puis Paul pour un bain de dernière minute avant la fermeture. Mais quand je me suis traîné en haut du talus jusqu'à ma voiture, le parc était aussi vide et silencieux qu'à mon arrivée, le ciel gris anthracite.

Jeudi 19 décembre. 4 °C

Soleil bas, filets de brume, aucun nuage, vent mordant sous l'effet duquel l'étang semblait mouvementé. C'était la pleine lune hier et le ciel était dégagé, donc l'eau refroidit progressivement. C'est clairement le ressenti, mais qui peut savoir ? La seule indication, c'est la durée de la sensation de froid après s'être rhabillé. Aujourd'hui, c'était une grosse demi-heure. Mais quand on est dans l'eau sombre et que les doigts et les orteils s'engourdissent, il y a quelque chose de rassurant, voire de réconfortant, dans ce noyau de chaleur qu'est votre corps. Et quand vous sortez, même le vent ne peut pas vous atteindre tellement vous rayonnez.

Samedi 21 décembre. 5 °C

Journée calme et brumeuse, sans un souffle de vent. En fait de brume, c'est une véritable purée de pois qui se dissipe lentement. Rien ne bouge. Les seuls bruits sont les gouttes d'eau qui tombent du toit du coin vestiaire, l'aboiement d'un chien au loin et le caquètement étouffé des bernaches dans l'étang voisin. L'eau est très calme et très froide. Au moins, ils ont enfin rectifié la température sur le panneau à 5 °C – elle était à 7 °C depuis Dieu sait quand –, mais elle paraît plus froide encore. Elle s'insinue dans mes doigts et mon crâne chauve, bien sûr, mais surtout dans mes dents. Une bande de glace dans la bouche – une drôle de sensation qui n'apparaît qu'autour de 4 °C.

Dimanche 22 décembre. 5 °C

Quelle différence quand le vent tourne ! La journée d'hier était calme et glaciale, puis la pluie est arrivée le soir, le vent a tourné au sud-ouest et le fond de l'air est chaud ce matin. Tant pis pour la neige à Noël. Bien que l'eau soit toujours aussi froide, rien ne presse pour se sécher et se rhabiller. Je bavarde avec Steve le maître-nageur quand je sors, puis, quand je m'habille, avec le maçon irlandais – je ne connais pas son nom – qui nage régulièrement. Il m'a fait une remarque intéressante sur la manière de nourrir notre addiction. Il venait tous les jours, m'a-t-il dit, jusqu'à avoir "l'impression d'aller au travail. Mais en sautant un jour ou deux chaque semaine, ça te manque vraiment et tu es heureux de revenir".

Mardi 24 décembre. 5 °C

Encore un jour qui ne fait pas très Noël ; on se croirait au printemps, avec des bancs de nuages qui se dissipent et un soleil timide. Mauvaise journée hier. Je me suis froissé un muscle ou un tendon à la cuisse droite en faisant ma gym du matin et, ajouté à ma cheville, j'ai souffert le martyre toute la journée. J'ai pris un cachet au moment d'aller me coucher et, même si ça allait un peu mieux ce matin, je ne savais pas trop comment je m'en tirerais au moment de nager. Inquiétude superflue ; l'eau froide soigne tout.

Il y a quelques semaines, alors que nous revenions avec Tony d'un concert de John Adams au Barbican, sur le coup de minuit, j'ai vu un renard trotter sur Kentish Town High Street, indifférent aux gens alentour. C'était un animal pouilleux et cabossé, à la fourrure terne, mais il avait l'œil vif et savait clairement où il allait. Comme dit Keats, "la créature a un but et ses yeux en sont tout brillants". Je suppose que son but était de fureter dans les bennes d'un supermarché, mais il avait parcouru un sacré bout de chemin – le parc est à près de deux kilomètres – et il n'avait peur de rien. C'est une des joies du nord-ouest de Londres, cette étendue sauvage au milieu de la ville. Autrefois, j'y promenais mon chien tous les jours et ça me permettait de garder un esprit sain dans un corps sain. Aujourd'hui, je parcours à pied les cinquante mètres jusqu'à l'étang aller-retour, et la magie opère toujours.

Jeudi 26 décembre. 8 °C

Je ne nage pas le jour de Noël parce que je n'aime pas la foule et que je suis trop vieux pour faire la course, même sur cinquante mètres. Hier il y avait une affluence record et une température record dans l'eau (8 °C, elle n'a pas été aussi chaude depuis des années) avec une quantité record de vin chaud absorbé. Ce matin, les lieux ont l'air en pleine gueule de bois après la beuverie annuelle. Personne n'a rangé les barrières rajoutées dans l'eau ni les échelles rajoutées sur la jetée et il y avait une caisse de bouteilles vides attendant d'être jetées. Dans l'ensemble, tout paraissait à bout, l'eau comprise. Après une semaine de temps anormal pour la saison, la température a remonté à 8 °C et elle aussi paraît un peu négligée, comme la bruine ambiante et les familles irritables qui marchent pour évacuer les excès d'hier. Seuls les chiens semblent prendre du bon temps. Négligée ou pas, l'eau m'a aidé à me purger de mes agapes.

Samedi 28 décembre. 8 °C

La météo demeure printanière. Les nuages se sont dissipés et le soleil est sorti pendant que je nageais, si bien que j'ai pris mon temps pour me sécher et me rhabiller. Les oiseaux sont soudainement affairés, comme si nous étions déjà à la Saint-Valentin. L'étang des bateaux miniatures à côté est aussi bruyant que la Chambre des communes en plein débat houleux et, à Flask Walk, un rouge-gorge a chanté toute la nuit. Est-ce que son horloge biologique s'est détraquée, est-ce qu'il fait une dépression ou est-ce que c'est juste cet absurde printemps avant l'heure ? L'eau aussi paraît presque chaude. J'ai fait mon aller-retour habituel à la barrière, puis j'ai lambiné avant de sortir. Mon horloge biologique va bien, mais son thermostat a changé, comme si l'eau froide était devenue mon élément naturel. Peut-être l'a-t-elle toujours été.

Lundi 30 décembre. 8 °C

Nouvelle journée sombre d'hiver, phares allumés à dix heures du matin et pluie, fine mais persistante. Il fait aussi humide dehors que dans l'eau, qui n'est pas froide, mais suffisamment fraîche pour me réveiller et effacer mes douleurs matinales. Hier, après une journée à faire les soldes du côté de Jermyn Street, j'ai traîné la patte comme un vieux, j'ai pris un antalgique et je suis resté chez moi. Aujourd'hui, la baignade m'a remis d'aplomb. La baignade et le silence. La pluie étouffe tout – aucun cri d'oiseau, aucune éclaboussure pendant que je nage –, une couverture d'eau toute douce qui tombe sur de l'eau.

Mardi 31 décembre. 7 °C?

Il fait toujours sombre à midi (enfin, autour de midi) et bien plus froid qu'hier (même si les maîtres-nageurs n'ont pas daigné relever la température), le parc est presque submergé, mais au moins il ne pleut pas (pour l'instant). L'eau est plutôt bonne mais il me faut un long moment pour me réchauffer après. J'ai nagé, Anne a marché, puis je l'ai emmenée au Belsize Deli et je suis resté grelotter dans la voiture pendant qu'elle faisait ses courses. J'ai une version revisitée de la réplique culte des *Blues Brothers* :

"Il fait noir, il pleut, il fait sept degrés et j'ai soixante-treize ans. À l'eau !"

2003

Jeudi 2 janvier. 8 °C

Il pleut sans discontinuer depuis deux semaines. Les bulletins d'alerte inondation aux actualités se font chaque jour plus longs et plus insistants, la porte de l'écluse de l'étang voisin a été ouverte et le niveau de l'eau est monté dans l'étang de nage. La pluie tambourinait tellement fort pendant que je nageais que c'en était presque douloureux. J'étais attendu au Schloss Brendel à onze heures pour entendre Alfred et Adrian répéter les sonates pour violoncelles de Beethoven, donc je suis allé à l'étang de bonne heure. Les joviaux frères King et leur chien Buster le maussade étaient là avant moi et ils ont égayé la journée. Nager sous la pluie un jour de janvier est devenu ce que c'est toujours, une bonne blague, appréciée par nous tous – sauf par Buster, bien sûr.

Samedi 4 janvier. 4 °C

La pluie a fini par cesser, le ciel s'est dégagé, la température a baissé. Une parfaite journée d'hiver : givre sur les vitres des voitures, soleil éblouissant, air pur et sec, suffisamment froid pour que je m'équipe d'une polaire et de moufles pour me rendre à l'étang et en revenir. La surface de l'eau était constellée d'oiseaux – mouettes, canards, poules d'eau, même des cygnes – qui nageaient lentement et sereinement, une belle *passeggiata* au soleil. L'eau n'était pas excessivement froide, mais froide quand même, loin des 8 °C qui avaient été affichés, sans doute par plaisanterie. Un côté du coin vestiaire était baigné de soleil et je suis resté l'absorber quelques minutes. Mais pas longtemps : tout le froid était dans mes pieds et je devais me rhabiller avant de pouvoir enfiler mes chaussettes et mes chaussures. Une de ces journées qui vous rendent heureux d'être en vie.

Dimanche 5 janvier. 4 °C

Épaisse couche de givre sur la vitre de la voiture ce matin, malgré un départ tardif, mais le soleil brille, les oiseaux volent, l'eau est tranchante comme un couteau. Je me sèche, prends le soleil dans l'air scintillant, bavarde avec Ken McMullen, et toutes les scories disparaissent – l'alcool, les excès, le vacarme du dîner d'hier soir et la conversation polie que je n'avais pas envie d'entretenir. L'eau froide, l'air frais et le soleil rachètent tout. Pendant les quelques minutes où je nage, mon corps fonctionne sans heurts et ma cheville ne me fait pas me sentir vieux, gauche et veule.

Mardi 7 janvier. 2 °C

À la météo, ils ont annoncé la journée la plus froide de l'hiver et, une fois n'est pas coutume, on dirait qu'ils ne se sont pas trompés : mince couche de neige sur la route, givre sur les vitres, ciel obscur, vent cinglant. Quand je suis arrivé à l'étang, la neige tombait de nouveau – pas abondante, mais suffisamment pour qu'on ne fasse pas durer la baignade. L'eau était vraiment froide ; il y avait un peu de glace sur le premier barreau de l'échelle quand je suis sorti, et un poudroiement de neige sur la jetée. Je me suis rhabillé aussi vite que possible et mes doigts étaient si froids que j'ai dû demander à un des maîtres-nageurs de nouer mes lacets. J'aime ces frimas hivernaux ; ils évacuent les douleurs de mon corps et le brouillard de ma tête et ils correspondent à mon âge hivernal. Ou plutôt ils me donnent l'impression d'être encore jeune – dehors par gros temps et presque en forme. J'ai fait laver la voiture, avalé un sandwich au bacon au petit café-restaurant italien et je suis rentré à la maison en pleine forme. Par la suite, les nuages se sont dissipés et le soleil est sorti. Les arbres nus devant ma fenêtre tremblent dans le vent.

Jeudi 9 janvier. 0/1 °C

Grosse chute de neige au réveil hier, donc je me suis donné des excuses pour ne pas nager – toutes ces mères de famille qui font des embardées sur les rues verglacées dans leurs Range Rover, etc. – et j'ai vite été puni : un arbre est tombé sur mon bolide tout neuf innocemment garé en bas de la maison, à Flask Walk. Par miracle, il n'a cassé que le pare-brise arrière et n'a pas laissé de traces sur la carrosserie. Mais la journée était fichue. Me voilà avec une banale Hyundai de courtoisie, mais elle m'emmène quand même jusqu'à l'étang sur les rues verglacées et ce c'est pas le moment de jouer les pilotes de course. Le vent est coupant comme un rasoir, le parc enneigé, mais le soleil brille dans un ciel sans nuage et l'air scintille. L'eau entre les deux jetées est recouverte d'une fine pellicule de glace, mais le reste de l'étang est praticable et d'un noir de jais. Les cormorans trônent sur leurs bouées habituelles, les corneilles et les pies volent, les mouettes sont ailleurs. Il y a une étroite ligne d'empreintes de pas le long de la jetée couverte de neige, comme si une seule autre personne avait nagé ce matin – ce qui ne peut pas être vrai ; tout le monde a dû suivre prudemment cette trace unique. L'eau est froide, mais pas tant que ça et, quand je m'arrête à quelques mètres de la bouée, j'ai l'impression de m'être renié. Je sors à contrecœur, sans douleur et resplendissant de santé, et me sèche lentement au soleil.

Si mes mains et mes pieds n'étaient pas si gelés, j'aurais même pu lézarder encore un peu.

Samedi 11 janvier. 0/1 °C

Le temps garde sa perfection hivernale : grand soleil, fortes gelées, rues désertes, froid vif, parc tout enneigé. Tout l'étang est recouvert d'une fine couche de glace, sauf une bande de vingt-cinq mètres de long à gauche de la jetée. (Malgré la neige, la température affichée reste à 4 °C. Terry glousse quand on l'interroge sur le sujet.) Richard le maître-nageur vient de rentrer de Bornéo, où il tourne un film sur la survie avec le SAS ; il l'a l'air incommensurablement en forme et jovial. Nous avançons ensemble sur la jetée et je plonge le premier. L'eau est très froide mais, en repensant à jeudi, je pousse jusqu'à la barrière le long de la glace, m'attendant à ce que Richard me dépasse comme une fusée. En fait non. Puis je me mets sur le dos et reviens plus lentement. Il y a de grandes traînées de condensation dans le ciel sans nuage, comme un message extraterrestre. L'eau ne pourrait pas vraiment être plus froide mais, par une journée splendide comme celle-ci, elle est merveilleusement bonne. Quand je sors, Richard s'est déjà séché et il est en train de se rhabiller, Terry et Danny applaudissent : "Tu es un dur, Al." Voilà les mots que j'ai le plus envie d'entendre, vieux schnock infatué que je suis. Hier soir, Anne et moi avons emmené Kate dîner chez Simpson's In the Strand pour son anniversaire. Nous avons trop mangé et trop bu, et je me suis réveillé dans un sale état. Quand je suis sorti de l'eau, ma gueule de bois avait disparu.

Dimanche 12 janvier. 0/1 °C

Encore une nuit froide et une matinée éblouissante – trop froide et trop éblouissante, pour le coup. La glace s'est avancée jusque sur la jetée et s'est épaissie dans la nuit ; l'espace dégagé par les maîtres-nageurs est trop restreint pour qu'on puisse y nager. Tout ce que j'ai pu faire était de me jeter dedans, faire quelques brasses, éclabousser un peu et ressortir. Pas du tout ce que je voulais. Il y a eu aussi un incident qui a affolé tout le monde : un jeune homme a couru sur la jetée et sauté du bout, là où la glace est relativement épaisse – assez épaisse pour se briser comme du verre et lui couper l'artère du pied. Tandis qu'ils attendaient l'ambulance pour l'emmener à l'hôpital, les maîtres-nageurs lui ont demandé pourquoi il avait fait ça.

Il a dit :

– J'avais entendu parler de nageurs qui brisent la glace.

Ce à quoi ils ont répondu :

– Ce n'est pas comme ça que ça marche. *Nous*, on brise la glace, et *ensuite* les gens nagent.

Il avait l'air d'un brave petit qui voulait s'amuser et épater la galerie. Mais il est également journaliste en herbe et il a l'intention de raconter sa petite aventure. D'où le malaise. Les bureaucrates londoniens pourraient-ils utiliser cet argument pour interdire la nage en hiver, au moins en cas de glace ? Un avocat sans scrupules pourrait-il l'inciter à réclamer des dommages et intérêts ? La mairie de Londres n'aime pas trop la nage en hiver et rechigne à payer des maîtres-nageurs pour satisfaire une poignée de gens qu'elle considère comme des cinglés. Pourrait-elle utiliser ce crétin comme prétexte pour fermer les lieux en hiver ?

Concernant la glace : plus l'eau est froide, plus ça nous plaît et plus notre petit club devient select. Naturellement, personne ne le dit ouvertement, mais je pense que c'est sous-entendu, parce que, à l'instar de nombreux joueurs de poker, nous sommes pour la plupart des ex-athlètes vieillissants, nous ne pouvons plus rivaliser dans nos sports de prédilection, donc nous rivalisons avec la température de l'eau. C'est une solution à peu de frais, puisque l'eau froide met un peu à l'épreuve votre force d'âme et pas du tout votre aptitude physique. On constate alors ce phénomène curieux – du moins chez moi : je veux une eau toujours plus froide, mais quand elle gèle pour de bon, comme aujourd'hui, je suis frustré de ne pas pouvoir nager assez longtemps pour sentir que j'ai fait de l'exercice. J'imagine que ça reflète ma frustration désormais permanente de ne pas être capable de marcher plus que sur une courte distance.

Mardi 14 janvier. 2 °C

Le vent a tourné à l'ouest, la neige et la glace ont fondu, la journée est de nouveau sombre. J'arrive vieux et ronchon avec ma patte folle, je fais mes cinquante mètres habituels et je me sens mieux. Little Dave est le seul autre nageur. Tandis que nous nous séchons, il se met à parler de lui. Dans les années 1970, me raconte-t-il, il a été hospitalisé à la suite d'un épisode psychotique ; par instant, il croyait que l'arrière de sa tête se recroquevillait et implosait ; il a passé trois mois en hydrothérapie, puis beaucoup plus sous observation personnalisée. Je me demande s'il l'est toujours. Ensuite il a enchaîné sur les anciens trains de la London Midland and Scottish qui reliaient autrefois Broad Street à Richmond. Il connaît l'histoire dans les moindres détails et n'a aucun scrupule à vous les donner. Septuagénaire resté enfant dans l'âme, il est triste et gentil, vit tout seul et a fait de l'étang le centre de sa vie sociale. Quand il part d'ici, il se lance dans de longues errances solitaires à pied ou à vélo, principalement le long de la Tamise – n'importe quoi pour remplir ses journées. Je n'ai pas vraiment envie de savoir. Sa vie sans but, sans attache, qu'il veut faire croire remplie en la saturant d'anecdotes et de détails, n'est pas si éloignée de ma propre routine apathique. J'ai l'impression d'avoir perdu toute énergie et toute ambition. L'idée d'écrire quoi que ce soit me répugne et j'abhorre cette cheville perpétuellement douloureuse qui, cette dernière année, m'a transformé – tout d'un coup, semble-t-il – en vieil homme. Peut-être que c'est une autre façon de dire que je suis déprimé par l'idée d'arriver à court de temps. Pour Beckett, "La perspective de la mort est toujours ravigotante". Je ne suis plus si certain qu'il ait raison.

Jeudi 16 janvier. 3 °C

Belle journée ensoleillée, printanière, presque chaude. Alors je choisis de croire ce que je vois et de rester dedans plus longtemps, et je lambine sur le retour en admirant le ciel pommelé de nuages pâles, les traînées de condensation, les mouettes fébriles, l'arc indolent du cormoran qui se pose sur son perchoir au milieu de l'étang. Puis je prends mon temps pour me sécher et reste torse nu au soleil, évoquant avec Chris et Dave les vieux plongeoirs en hauteur et les athlètes qui les utilisaient quand l'étang de Highgate était un centre d'entraînement pour les plongeurs britanniques. Une fois rhabillé et de retour à la voiture, je tremble comme un saule et ça dure toute l'heure qui suit.

Samedi 18 janvier. 4 °C

Le temps reste printanier et l'eau assez froide. Quand je plonge pour mon aller-retour habituel à la barrière, Paul enchaîne les longueurs comme une bête de somme le long de la barrière opposée. Dieu sait depuis combien de temps il est dedans, mais il y est encore quand je sors.

Il a dû se changer dans la cabane des maîtres-nageurs où il y a un petit poêle, parce qu'il est tout habillé quand il arrive dans le coin vestiaire au moment où je me change. Son visage est bleu et il tremble galvaniquement.

– Tu en fais peut-être un peu trop, je dis paternellement.

Il répond :

– Il faut que ça pique.

Il est réellement convaincu de la nécessité de se faire souffrir. Je ne vois pas l'intérêt.

Dimanche 19 janvier. 4 °C

On approche de la Saint-Valentin et les oiseaux se rassemblent. Ils sont de plus en plus nombreux et affairés. Certains pigeons volent déjà deux par deux et les mouettes se chamaillent, piaillent, se poursuivent bruyamment de part et d'autre de l'étang, comme un échauffement pour la saison des amours – ou un entraînement. Quand j'ai atteint la barrière aujourd'hui, une mouette était posée sur une des petites bouées, à une quinzaine de centimètres de moi ; elle m'a dévisagé froidement et n'a pas bougé. Derrière elle sur la berge, il y avait un jeune héron fringant, bleu-vert mentholé, éclat de paradis décoché du ciel et élégamment fiché au bord de l'étang. J'avais envie d'agiter la main en disant "Content de te revoir". L'eau est toujours froide, mais le printemps approche.

Mardi 21 janvier. 3 °C

Non, pas encore ! C'est une de ces journées où l'on se demande pourquoi on nage en hiver – vent mauvais et pluie drue en sus de l'obscurité et du froid habituels. Au ressenti, l'eau paraissait encore plus froide que ce week-end, même si ce n'est sans doute pas le cas. (Qui peut savoir, vu que le panneau annonce 4 °C depuis des semaines par toutes sortes de temps ?) Le plus difficile était de se déshabiller et d'avancer sur la jetée, tel Lear dans la tempête. Puis, tandis que je me séchais à la hâte en citant des répliques de *It's That Man Again* avec Dave, une révélation : des piaillements dans les arbres au-dessus du coin vestiaire. Des pies, j'ai pensé. "Des perruches", a dit Dave. Ça m'en a bouché un coin, mais il avait raison ! Deux couples, vert tropical, fusant entre les branches nues et détrempées. Apparemment, elles sont nombreuses. Comme l'a dit Louis MacNeice :

"Monde est plus fou et plus vaste qu'on ne le pense
Incorrigiblement pluriel."

Jeudi 23 janvier. 4 °C

Hampstead Heath ressemble à un décor de théâtre. Vent mauvais, ciel sans nuage, soleil toujours bas en milieu de matinée, éclairant les lieux à la manière d'un projecteur. Les mouettes volent bas et l'eau noire et clapoteuse me fouette les sangs après une nuit de sommeil haché. Après le bain, je me prélasse sur la jetée pour savourer cette journée radieuse, me prélasse encore au soleil froid tandis que je me rhabille, puis rentre à la maison avec une sensation de plénitude.

Samedi 25 janvier. 4 °C

La météo nous ressort son numéro de transformisme : ciel sombre et pluvieux, puis les nuages s'ouvrent, le soleil fait une brève apparition, et il repleut. Et ainsi de suite. Il pleuvait lorsque j'ai plongé et le soleil est sorti pile au moment où j'émergeais, dans un timing parfait. Hier soir, Kate et moi devions aller au cinéma – Anne est à Oslo –, mais j'étais tellement fatigué que nous nous sommes rabattus sur une soirée film et pizza. Résultat, j'ai fini par me coucher à une heure du matin et j'ai été réveillé par la sonnette à 8 h 30, bien avant d'être prêt. Ce doit être la douleur permanente à cette foutue cheville qui m'éreinte. Rien de vraiment méchant en soi, mais ça me ronge – *gniac, gniac, gniac* –, ça me tient constamment éveillé et ça me déprime. Je me sens vieux et impuissant et j'ai parfois l'impression de ne tenir qu'à un fil. Mais les jérémiades n'attirent pas vraiment la sympathie, et ça me déprime encore plus. Un cercle vicieux, en somme. C'est aussi le prix de mon hubris : avant, je me croyais physiquement indestructible. Comme dit Bette Davis, "Vieillir, c'est pas pour les mauviettes". L'eau froide, Dieu merci, apaise les douleurs et me rend ma jeunesse l'espace de quelques minutes. Sans elle, je serais dans un sale état.

Lundi 27 janvier. 4 °C

Journée douce, chaude, légèrement voilée, des airs d'avril plus que de janvier, même si l'eau est toujours bien froide – ce qui rend la journée et l'eau d'autant plus délectables. La météo annonce un nouvel épisode de gel dans deux jours, donc je m'attarde plus longtemps que je ne devrais, profitant à fond du soleil. Chris a apporté le tirage d'une photo d'un groupe d'habitués, prise en 1939. Percy est dessus, ainsi que Harold, mort récemment à l'âge de quatre-vingt-onze ans. Les autres noms ne me disent rien ; l'un est un boxeur que Chris connaissait de son époque sur le ring ; tous sont jeunes, musclés et souriants. Je me demande combien ont survécu à la guerre. Steve le maître-nageur s'arrête pour bavarder. Il nous raconte qu'il a quitté l'école à l'âge de seize ans sans savoir lire, et qu'il prend aujourd'hui des cours du soir de littérature et s'est pris de passion pour Orwell. La prochaine lecture sur sa liste est mon livre *Le Dieu sauvage* – il a déjà lu *Nourrir la bête* –, et je lui promets donc de lui apporter un exemplaire de la nouvelle édition chez Bloomsbury demain. Peut-être y a-t-il après tout un avantage à être vieux : les gens vous disent des choses, sans doute parce qu'ils savent que vous ne les retiendrez pas contre eux. En tout cas, il est flatteur d'être mis dans le même panier qu'Orwell.

Mardi 28 janvier. 3 °C

La météo avait raison : le vent a tourné au nord et nous sommes de nouveau en hiver. À 9 h 30, le ciel est sans nuage mais le vent est âpre et l'eau froide au ressenti. Pas question de traîner aujourd'hui : je me déshabille vite, nage mes cinquante mètres, puis je me sèche et je m'habille aussi vite que je peux. Les arbres s'agitent dans tous les sens, les pies sont projetées aux quatre vents comme des boulets de canon et même les mouettes ont du mal à garder l'équilibre. Ce sont les journées comme celle-ci que je préfère, quand la bête a quelque chose à se mettre sous la dent et qu'il est bon d'être en vie.

Jeudi 30 janvier. 2/3 °C?

Il faisait tellement sombre qu'on avait l'impression de marcher dans une cave. Le bulletin d'hier soir annonçait de la neige et un vent du nord tout droit venu de l'Arctique ; pour une fois les prévisions étaient justes. Il commençait à neiger quand j'ai quitté la maison et, avant que j'arrive au bout de Well Walk, la neige tombait fort – de minces flocons virevoltants, du genre sérieux, déterminés à prendre racine. Me déshabiller était difficile et marcher sur la jetée couverte de neige encore plus. Le vent polaire a poussé la température de l'air bien en dessous du point de gel et l'eau glaciale semblait presque chaude en comparaison.

Même les mouettes ne volaient pas; elles étaient piteusement agglutinées le long du plongeoir, tels les passagers d'un train de banlieue en heure de pointe. Deux cygnes nageaient près de la berge, à l'abri du vent. Ils se sont approchés de moi quand je revenais, mais je les ai ignorés, trop frigorifié pour m'en inquiéter. Puis, en me hissant sur la jetée, j'ai éprouvé ce merveilleux rayonnement protecteur lorsque le sang, qui fuse vers l'intérieur pour protéger les organes vitaux quand vous plongez, repart vers les extrémités. Cependant, mes mains étaient trop engourdies pour que je fasse mes lacets et boutonne mon pantalon. Dave s'est débrouillé pour les lacets mais pas pour le pantalon; puis Chris, qui a confectionné ledit pantalon, est arrivé et a réglé le problème. Le soleil est sorti avant que je me sois rhabillé, les nuages se sont ouverts, la neige a fondu sur les routes, laissant derrière elle un scintillement, et j'ai roulé vers chez moi le long d'un grand fleuve d'or. Malgré tout, je tremblais encore une heure plus tard, mais le rayonnement s'était propagé à chacun de mes pores, la bête était nourrie et je me sentais formidablement bien.

Dimanche 2 février. 3 °C

Les deux derniers jours ont été rudes. La neige est revenue jeudi après-midi, plus forte qu'avant, puis elle s'est carrément glacée avec le vent polaire. J'avais l'intention de jouer au poker au Vic mais Flask Walk était impraticable. Et pas seulement Flask Walk; tout le sud-est de l'Angleterre était paralysé. Sur l'autoroute, les gens sont restés coincés dans leur voiture pendant douze heures ou plus; une femme a raconté à la radio que les dix minutes de trajet de Swiss Cottage à Golders Green lui ont pris quatre heures. Vendredi, tout était encore gelé. Quand j'ai regardé par la fenêtre de mon bureau, il n'y avait aucune voiture dans la rue et les piétons glissaient comme sur une patinoire. Avec ma cheville en miettes qui me joue des tours même par beau temps, je suis resté enfermé toute la journée et ça m'a fait enrager – en réalité, j'enrageais contre la décrépitude qui me force à rester enfermé. Je me suis dit que ça irait mieux le lendemain, mais le samedi, malgré un vent plus chaud, la neige et la glace étaient toujours là, donc je suis encore resté à la maison et j'ai enragé de plus belle. Ça a fini par dégeler l'après-midi et, le soir, nous avons roulé sans problème jusqu'à un restaurant de Knightsbrige pour un dîner agréable avec Michael et Kathy. Ce matin, le soleil brillait et le parc était bondé de gens qui promenaient leurs chiens et leurs enfants. Ils avaient l'air éperdus de plaisir, tels des détenus du couloir de la mort qui viennent d'être graciés. J'ai ressenti la même chose dans l'eau froide-froide, avant de me sécher au soleil et de bavarder avec Danny et Steve. Malgré le travail qui s'accumule et mon incapacité à écrire une seule ligne, la vie semble de nouveau possible.

Mardi 4 février. 1/2 °C

Journée ensoleillée et rude, soleil bas, ombres longues et vent glacial. Il y avait un peu de glace sur le tapis en coco autour de l'échelle sur la jetée et l'eau paraissait aussi froide qu'elle peut l'être sans geler. Quand j'ai eu terminé mes cinquante mètres, mes mains et mes pieds étaient engourdis et ils le sont restés une bonne demi-heure, même si j'ai au moins réussi à boutonner mon pantalon et à faire mes lacets. Tandis que je m'habillais, une grive draine perchée sur la plus haute branche d'un arbre surplombant le coin vestiaire, éclat blanc cassé se détachant sur le ciel pâle, chantait la sérénade au printemps à venir dans une douce cascade de notes. Quatre pigeons picoraient sous les hêtres du talus menant à la route. Les oiseaux commencent à s'apparier en préparation de la Saint-Valentin.

Jeudi 6 février. 0/1 °C

L'étang est de nouveau gelé. La glace n'est pas épaisse, mais elle recouvre toute la surface, à l'exception d'une bande d'une dizaine de mètres derrière la jetée. Je fais un petit circuit, mais ça ne prend que deux minutes, ce qui n'est pas suffisant. Peut-être aurais-je dû faire un plus long circuit ou le faire deux fois. Terry me surveille, façon mère poule, comme toujours les mois d'hiver. Quand je sors, je lui donne le numéro de chez moi, juste au cas où je leur ferais le même coup que Rudolph. Il le note dans un carnet, avec les numéros d'autres vieux, comme Percy. Je lui demande pourquoi la température est affichée à 4 °C alors que l'étang est gelé. Il dit qu'aucun thermomètre ne fonctionne et qu'il faudrait une réunion de comité pour en avoir un nouveau. En sortant, je croise un des plus vieux habitués, un homme qui a dépassé les quatre-vingts, avec une bonne tête, l'air intelligent et raffiné – un ancien avocat, peut-être.

– Un poil gelé, je dis, en haussant la voix parce qu'il est sourd.

– Formidable, il répond.

Il semble curieux que l'eau soit si froide quand les oiseaux chantent si fort.

Samedi 8 février. 1/2 °C

La journée est sombre et maussade, mais le vent est léger et l'air bien plus chaud que ces derniers temps – autour de 10 °C. Sans doute est-ce pour ça que l'eau paraît froide, froide comme la mort, si froide qu'elle me fait mal dans toute la mâchoire. Puis je sors, le rayonnement se répand dans tout mon corps et la sensation est merveilleuse. Que ferais-je sans l'étang ?

Dimanche 9 février. 2 °C?

Nouvelle journée de grisaille hivernale, pas trop froide mais pluvieuse. Il est curieux que la pluie soit l'élément le plus difficile à supporter, puisqu'on se mouille quoi qu'il arrive. En vérité, il y a une résistance instinctive à l'idée de se déshabiller par temps humide et froid. L'étang était couvert de vaguelettes, aussi déconcertant qu'un tableau de Bridget Riley. J'ai attendu quelques instants devant ce chatoiement qui me donnait le tournis, je sentais la pluie sur ma peau, je commençais à trouver ça agréable, puis j'ai plongé et commencé à nager vite. L'eau est toujours froide, mais pas autant qu'hier.

Mardi 11 février. 1/2 °C?

Nouvelle journée maussade. Le Heath désert, à l'exception de quelques promeneurs de chiens solitaires pressés, tête baissée, voûtés contre la pluie. Un des maîtres-nageurs jetait des bouts de pain rassis aux oiseaux, si bien que l'eau près de la berge grouillait de canards et de cygnes. Une nuée de mouettes se chamaillaient au bout de la jetée, puis elles ont décollé de mauvaise grâce quand je me suis approché. L'eau était toujours suffisamment froide pour me faire mal à la mâchoire. Je me suis rhabillé en vitesse et je suis rentré chez moi avec le chauffage à fond. Malgré le mauvais temps, les oiseaux s'en donnaient à cœur joie. La grive draine, perchée à son poste habituel tout en haut de l'arbre surplombant le coin vestiaire, parcourait son époustouflant répertoire. Hier soir, j'ai écouté *La Flûte enchantée* à la radio, en direct de Covent Garden. Papageno était bien loin du compte.

Vendredi 14 février. 1 °C

Magnifique journée d'hiver : soleil pâle dans un ciel pâle, pas un nuage en vue, vitres givrées, vent glacial. La température affichée, longtemps restée bloquée à 4 °C, a enfin été changée. Non pas qu'ils aient un nouveau thermomètre. Selon Terry, c'est l'autre maître-nageur, Geoff, qui a passé un doigt dans l'eau et s'est écrié "ouh là, elle est froide !", et ils ont changé le chiffre. Il disait vrai. Il y avait les traînées de glace habituelles le long de la jetée, là où les nageurs matinaux s'étaient égouttés, et l'eau était froide au point de me couper le souffle ; il m'a fallu à peu près six brasses avant de pouvoir avaler une bouffée d'air. Pourtant, elle n'est pas beaucoup plus froide que ces dix derniers jours. Ça n'a pas grande importance ; elle était simplement trop froide pour qu'on s'y attarde. Mais voici un détail curieux : j'ai nagé mes cinquante mètres aussi vite que je pouvais, mais quand je suis sorti, Terry, qui m'avait chronométré, a déclaré :

– Tu étais plus lent que d'habitude d'une bonne dizaine de secondes.

Je n'avais jamais su qu'il me chronométrait ; peut-être que ça fait partie de sa routine pour surveiller les vieux.

– J'ai passé combien de temps dedans ?

– Plus que tes trois minutes et demie habituelles.

(J'ignorais que c'était le temps qu'il me fallait pour parcourir l'aller-retour à la barrière ; ça paraît plus court que ça.) Pourquoi étais-je plus lent alors que j'avais l'impression de presser l'allure ? Est-ce parce que la viscosité de l'eau augmente quand la température descend ? Avant, je savais ce genre de trucs.

Dimanche 16 février. 1 °C

Avec Anne, nous nous sommes arrêtés prendre un café chez Cornwell sur le chemin du parc, donc je suis arrivé tard à l'étang. Pas plus mal, vu le froid glacial et le vent mortel, mais en milieu de matinée, quand j'ai fini par entrer dans l'eau, les nuages s'étaient dissipés et le soleil faisait de son mieux. L'eau était aussi froide qu'elle peut l'être sans se solidifier, mais la vérité c'est que je l'aime de plus en plus comme ça. Je ne suis même pas gêné par le passage le plus froid, qui n'est pas le bain, mais le moment juste avant – enlever la dernière couche de vêtements, traverser le coin vestiaire et arriver sur la jetée dans le vent, observer les oiseaux, puis plonger. Et quand on peut s'asseoir au soleil après le bain, à l'abri du vent, la sensation est vraiment formidable. Ce matin j'ai même pris le soleil quelques minutes avant de me rhabiller. Puis j'ai monté les marches pour retrouver le parc et ses promeneurs du dimanche en tenue arctique. Quel monde curieux.

Mardi 18 février. 0 °C

C'est de mieux en mieux. La température descend, mais le ciel reste dégagé et le soleil brille. Ce matin, l'étang était aussi gelé que la voiture et la température ressentie était sous le point de gel. Mais à dix heures, il y avait assez d'eau praticable pour qu'on puisse nager une dizaine de mètres sans toucher de glace. Ce n'était pas vraiment suffisant et je me suis arrêté sur l'échelle en me demandant s'il ne fallait pas y retourner, j'ai décidé que non, puis j'ai regretté. De retour au coin vestiaire, j'ai pris le soleil un moment et bavardé avec Chris. C'est exactement comme ça que ça me plaît et la météo prévoit que le temps va rester ainsi quelques jours. Je préférerais quelques semaines de plus, peut-être parce que je suis dans l'hiver de ma vie et que, abstraction faite de ma cheville, je suis parfaitement heureux.

Jeudi 20 février. 0 °C

Je n'aurais pas dû mentionner cette putain de cheville. Hier, Anne donnait une conférence à Cambridge, donc je l'ai emmenée là-bas en voiture, j'ai fait le planton comme il convenait et, quand nous sommes rentrés chez nous, la cheville avait atteint un stade cauchemardesque. J'ai eu beau prendre un antalgique, la douleur m'a réveillé en pleine nuit – pour la première fois, mais pas la dernière, je parie – et je me suis réveillé éreinté et démoralisé. La journée était belle, l'étang a opéré sa magie habituelle et j'en suis sorti ragaillardi. L'air est toujours très froid, mais le vent est tombé, le soleil est un peu plus haut et, tout à coup, on se croirait au printemps – l'air est plus clair, il y a comme une douceur sous le froid. Les bordures extérieures de l'étang sont toujours recouvertes de glace et les mouettes y traînent les pieds d'un air morne. Mais il n'y avait qu'un petit bloc de glace qui dérivait sur la gauche de la jetée, donc j'ai pu nager jusqu'à la barrière sans encombre. Au moment où je sortais, le héron a subitement décollé depuis la berge derrière la cabane des maîtres-nageurs, parallélogramme au bec bleu métallique survolant l'étang en quelques battements d'aile paresseux. Il s'est posé sur la berge opposée, avant de fureter impérieusement dans les buissons en quête de nourriture. Mon vieil ami, de retour pour une nouvelle année.

J'ai demandé à Terry pourquoi l'eau froide vous ralentit ; ça n'a rien à voir avec la viscosité, m'a-t-il dit ; c'est simplement que les muscles se contractent quand le sang reflue vers l'intérieur pour protéger les organes vitaux. Voilà, maintenant je sais.

Vendredi 21 février. 0 °C

Parfaite journée de printemps, sans nuage et chaude – vraiment chaude, assez chaude pour qu'on puisse lambiner et prendre le soleil. Sur la petite plateforme où les maîtres-nageurs amarrent leur bateau, trois canards dormaient profondément, la tête recroquevillée vers le corps et le bec enfoui dans les plumes, absorbant le soleil. Pourtant, l'essentiel de l'étang est toujours recouvert de glace et toutes les mouettes s'étaient rassemblées dessus, comme si elles tenaient une sorte de meeting politique, ou peut-être qu'elles en profitaient simplement un maximum avant que la glace disparaisse pendant dix mois. Entre la jetée et la barrière, quelques fragments de glace, rien d'inquiétant, donc j'ai fait un petit détour pour prolonger le délicieux contraste entre le soleil sur mon visage et l'eau glaciale. Puis j'ai lézardé dans le coin vestiaire, prenant le soleil comme les canards, ne voulant pas m'emmitoufler de nouveau dans toutes ces couches de vêtements. Un bain parfait dans une journée parfaite.

Samedi 22 février. 0/1 °C

Encore un départ tardif et une journée splendide. À neuf heures, le nuage/brouillard était toujours bas et un vent mauvais soufflait, mais nous avons traîné au lit avec les journaux et, à onze heures, le ciel s'était dégagé et la perfection était de retour. La glace s'amincit et se rétrécit, mais il y en a encore suffisamment pour que les mouettes s'y rassemblent et que l'eau reste froide. Le vent aussi reste froid, trop pour qu'on puisse vraiment prendre le soleil, ce qui est dans l'ordre des choses, je suppose. J'ai terminé un long article sur les poètes de la Grande Guerre pour la *New York Review of Books* jeudi et je me suis accordé quelques jours de congé, à fainéanter, regarder le rugby, jouer au poker sur l'ordinateur, etc. Nager est la seule chose dont j'ai vraiment envie. Si ma retraite n'était pas aussi maigre, je pourrais facilement passer le restant de mes jours comme ça.

Jeudi 25 février. 1 °C

Après deux jours d'éloignement – l'électricien dimanche matin, une excuse futile hier dont je ne me souviens même pas –, je me réveille en me sentant incomplet, avec une sérieuse envie de nager dans l'étang. Ma cheville est en miettes depuis plusieurs jours – elle est instable et me fait un mal de chien – et je monte en voiture profondément démoralisé. Ainsi qu'irritable et impatient. Mais la circulation a diminué depuis l'introduction du péage urbain la semaine dernière, et j'arrive assez rapidement à Highgate. La journée est radieuse et douce, emplie de la promesse du printemps, malgré le vent mordant qui augmente le froid ressenti. L'eau aussi reste assez froide pour me faire mal à la mâchoire. Mais nager est un grand plaisir – bien utiliser mon corps, sentir les douleurs du matin s'estomper – et je sors de l'eau ragaillardi, non plus un éclopé plaintif, mais un membre à part entière du genre humain. Hier soir, la BBC passait un petit documentaire sur les étangs, nul dans l'ensemble, avec une présentatrice un peu bécasse qui saute dans l'eau en hiver, mais sauvé par une excellente interview de Chris dans son atelier de tailleur, plein de vie et de bon sens. Il est arrivé juste après moi, clairement ravi, à juste titre, mais faisant de son mieux pour ne pas le montrer. C'est un type bien.

Jeudi 27 février. 3 °C

Le printemps est vraiment en route. On en sent presque l'odeur. Les arbres sont toujours nus, mais on distingue de minuscules renflements au bout des rameaux, là où seront les feuilles, et un chœur matinal erratique a commencé. L'eau est toujours froide, mais pas autant que la semaine dernière, le soleil pâle brille et l'air est doux et agréable. Les cygnes construisent leur nid de l'autre côté de l'étang, un couple de bernaches de l'étang voisin cacardent, et les cormorans moroses sont en place, mais les mouettes semblent toujours ne pas vouloir voler. Au lieu de quoi, elles sont perchées en masse, principalement sur l'ancienne jetée avec le plongeoir, étudiant l'eau, essayant peut-être de décider quand s'envoler pour la côte.

Vendredi 28 février. 3 °C

Levé de bonne heure parce que Anne partait pour Gênes, j'ai quitté la maison à l'heure de pointe des mamans, quand les voitures s'accumulent sur Flask Walk comme une mêlée de rugby – enfin, ce n'est pas aussi ordonné qu'une mêlée fermée; plus comme un maul. Cette nouvelle matinée douce et printanière – chants d'oiseaux, chambre baignée de lumière – m'a fait croire qu'il était temps de me délester d'une couche de vêtements. Mais quand je sors dans le vent mordant, je suis content de ne pas l'avoir fait. C'est pareil à l'étang: avant de plonger, je m'arrête pour bavarder avec Steve, qui vient de lire *Le Dieu sauvage*, puis je bavarde encore en sortant. Quand je reviens au coin vestiaire, j'ai très froid et je grelotte encore pendant deux bonnes heures. Mais l'eau elle-même est délicieuse – toujours froide, mais à ce moment charnière qui me donne envie de nager un peu plus longtemps. La météo aussi est à un moment charnière; à midi il pleut.

Samedi 1er mars. 3 °C

Il a plu dans la nuit, puis rebelote l'après-midi, mais quand je suis arrivé à l'étang vers midi, le soleil allait et venait, le vent était clément et les mouettes plongeaient et planaient dans un ciel de nuages fragmentés. L'eau reste bien froide à 3 °C, mais l'air doux la rend plus chaude au ressenti.

Lundi 3 mars. 4 °C

J'ai joué au poker au Vic vendredi soir, puis je suis monté à Oxford pour participer à un tournoi à l'Union. Le tournoi a duré jusqu'à deux heures du matin – j'ai fini quatrième –, puis nous avons ragoté et blagué avec Tony et Roy Houghton jusqu'à quatre heures – enfin, blagué jusqu'à ce que Roy mentionne, tard et l'air de rien, qu'il avait un cancer, qu'il avait été opéré quelques mois plus tôt et qu'il devait retourner à l'hôpital pour une nouvelle opération. Il minimisait l'affaire et racontait tout ça sur le ton de la plaisanterie, ce qui nous a inquiétés de plus belle. Je n'ai pas beaucoup dormi. Encore levé de bonne heure pour rentrer à Londres où je devais causer poker avec Tony et Patrick Marber à la Semaine du livre juif. (Du poker dans un festival littéraire : peut-on faire plus juif ?) À la fin de la journée d'hier, j'étais un mort vivant, j'ai dormi neuf heures et j'ai eu besoin de l'étang comme jamais. J'ai été réveillé par le soleil, les oiseaux chantaient, le chauffage central carburait. Enfin le printemps, j'ai pensé, le moment d'enlever une couche de vêtements. Encore raté. Les oiseaux s'en donnaient à cœur joie et l'eau a pris un degré, mais l'air est toujours assez froid, et je suis resté transi un bon moment. Quand bien même, l'eau était magique et j'en suis sorti plus ou moins restitué au genre humain.

Mercredi 5 mars. 4 °C

Les cormorans sont partis, mais je ne sais pas exactement quand. Je suis certain qu'ils étaient là la semaine dernière, mais peut-être qu'ils étaient déjà partis lundi. Étrange que je ne l'aie pas remarqué. Maintenant qu'ils ne sont plus là, leur hivernale présence me manque, leurs ailes déployées et tombantes et leur becs meurtriers, leur immobilité et leur mélancolie. Ils ont l'air étrangement primitifs, vestiges d'une ère géologique antérieure – l'Âge de Glace, peut-être –, quand le monde était plus dur, moins confortable et indulgent qu'aujourd'hui. Peut-être ai-je remarqué leur absence parce que la journée est sombre et froide, même si le vent souffle au sud-ouest et que l'eau paraît plus chaude. Elle ne l'est pas, mais le sera bientôt, et même si ce sera un plaisir de nager plus loin quand les barrières seront retirées, je suis devenu une créature d'hiver, comme eux, et je préfère le froid.

Vendredi 7 mars. 4 °C

Encore un de ces matins tumultueux de mars qui paraissent radieux à travers les fenêtres d'une chambre chauffée, puis qui vous frigorifient à l'instant où vous mettez un pied dehors. La faute au vent froid, qui propulse les nuages et les ombres, fait voltiger les corneilles comme des petits galets et transforme la surface de l'étang en un maillage éblouissant de vagues. Bien que la température de l'eau reste à 4 °C, elle semble un peu plus chaude chaque jour et je me dis que je devrais nager plus loin – une diagonale, peut-être, au lieu de l'aller-retour tout droit à la barrière. Au lieu de quoi, je traîne sur le retour et étudie la pointe des rameaux des arbres en surplomb qui s'engraisse lentement. À midi, le soleil avait disparu, la pluie tombait à verse et les arbres nus devant la fenêtre de mon bureau s'agitaient dans le vent comme des possédés.

Samedi 8 mars. 4 °C

Même tambouille qu'avant, mais moins de soleil et plus de mouvement – un petit plongeon avant d'aller au Back Shop avec Anne acheter une méridienne pour mon bureau, puis chez le traiteur, puis Irlande-France. Un samedi ordinaire, en somme. Le vent est froid, l'eau merveilleuse, mais quand j'ai dit à Terry que j'avais dans l'idée de nager plus loin, il m'a répondu, "Ah non non non. Pas tant que ça se réchauffe pas". C'est ça qu'on entend par "quelqu'un qui veille sur vous". Un vrai gentil.

Dimanche 9 mars. 5/6 °C?

En fait, ils n'ont toujours pas de thermomètre et l'eau se réchauffe un peu chaque jour, conformément à notre ressenti. Le lido, où l'eau est toujours plus froide d'un ou deux degrés et où ils ont un thermomètre qui fonctionne, était dans les 5 °C toute la semaine, et par une douce journée de printemps comme aujourd'hui c'est très net. Le vent a perdu son mordant, le soleil pâle brille, l'eau scintille et les oiseaux chantent. En sortant, je ne suis plus rouge écrevisse, juste un peu rose, plein de santé et en paix avec le monde.

Mardi 11 mars. 6 °C

L'air était chaud hier et encore chaud quand je suis rentré chez moi le soir après un tournoi de poker. Si bien qu'une fois de plus, j'ai enlevé une couche de vêtements et je l'ai regretté à la seconde où j'ai mis un pied dehors. Rentré tard donc levé tard, et j'avais les lieux pour moi. La journée est couverte, le vent est frisquet, il y a de la pluie dans l'air et l'eau reste plaisamment fraîche. Deux gros pigeons se dandinaient sous les hêtres du talus qui descend à l'étang et les corneilles volaient, mais il ne reste qu'une poignée de mouettes. Les cygnes s'en tiennent à la berge opposée où ils font leur nid, laissant l'étang aux foulques, aux poules d'eau et aux canards. Il y a aussi un grèbe solitaire qui disparaît par intermittence pour attraper un poisson, puis jaillit à la surface comme un bouchon de liège.

Jeudi 13 mars. 6 °C

Quelle différence fait un changement de vent ! Ces vingt-quatre dernières heures, il a tourné au nord et, n'en déplaise aux bourgeons des arbres fruitiers qui s'agitent par-dessus les murs des jardins d'ici à Highgate – poiriers, pommiers, cerisiers, ainsi que l'amandier de Flask Walk –, l'hiver est de retour. Et un des cormorans avec lui. Peut-être a-t-il démarré plus tard et changé d'avis en cours de route. Maintenant il trône au milieu de l'eau, étire son cou, déploie ses ailes et semble passablement agacé. Même le cygne se tient à bonne distance et choisit de nager exactement à l'endroit où je plonge. Mais il fait trop froid pour que j'attende son bon plaisir, donc je plonge quand même et, lorsque je sors, le cygne est du côté de la jetée, à quémander du pain rassis auprès d'un maître-nageur.

Samedi 15 mars. 6 °C

La température reste froide, mais le ciel est immaculé, le bout du parc le long d'East Heath Road est une abondance de petites jonquilles, et les saules à l'autre bout de l'étang arborent déjà des feuilles – un léger voile de vert qui chatoie dans le vent glacé. Hier soir j'ai joué au poker au Vic dans une partie pleine de Suédois qui parlaient trop et ne connaissaient le jeu qu'en ayant joué sur internet. Je les ai battus à plate couture, mais je n'ai pas autant gagné que j'aurais dû, ce qui m'a irrité. Puis, ce matin, j'ai découvert qu'un camion avait égratigné l'aile droite de ma voiture flambant neuve et l'irritation s'est muée en indignation. Mais l'eau froide et douce a tout effacé, comme toujours.

Dimanche 16 mars. 7 °C

J'ai trouvé ceci dans le *Journal* de Cheever : "J'aimerais ne pas faire le Nageur en Narcisse. La possibilité qu'un homme s'éprenne de sa propre image y figure, dramatisée par un certain relent d'anormalité, mais c'est comme cueillir une pomme gâtée pour une célébration quand le verger est plein de beaux spécimens. Je l'ai déjà fait ; j'aimerais le faire mieux. La nage est un plaisir, un après-midi d'été avalé goulûment, de la bonne humeur. Il est naturel et approprié qu'un homme s'aime lui-même. De même qu'il est naturel et approprié d'avoir un toit qui fuit, mais ça n'a rien d'universel. Ainsi les gens qui vident leur piscine ne sont-ils guère une menace. Quand il touchera l'eau, elle sera assez profonde pour y plonger. Avec Pygmalion, il y a ce besoin d'exalter la situation, lui donner une urgence [...]. Le Nageur pourrait traverser les saisons ; je ne sais pas, mais je sais que ce n'est pas Narcisse. Les saisons pourraient-elles changer ? Les feuilles changeraient-elles de couleur et commenceraient-elles à tomber ? Le froid pourrait-il s'installer ? La neige commencer à tomber ? Mais quel est le sens de tout ceci ? On ne vieillit pas en l'espace d'un après-midi. Bah, on verra bien."

Dans la version finale de sa nouvelle, le Nageur vieillit bel et bien en l'espace d'un après-midi, et le vieillissement est un des thèmes – la joie animale et l'ambition de la jeunesse qui s'épuisent, se rancissent, s'estompent, reléguées aux oubliettes, réduites en cendre. Mais aujourd'hui pas pour moi, pas dans cette parfaite matinée de printemps, avec les oiseaux qui font leurs nids, un ciel sans nuage dans le ciel et la teinte verte des saules visiblement plus vive du soir au lendemain. L'eau était transparente, tranchante et parfaite, et je n'avais pas envie de sortir. Au lieu de mes vingt-cinq mètres habituels jusqu'à la barrière et vingt-cinq mètres retour, j'ai fait un petit tour : en diagonale jusqu'à la barrière, puis retour au-delà de la jetée et retour côté opposé. Pas une grosse différence, peut-être pas plus de huit mètres en tout, mais ça convenait à la beauté de la journée et à l'eau douce et fraîche. Joie tout le long et "tous les tracas oubliés" pendant quelques instants.

Lundi 17 mars. 7 °C

Encore une journée de printemps radieuse, trop belle pour être gâchée, même si d'ordinaire je ne nage pas le lundi. Dave le cornemuseur, qui était là avec sa fille dans son landau, appelle ça un "faux printemps" et a prédit que le mauvais temps reviendrait bien assez tôt. En attendant, j'en profite tant que je peux et reste plus longtemps : je pars en diagonale vers le coin opposé, puis je longe la barrière du fond et je reviens au bout de la jetée – une centaine de mètres en tout. Pas énorme, mais parfait de A à Z.

Mercredi 19 mars. 9 °C

Le temps parfait n'en finit plus – nuits glaciales pour que l'eau reste fraîche, journées sans nuage pour la réchauffer, et des jours qui rallongent progressivement. Je reste dans l'eau un peu plus longtemps chaque jour et, une fois revenu à la jetée, je n'ai pas envie de sortir. C'est comme si j'étais deux personnes – le vieillard qui sort du lit perclus de douleur, grinçant, boitant, de mauvais poil, puis celui qui sort de l'eau, douleurs et tracas envolés, rajeuni de dix ans. Dix ans, bien sûr, ne font pas de moi un jeune homme et ma cheville me fait toujours mal quand je remonte le talus derrière l'étang, mais c'est une amélioration.

Jeudi 20 mars. 9 °C

On sait que le printemps a commencé quand on sort du lit le matin sans prendre la peine d'aller fermer la fenêtre. L'air s'adoucit de jour en jour. Les violettes fleurissent sous les buissons à côté des marches conduisant au coin vestiaire – des violettes sauvages, fragiles et très pâles. Aujourd'hui marque le début de cette aberrante campagne irakienne et le ciel est strié de traînées de condensation, à haute altitude. Je les examine sur le retour de mon mini-circuit, en me demandant si ce sont des B-52 en route pour Bagdad ou juste les vols transatlantiques matinaux depuis l'Europe continentale, et je prends mon temps. C'est une journée ensoleillée et l'eau parfaite – froide mais pas trop froide – me ramène à la vie. "Le gel poursuit son ministère secret", a écrit Coleridge. Idem pour l'eau fraîche et ambrée de l'étang. Je m'attarde un peu et bavarde au soleil avec les habitués. Un d'entre eux, George, affûté et chenu, raconte comment il a aidé Chris le tailleur à descendre un piano à cadre métallique sur deux étages et à sortir une vieille presse hydraulique du sous-sol de son atelier :

– On a dû la couper en trois pour la déplacer, mais chaque morceau pesait quand même plus de deux cents kilos.

Il a quatre-vingts ans.

Samedi 22 et dimanche 23 mars. 9/10 °C

Le beau temps n'en finit pas – nuits froides, brume matinale, journées radieuses toujours un brin plus chaud que la veille. Chaque jour je nage un peu plus loin et je sors à contrecœur. Le tapis en coco sur la jetée a été enlevé dans la nuit : il était là hier et n'y est plus ce matin. Les barrières connaîtront bientôt le même sort, j'espère. Un des cormorans est encore là, trônant sur sa bouée de sauvetage habituelle. Dieu sait pourquoi. Peut-être qu'il vieillit et qu'il veut une vie facile, comme le reste d'entre nous. Au coin vestiaire, nous sommes tous là à sourire de plaisir, n'en croyant pas nos yeux. Nous racontons des blagues potaches et nous évoquons le bon vieux temps, le mois dernier, quand le temps était abominable, l'eau glacée et que les dégonflés restaient à la maison.

Mardi 25 mars. 9/10 °C

Brume matinale, puis nouvelle matinée immaculée, plus chaude qu'hier, avec une odeur d'herbe coupée en prime. Des fleurs ont éclos sur les arbres qui surplombent le coin vestiaire et l'air est empli de chants d'oiseaux. Chaque jour je nage un peu plus loin et j'en ressors fatigué, mais plus rouge écrevisse. J'aimerais passer la journée entière à lézarder ici – nager, prendre le soleil, lire, nager encore. Le moyen parfait d'occuper ma retraite. Mais je n'ai pas les moyens de prendre ma retraite et mes conférences à la New York Public Library doivent être retravaillées.

Jeudi 27 mars. 10 °C

Je n'ai pas souvenir d'un si long intervalle de temps printanier – les jours se succèdent sans le moindre nuage en vue. Les nuits et l'eau se réchauffent progressivement, la baignade est de plus en plus délicieuse. Je nage un peu plus loin chaque jour et ne le remarque plus, donc je dois être de plus en plus en forme, un concept certes relatif, dans mon état de dégradation. Aujourd'hui ils installaient un appareil électronique pour éliminer les algues bleues. L'appareil a coûté 1 500 £, mais, à en croire Tony le maître-nageur, cela représente une grosse économie par rapport aux 5 000 £ dont ils devaient s'acquitter pour installer des bottes de foin. Et ils ne peuvent pas se payer un thermomètre !

Samedi 29 mars. 10 °C

Lorsque j'ai ouvert un œil à l'aube, le merle était de retour et s'époumonnait juste devant ma fenêtre. À l'étang, on a presque l'impression que l'été approche. L'air est chaud, tous les arbres sont en fleur, les maîtres-nageurs font tornade blanche dans leur cabane. Une table, une armoire, deux chaises et une pile de bricoles sont entreposées dehors, ainsi qu'un balai, une serpillière et un seau. Terry est torse nu, toute bedaine et tous tatouages dehors ; c'est Danny qui fait presque tout le travail. L'eau est délicieuse et je prolonge mon bain, puis m'attarde sur l'échelle, moitié dedans moitié dehors. Le cormoran solitaire est toujours là, trônant sombrement, quelque peu incongru au milieu des canards et des foulques, affairés et domestiques. Il y a aussi un unique couple de goélands argentés qui ne sont pas encore partis pour la côte ; ils se tournent autour dans le ciel avec des cris stridents.

Dimanche 30 mars. 10 °C

L'horloge est avancée d'une heure, les barrières sont retirées, le temps demeure parfait. Quel plaisir de pouvoir nager directement depuis le bout de la jetée sans être interrompu par une corde. L'eau était fabuleuse et j'ai poussé jusqu'à une vingtaine de mètres de la barrière du fond, je me suis tourné sur le dos pour repartir et j'ai aussitôt regretté de ne pas être allé jusqu'au bout. La température affichée reste à 9 °C, comme depuis une bonne quinzaine de jours, mais le ressenti est bien au-delà de 10 °C. Une autre barrière qui s'est levée cet hiver : le froid ne me paraît plus froid et je n'ai pas vraiment hâte que ça se réchauffe. La bande habituelle du dimanche se prélasse au soleil et personne n'est pressé de se rhabiller. Luke s'est joint à nous pour une promenade avec Anne – c'est la fête des mères –, puis nous sommes rentrés à la maison pour un petit-déjeuner gargantuesque et nous avons regardé l'Angleterre démolir l'Irlande pour remporter le Grand Chelem, la Triple Couronne et les Six Nations. Un vrai conte de fées.

Mardi 1er avril. 10 °C

Le mois de mars le plus sec et le plus ensoleillé depuis quarante ans est terminé et le temps revient aux normales de saison – vent froid, ciel gris, pluie en approche. J'enfile de nouveau quatre couches de vêtements et j'ai froid quand je me déshabille. L'eau, en comparaison, paraît presque chaude et je vais un peu plus loin que la dernière fois – à une dizaine de mètres de la barrière du fond. L'étang semble déserté : le cormoran a fini par s'envoler vers le nord, le dernier couple de goélands est parti, les cygnes restent dans leur coin au fond, occupés à construire leur nid, abandonnant les lieux aux canards, aux poules d'eau et à un couple de grèbes. Ce matin, pas question de traîner. Je me rhabille rapidement tout en essayant de rassurer Chris qui passe ses examens de piano niveau débutant cet après-midi et qui est dans tous ses états. Commencer le piano à près de soixante ans : ce type est inarrêtable.

Jeudi 3 avril. 10 °C

Encore une journée frisquette et pas un oiseau en vue quand je plonge. Mais quand je suis à mi-chemin sur le retour, il y a une légère perturbation à ma droite. Je tourne la tête. À moins d'un mètre, il y a un cygne, avec ses courbes blanches majestueuses, les ailes, le dos et le cou, son bec jaune et noir, ses petits yeux vifs. Nous nous dévisageons brièvement, puis nous poursuivons notre chemin – moi vers la jetée, lui vers le nid. À l'instar de la température de l'eau, les cygnes ne me dérangent plus, mais je ne le savais pas encore.

Samedi 5 avril. 11 °C

La journée de soleil par excellence, avec juste assez de vent pour charrier quelques fleurs dans les airs et faire scintiller la surface de l'étang, qui semble prendre vie dans la lumière. J'ai passé toute la journée d'hier en ville – déjeuner au Beefsteak avec Luke, visite de l'exposition aztèque à la Royal Academy of Arts avec Anne, puis dîner au Wheeler's of St James's – que du bonheur, sauf que ma cheville me faisait souffrir le martyre à la fin. La baignade m'a guéri. J'en avais encore sous la pédale quand je suis arrivé à la barrière du fond, puis j'ai lambiné sur le retour dans ce temps parfait.

– On doit pas être loin des quinze degrés, j'ai dit à Terry en sortant.

– Elle est à onze, il a dit.

Acclimaté, enfin.

Dimanche 6 avril. 11 °C

À cette époque de l'année, il suffit d'un hoquet minuscule dans le jet-stream pour que le temps change du tout au tout, et c'est ce qui a dû se produire hier soir, peu après minuit. Matin gris, vent froid et petite pluie. En outre, mon pied gauche me fait mal sans raison apparente et, entre ça et ma cheville en compote, je clopine comme Mathusalem. Et on se demande pourquoi les vieux sont grincheux. Être vieux est plus simple qu'être amoureux – c'est ne jamais dire qu'on est désolé.

Mardi 8 avril. 11 °C

Le soleil brille, mais le vent reste polaire. Quatre couches de vêtements et j'ai quand même froid – froid avant de nager, encore plus après. Les saisons semblent avoir fait brièvement marche arrière et, comme pour le prouver, un nouveau cormoran est de retour. Ils sont deux maintenant, deux présences lugubres, les ailes déployées pour sécher.

Jeudi 10 avril. 9 °C

Hier j'ai parlé à Iga de mon dernier malheur : des douleurs au pied gauche maintenant, en plus du droit ; l'inquiétude de ne bientôt plus être capable de marcher du tout (ça, je ne l'ai pas mentionné). Donc elle a travaillé sur la plante des deux pieds et, miracle, les douleurs ont disparu. Si seulement elle pouvait masser mon cerveau pour me permettre d'écrire avec plus d'aisance, de fluidité, d'envie. Je m'escrime sur la version finale des conférences à la New York Public Library et je n'y prends absolument aucun plaisir.

Le faux printemps de mars était bel et bien faux. Le vent est froid, le ciel gris, les nuits glaciales. Il pleut un peu et la pluie se mue parfois en neige fondue. L'eau s'est rafraîchie de quelques degrés cette semaine, et je raccourcis mon circuit – non pas parce que l'eau est particulièrement froide, mais parce que ça me paraît adapté à ce temps maussade. On a l'impression d'être repartis deux mois en arrière. Mes pieds sont froids après le bain, et je me hâte de remettre mon jean pour pouvoir enfiler mes chaussettes. Ce n'est pas le froid qui me dérange, c'est cette impression d'une erreur de calendrier, d'un détraquement de la nature.

Samedi 12 avril. 9 °C

Le printemps est de retour, mais pâle, hésitant, vaseux, comme après une grosse cuite. Ou bien s'agit-il simplement de ce qu'Anne appellerait une projection, puisque nous avons célébré hier soir le soixante-dixième anniversaire de Torquil à la Torquil ? L'eau reste assez froide, mais le vent est tombé, le soleil blafard brille et les arbres commencent à arborer leurs feuilles douces et fraîches.

Dimanche 13 avril. 9/10 °C?

C'est aujourd'hui que nous célébrons la mémoire de Rudolph Strauss : l'étang mixte a ouvert à titre exceptionnel pour l'inauguration d'un banc à sa mémoire. Sa famille – veuve, enfants, petits-enfants – a préparé des boissons et des plateaux de sandwichs, Piers a prononcé un discours plein de tendresse, Chris a joué la sonnerie aux morts au clairon, Dave a joué de la cornemuse en tenue d'apparat des Highlands, et une bande d'habitués a bu à sa mémoire. Piers et moi avons piqué une tête illégale avant la cérémonie (l'eau était parfaite). Le soleil brillait, les arbres étaient légèrement teintés de vert. Quelle sortie en fanfare et quelle belle façon de rester dans les mémoires !

Jeudi 17 avril. 13 °C

Trois jours avec un rhume aux airs de grippe, trois jours sans baignade à broyer du noir, et une absurde vague de chaleur en prime. Je suis outré d'être malade et je vois ça comme un retour de bâton parce que je me vantais de n'avoir eu ni rhume ni grippe en trois ans.

Alors le soleil resplendit et je reste cloîtré chez moi, à besogner sur ces conférences qui m'ennuient à mourir, tout en regardant l'aubépine devant ma fenêtre verdir d'heure en heure et les rameaux des tilleuls enfler à vue d'œil. Je suis un peu flagada à cause de la maladie, mais aussi frustré, insatisfait, bougon – bref, je me sens comme un lion en cage. Alors ce matin, je vais nager quand même. Journée exquise, avec un temps à rester en jean/T-shirt, mais j'ai enfilé une polaire par-dessus juste au cas où et je me sens bête.

Terry me dit : "Tu es malade, donc tu fais juste l'aller-retour à la bouée des vingt-cinq mètres", mais l'eau est si agréable que je pousse un peu plus loin et me sens merveilleusement bien – plus ou moins.

Vendredi 18 avril. 13 °C

Le hêtre pourpre semble avoir feuilli du jour au lendemain et les autres hêtres lui emboîtent le pas. L'aubépine devant la fenêtre de notre chambre est désormais entièrement verte et nous protège des fenêtres éclairées en permanence de nos voisins d'en face ; les tilleuls commencent à me boucher la vue sur Londres depuis mon bureau. Le printemps est vraiment là. Je nage plus loin et plus longtemps, et je me sens mieux.

Dimanche 20 avril. 13 °C

La vague de chaleur s'est achevée abruptement vendredi soir. Ciel gris et vent glacial samedi, tout le monde emmitouflé dans ses vêtements d'hiver. Ce matin, je me suis levé de bonne heure et je suis allé directement à l'ordinateur pour finir de réécrire la deuxième de ces fichues conférences pour la New York Public Library. Ce n'est pas ce que j'ai envie d'écrire et je n'y prends absolument aucun plaisir. J'ai travaillé deux heures et je me suis senti vertueux, puis je suis allé me vider l'esprit à l'étang de Highgate. Le ciel est toujours maussade, mais l'air s'est réchauffé. J'ai nagé presque jusqu'à la berge, comme si on était en plein été, et suis revenu ragaillardi.

Lundi de Pâques 21 avril. 13 °C

Il faut croire que tout le monde fait la grasse matinée – personne alentour, quasiment aucune voiture sur la route et moi, à demi abruti de sommeil, encore en train de récupérer d'hier. Comme toujours, l'eau froide m'a réveillé, a effacé les tracas, m'a vidé l'esprit. Après ça, je suis resté dans le soleil pâle et j'ai bavardé avec deux autres habitués. Le premier était un jeune blondinet maigrichon qui a couru le marathon de Londres en trois heures la semaine dernière et avait l'aspect austère, légèrement décharné, de quelqu'un qui s'entraîne en permanence ; je connais sa tête mais pas son nom. L'autre était Chris, un grand type émacié, un autre dingue de sport, qui était à l'internat à Ampleforth avec Joe Simpson le grimpeur, et qui est toujours flanqué d'un bâtard sympathique et tremblotant. Chris nage toute l'année et il est souvent là en même temps que moi. Il a récemment été licencié et ne parle plus que de ça depuis deux semaines avec les autres nageurs qui travaillent dans le commerce. Il est morose et déprimé, même s'il est certain de pouvoir retrouver du travail sans trop de problème. À cause de Simpson, nous parlons d'escalade – il en a fait un peu, mais pas depuis des années – et ça semble lui remonter le moral. Moi aussi ça me remonte le moral, et je boite jusqu'à la voiture presque fringant.

Jeudi 24 avril. 13 °C

Parti deux jours dans le Norfolk pour changer d'air et faire rouler la voiture. Me suis réveillé en ayant l'impression d'avoir mille ans, puis j'ai nagé et les douleurs sont parties. Ça marche à tous les coups.

Samedi 26 avril. 13 °C

Il a plu hier pour la première fois depuis Dieu sait combien de temps. Lorsque je suis sorti ce matin, il y avait toujours de la pluie dans l'air, les rues étaient humides, l'air frisquet, et j'ai pensé : l'automne commence, c'est une bonne chose, non ? Ce qui signifiait, j'imagine, que je voulais avoir encore l'étang pour moi et une eau qui reste froide. En bref, je voulais sauter l'été. Voilà qui est étrange ! J'imagine que c'est lié au fait que j'en sois à l'hiver de mon existence, mais aussi au besoin de la montée d'adrénaline que procure l'eau froide, les autres sources d'adrénaline m'étant désormais inaccessibles. En attendant, je nage jusqu'à la berge, utilisant mes jambes aussi assidûment que mes bras, car Iga m'a dit que la nage les fait travailler autant que cet affreux vélo d'intérieur.

Mardi 29 avril. 14 °C

L'eau est censée s'être réchauffée d'un demi-degré depuis dimanche, mais il est difficile de sentir la différence quand le mercure commence à monter. Comme disait Joe Brown du nouveau site d'escalade de Gogarth : “Il n'y a que deux sortes de voies sur cette falaise – dures et fichtrement dures. Celle-ci est fichtrement dure.” C'est pareil avec l'étang : une fois qu'on est sous les 10 °C c'est froid ; sous les 5 °C c'est super froid ; au-dessus de 10 °C c'est frais ; au-dessus de 15, de chaud à très chaud.

Si la journée de dimanche était moite, grise et pluvieuse, celle d'aujourd'hui est un printemps anglais d'école, venteux et lumineux, avec d'épais bancs de nuages et des percées de soleil, il fait froid, puis chaud l'instant d'après, il y a des fleurs partout – sur les arbres, sur l'eau, de petits tas de fleurs charriées dans les coins par le vent. Des nuées de pigeons survolent l'étang à toute vitesse, vent dans le dos. Des canards émettent des cascades de clarté/de lumière en secouant leurs plumes. Le cormoran solitaire est de retour et pêche activement. Au coin vestiaire, tout le monde est enjoué et bavard, heureux d'être en vie.

Jeudi 1er mai. 13 °C

Les rues scintillent après la pluie de cette nuit, le soleil va et vient, l'air est frisquet. Tout est en fleur, les aubépines ressemblent à des gâteaux d'anniversaire, même si leurs effluves sont étouffés par l'air moite ; il y a des feuilles pâles sur tous les arbres, une odeur suave d'herbe coupée. L'étang mixte rouvrant samedi, ce pourrait être ma dernière visite à Highgate avant septembre – à moins que l'état de ma cheville se dégrade soudainement. Je nage jusqu'à l'autre bout comme d'habitude, puis j'étudie le ciel sur le retour – des avions qui décollent de Heathrow, des oiseaux qui glissent dans le vent secouant comme des skateurs. Comme dit le poète, “Le printemps est roi, l'herbe y croît”.

Samedi 3 mai. 12 °C

Évidemment, après ces grands adieux à l'étang de Highgate, j'y suis retourné dans la foulée. Anne avait une course à faire chez Cavour, le quincaillier à l'ancienne au pied de West Hill, et elle voulait aussi se promener, donc me voici de retour par une nouvelle journée charmante et venteuse. L'air était froid mais l'eau chaude au ressenti et la température n'était pas affichée.

– On doit avoir dépassé les quinze, j'ai dit à Danny, qui a immergé le nouveau thermomètre électronique.

– Tu t'es acclimaté, il a dit. Elle est à douze, et c'est juste en surface.

C'est curieux comme le corps change, et pas seulement dans sa réaction au froid. Je doute de pouvoir ne serait-ce que décoller du sol sur une paroi à Harrison et j'ai du mal à marcher, en revanche je nage plus loin et plus vite qu'autrefois. Le fait de fumer beaucoup moins n'y est pas étranger, mais je suppose que mes muscles ont changé – ils ont littéralement changé de forme, ils se sont allongés, ne sont plus ramassés comme ceux d'un bûcheron. Donc peut-être suis-je toujours en forme à certains égards, même si je ne m'en sens pas moins décrépit.

Dimanche 4 mai. 12 °C

L'étang mixte, enfin, et la journée lumineuse par excellence, des fleurs d'aubépine partout et pas un nuage dans le ciel. C'est la luxuriance de l'étang mixte qui m'enchante, ses couches successives d'arbres ployant au-dessus de l'étang, et toutes les modulations de vert, du plus foncé au gris argenté, qui oscillent au vent. Entre les arbres et des fleurs sur l'étang, l'eau est moins claire qu'à Highgate, mais la beauté des lieux est plus intense, et aussi plus intime. Bien que le terre-plein soit bondé de gens venus profiter de ce dimanche matin magnifique, ils sont tout au bout, hors de vue des nageurs. Une fois qu'on plonge, les arbres isolent l'étang et le transforment en un havre de beauté, un fragment de nature sauvage en plein cœur de Londres. L'inscription sur le banc de Rudolph rappelle qu'il considérait cet endroit comme un paradis. Il avait raison. C'est bon d'être de retour.

Mardi 6 mai. 12 °C

Encore une journée sans nuage, radieuse. La lumière, comme un projecteur, fait ressortir chaque détail et resplendir les feuilles nouvelles. L'eau est fraîche, délicieuse et curative. Mais il y a toujours un serpent au paradis. Hier soir au Brighton Festival, nous avons lu nos poèmes et parlé musique et littérature avec Alfred Brendel, sous la houlette de Tony Holden. C'était un réel plaisir ; il y avait même un petit groupe de grimpeurs de Harrison dans le public. La soirée n'aurait pas pu mieux se dérouler, mais nous sommes rentrés tard et nous nous sommes levés de bonne heure (Anne avait un patient à 8 h 45), donc je suis sorti de chez moi éreinté en sentant le poids des années. Et là, impossible de trouver une place à Well Walk, si bien que j'ai dû laisser la voiture plus loin – Well Road – avant de faire un nouveau détour parce que le sentier derrière l'étang était bloqué par un arbre abattu. Sur le retour, ma cheville n'arrêtait pas de se dérober et, quand je suis arrivé chez moi, j'étais aussi mal en point qu'au départ, malgré les bons soins de l'étang. Il m'a fallu le reste de la journée pour m'en remettre.

Jeudi 8 mai. 14 °C

L'aubépine devant la fenêtre de notre chambre est un globe de blanc crème, mais l'air n'est pas encore assez chaud pour charrier ses effluves, bien que l'étang se réchauffe de jour en jour. C'est l'heure de pointe habituelle des mamans dont les voitures encombrent les rues. Je me gare en bas de Willow Road et dois serrer les dents pour les dix minutes de marche en pente douce jusqu'à l'étang. Comme dirait Sylvia, "j'ai sombré dans un abîme". Même si l'eau est troublée par les fleurs tombées dessus, la baignade, comme toujours, est délectable, mais pas assez délectable pour soulager ma cheville meurtrie. Après être rentré chez moi et avoir pris mon petit-déjeuner, je n'ai qu'une envie, dormir. Ce n'est pas une façon de commencer une journée de travail. Je me languis de la décharge d'adrénaline de l'eau froide qui me ramène à la vie et six mois m'en séparent.

Samedi 10 mai. 14 °C

David Storey [l'écrivain] et sa moitié passaient par là tandis que je montais en voiture pour aller à l'étang. C'est un homme massif et charpenté qui a joué dans la ligue de rugby professionnel avant de faire les beaux-arts, puis d'abandonner la peinture pour l'écriture. Malgré le rugby, c'est un homme délicat à la voix douce et j'apprécie son esprit vif et mélancolique. Je l'apprécie tout court et il semble m'apprécier aussi, même si nous ne nous croisons qu'en passant, dans la rue, alors qu'il habite tout près – au coin de Gardnor Road. Il est symptomatique de notre amitié "à distance" qu'un élément aussi intrusif ne soit jamais mentionné, au cas où l'un de nous se sentirait forcé d'inviter l'autre chez lui. Tout ceci est très anglais. Aujourd'hui nous n'avons pas parlé très longtemps, essentiellement des humiliations de la vieillesse – le sujet habituel. Et la vérité est que je le voyais pour la première fois comme un vieil homme – non pas à cause de sa bedaine et des cheveux blancs qu'il a depuis des années et porte avantageusement avec sa grande stature. C'était plutôt ce léger tremblement, une vibration dans l'air, un vague halo d'incertitude, physique et non mentale, comme si sa focale n'était pas tout à fait ajustée. Voilà ce qui arrive quand "de l'âme et du corps le divorce commence" et je suppose qu'il en va de même pour moi. Alors j'ai roulé jusqu'au parking, claudiqué jusqu'à l'étang et nagé jusqu'à dix mètres de la barrière, simplement pour me prouver que je suis encore fonctionnel – plus ou moins.

Dimanche 11 mai. 14 °C

Aujourd'hui j'ai nagé un peu plus loin, à trois ou quatre mètres de la barrière, et quand je me suis tourné sur le dos pour revenir paresseusement, l'air était chargé de l'odeur des fleurs d'aubépine. Toutes les aubépines autour de l'étang sont chargées de fleurs blanches et l'une d'entre elles semble presque crouler sous leur poids – une avalanche de blanc comme un saut à ski dans l'eau. Mais je me suis tordu la cheville juste après être sorti de la voiture, donc le trajet pour s'y rendre n'était pas du tout la moitié du plaisir. Je me suis détesté à chaque pas, puis j'ai perdu dix ans quand j'ai plongé. Voilà la situation en temps de blessure : un combat entre le corps et la volonté, littéralement à mort. Je n'ai pas de problème avec ça, mais j'aimerais quand même ne pas en sortir aussi épuisé à chaque fois.

Mardi 13 mai. 14 °C

On annonce du mauvais temps, mais la matinée est charmante – des nuages qui défilent à toute vitesse et un soleil comme un projecteur qui étincelle parmi les feuilles comme si elles étaient transparentes, rendant les ombres aussi vertes que dans le jardin d'Andrew Marvell. Mais le vent a tourné dans la nuit et l'air est froid comme en hiver. Je frissonne en me déshabillant et je frissonne en me rhabillant. Au moins, le froid garde les nageurs occasionnels à distance ; il y avait deux habitués avant moi et Win, quatre-vingt-dix ans, après, mais j'étais seul dans l'eau.

Jeudi 15 mai. 13 °C

Les rues sont toutes en pente ici, il est impossible de trouver une place pour se garer, le chemin de derrière pour l'étang est bloqué par un arbre abattu et, de toute façon, il faut que je fasse laver la voiture. Telles étaient mes excuses. La vérité, c'est que j'ai eu toute la semaine l'impression d'être en bout de course – fatigué jusqu'à la moelle, sans une once d'énergie, ni un mot à dire, ni le moindre intérêt pour quoi que ce soit. Je ne voulais rien d'autre que dormir, et je n'y ai même pas vraiment réussi. Ce matin j'avais envie de nager, mais la perspective de marcher était rédhibitoire, alors j'ai roulé jusqu'à l'étang des hommes où je peux me garer à cinquante mètres de l'entrée. Journée exquise, soleil éclatant, ombres prononcées, tout en fleurs pleines et fraîches, l'eau plus claire et un peu plus fraîche qu'à l'étang mixte où la distance à la bordure extérieure est plus courte. Sur le retour, le ciel était empli d'hirondelles, qui fondaient en piqué et s'envolaient deux par deux au-dessus de ma tête.

– Dieu sait ce qu'elles font là avant les martinets, a dit Terry.

Je me suis séché lentement au soleil, et j'ai bavardé avec Chris et un petit gabarit du nom de Ken qui a le génie de l'imitation et nous a offert une parodie hilarante d'une famille de gangsters cockneys, tous complètement timbrés et encore plus violents. J'ai mangé un sandwich au bacon au Café Mozart pendant que la voiture était au lavage et je suis rentré en me disant que, finalement, j'allais peut-être survivre jusqu'à la fin de cette semaine.

Dimanche 18 mai. 13 °C

J'ai fait laver la voiture et Anne a arrosé le jardin : comme de juste, le temps a tourné et il pleut régulièrement depuis. Hier, à l'étang mixte, on se serait cru en hiver et je me suis senti frigorifié comme cela m'arrive rarement, même en février. Il ne faisait pas particulièrement froid, le vent n'était pas si méchant ; c'était seulement inattendu, comme si une bête endormie et irritable s'était soudain ébrouée. Ce matin, Terry est venu de bonne heure avec un collègue récupérer mon tapis de course – mon legs aux étangs – et ils nous ont prévenus que le bas du parc était envahi par les participants à une course solidaire, donc nous nous sommes rabattus sur Highgate. Journée splendide, eau parfaite et ciel plein de drame – soleil éclatant, nuages pourpres, nuées de martinets et d'hirondelles qui tournoyaient et fondaient en piqué. Anne a eu sa promenade, j'ai eu mon bain et nous étions de retour à la voiture au moment où il a commencé à pleuvoir. C'est ce que j'appelle un timing parfait.

Mardi 20 mai. 13 °C

Summertime… et le temps est affreux. Le vent froid m'a agressé quand je suis sorti de la maison et, au moment de me garer au bout de Well Walk, un petit crachin commençait à tomber. Le chemin vers l'étang était plein de boue et de flaques, mais au moins Terry, grâce lui soit rendue, avait-il débité l'arbre abattu, donc je n'ai pas eu à faire de détour. L'eau écumait de feuilles. Un couple de bernaches du Canada ombrageuses patrouillaient dans cette mixture au moment où je plongeais, mais elles semblaient goûter ma compagnie aussi peu que je goûtais la leur et, lorsque j'ai atteint la bouée opposée, elles étaient au niveau du terre-plein, évoluant côte à côte tout en s'ignorant mutuellement, à la manière d'un couple marié mal assorti. Une pluie cinglante me fouettait le visage tandis que je revenais lentement vers la jetée. J'ai pris mon temps pour me sécher et me rhabiller, j'ai causé escalade avec Steve sous des trombes d'eau, et je suis reparti quand la pluie s'est un peu calmée.

Jeudi 22 mai. 14 °C?

Je me trompais au sujet des trois hêtres devant l'étang des hommes – deux d'entre eux sont des hêtres pourpres et sont désormais en pleine floraison. Pour une raison qui m'échappe un peu, je trouve ce détail important. Je ne suis pas très bon en fleurs : dans un bon jour, je sais faire la différence entre une rose et une pâquerette ; en revanche, j'ai un faible pour les arbres. À part ça, l'eau de l'étang des hommes a développé une curieuse odeur de légumes. Peut-être est-ce lié aux sacs de foin disposés tout autour pour éloigner les algues, mais, à mesure que l'eau se réchauffe, l'odeur s'intensifie et je n'aime pas trop ça. Je suis tout de même resté dans l'eau un long moment. J'ai nagé jusqu'à l'autre bout en diagonale, puis je me suis retourné et suis revenu tout droit – enfin, c'est ce que je croyais : en fait, j'étais reparti en diagonale, si bien que lorsque je me suis retourné pour voir où je me situais, j'étais quasiment à la berge opposée et j'ai donc nagé un grand triangle. Ça n'avait pas grande importance ; l'eau était chaude et j'avais besoin d'exercice. Peut-être qu'après tout, je ne suis pas aussi lessivé que je le ressens. Mais je n'y mettrais pas ma main à couper.

Samedi 24, dimanche 25 mai. 14 °C

L'étang des hommes sent les légumes et l'étang mixte ressemble à un potage. Hier il y avait vingt mètres d'écume qui s'étendaient depuis la jetée, puis le vent a tourné dans la nuit, la jetée s'est dégagée et la soupe a reflué vers le terre-plein. Elle est vaguement huileuse, avec une teinte bleuâtre, un peu arc-en-ciel. Les huiles, m'explique Danny, sont créées par les fleurs en décomposition, donc c'est sans doute bon pour la peau. Peut-être qu'ils devraient la mettre en bouteille, coller une étiquette dessus et la refourguer aux nageurs estivaux.

Quand je suis arrivé ce matin, le mari de Win, lui-même d'âge canonique, attendait qu'elle finisse de se sécher.

– Non, il m'a dit. Moi-même, je ne nage pas. J'ai essayé quand j'étais jeune, mais ça ne m'a jamais trop plu. Je me suis mis au vélo à la place.

Et Win ?

– Deux fois par jour, le matin et l'après-midi. Moi, je l'accompagne juste aux étangs – à vélo, bien sûr.

Lundi 26 mai. 14 °C

Pour la première fois de l'année, le soleil était vraiment chaud sur la jetée. L'été arrive enfin, comme dit le vieux canon anglais. Il était grand temps. La soupe de fleurs est partie, remplacée par un voile de ces drôles de graines qui descendent sur l'eau avec de minuscules parachutes gris. La nuée d'éphémères miniatures s'épaissit ; elles évoluent à l'horizontale et à grande vitesse, comme propulsées par des armes invisibles. Mon dernier bain avant une semaine ; demain nous partons pour l'Italie. Ce sera sûrement très sympathique, mais l'étang va me manquer.

Lundi 2 juin. 19 °C

Le temps a changé pendant notre absence, un soudain coup de chaud, des températures approchant les trente degrés, des orages et une averse tropicale sur la route du retour de Gatwick hier. Comme d'habitude après un voyage, ma cheville faisait des siennes, donc j'ai roulé jusqu'à l'étang des hommes. L'eau est chaude à présent, la fraîcheur est un lointain souvenir, et, même si elle est plus claire qu'à l'étang mixte, l'odeur de foin en décomposition est persistante. J'ai pris une longue douche pour la faire partir – longue, aussi, parce que l'eau de la douche était fraîche et douce. Je crois que j'ai perdu le goût de l'été.

Mercredi 4 juin. 19 °C

Je me suis tordu cette saleté de cheville à peine entré dans le parc, après quoi elle est devenue le centre de mon attention. J'étais tellement occupé à regarder où je mettais les pieds que je n'ai même pas levé les yeux pour contempler la vaste étendue de Londres – le dôme de Saint-Paul niché parmi les gratte-ciel, les collines du Surrey au-delà –, un des plaisirs des bains matinaux en été. Mais la journée était sombre, il tombait quelques gouttes, et il n'y avait donc sans doute pas grand-chose à contempler. Les canards et les foulques font défiler leurs petits dans l'eau chaude et se chamaillent férocement. Deux malards pourchassaient une cane avec force caquètements. Ils veulent la séparer de ses petits, m'a dit Terry, afin de pouvoir la monter de nouveau. Je peux comprendre la logique. Une foulque et son unique petit ont réquisitionné le bout d'étang devant le banc où je me change. Chaque fois qu'un canard arrive dans son champ de vision, elle fond sur lui sauvagement et il décampe. Les foulques ont l'air aimables et réservées avec leurs plumes noires luisantes et leur élégant blason blanc sur le front, mais ce sont en réalité des animaux irascibles. Ou est-ce seulement la maternité qui les rend si belliqueuses? Quand je reviens vers la jetée, la pluie redouble d'intensité. Je m'habille en vitesse et claudique jusqu'à la voiture, tête baissée, attentif à chaque pas, content d'avoir eu la bonne idée d'apporter un manteau et une casquette pour couvrir mon crâne chauve. Il n'y a personne alentour, mais chaque fois que j'arrive sur la grande pelouse au-dessus de l'étang, je me souviens de la fois – était-ce l'an dernier? – où j'ai vu David foncer droit sur moi et son soudain élan de sollicitude quand il est arrivé à ma hauteur. C'est là que j'ai compris à quel point je m'étais détérioré. Son pote autrefois sportif réduit à l'état de vieillard boiteux. Je suis sûr que sa sollicitude était sincère, mais je n'y voyais que de la *schadenfreude* et je me suis senti humilié. Un an plus tard, l'humiliation est un état constant, on doit vivre avec quand on vieillit, mais j'y réagis toujours aussi mal, même quand il n'y a personne pour la voir. Près de la bordure du parc, deux quinquagénaires avec des chiens parlent d'une voix stridente. Elles ne me voient même pas, Dieu merci. Comme toujours, la baignade a dissipé mes petits bobos, mais en arrivant à Flask Walk je dois rester dans la voiture plusieurs minutes et attendre que l'élancement de ma cheville se calme. Mince. S'apitoyer sur son sort est aussi une forme d'humiliation.

Samedi 7 juin. 20 °C

Je suis venu hier matin autour de 7 h 30, deux heures plus tôt que d'habitude, et j'ai trouvé les lieux presque bondés. C'est l'équipe pré-bureau : des hommes et des femmes qui viennent piquer une tête rapide avant de partir au travail, un père avec deux enfants en bas âge en poussette, en chemin pour la crèche, une mère sur l'échelle, à moitié dans l'eau, absorbée dans une conversation affectueuse avec un petit garçon en uniforme scolaire. Terry surveille les enfants tandis que les parents nagent et il en retire un plaisir manifeste. Ce dur à cuire, avec ses tatouages militaires, son gros ventre et sa voix tonitruante, les encourage, les fait rire dès qu'ils ont un petit chagrin, aussi tendrement que n'importe quelle nounou. Le monde est plein de surprises.

À 9 h 30 ce matin, les lieux sont bien plus calmes – seulement deux ou trois nageurs et étonnamment peu d'oiseaux, une foulque et son petit, le ménage à trois des canards (mais aucune trace de leurs petits). Il y a aussi une chatte grise d'âge canonique qui a débarqué ici il y a quelques années, sans abri et affamée, et qui a depuis été adoptée par les maîtres-nageurs. Ses pattes arrière sont abîmées et elle a du mal à voir. Comme on dit aux États-Unis, j'ai de l'empathie pour elle. À présent que l'eau est chaude, ce qui m'intéresse le plus est de voir comment fonctionnent mes jambes et de savoir si je vais me tordre la cheville en venant. Une fois que je suis dans l'eau, c'est juste un bain – agréable, rafraîchissant, curatif. L'eau froide – l'effet qu'elle produit et ce qu'on y ressent – est un sujet en soi. Une fois qu'elle se réchauffe, ce qui compte, c'est l'étang, la beauté et l'intimité de cet endroit sauvage au cœur de Londres. Depuis soixante-trois ans, il est comme un cadeau inattendu et immérité. Maintenant, je commence à me demander combien de temps je vais pouvoir en profiter avant que ma stupide cheville m'empêche d'y venir. Voilà comment ce qui a commencé comme un journal de nage se transforme en une chronique du vieillissement.

Vendredi 13 juin. 20 °C

RAS lors de mes deux dernières visites, donc je n'ai pas pris la peine de les consigner, mais aujourd'hui c'était la perfection même – air chaud et ciel limpide. Anne étant partie pour une conférence à Florence, je suis parti en même temps qu'elle à 7 h 30 et j'ai trouvé à l'étang la faune du matin – les mamans avec leurs écoliers, les mégères d'un certain âge faisant leur circuit solennel. Les fleurs et le pollen ont complètement disparu de la surface, l'eau est claire et douce, les arbres sont verts et lourds. Dans des journées pareilles, l'étang mixte est le plus bel endroit de Londres, et le plus secret.

– Nous avons une chance incroyable d'avoir ça à notre porte, j'ai dit à Rudolph la veille du jour où il est tombé raide mort, juste ici, après son bain du matin.

Mais Sylvia [Plath] l'a mieux exprimé :

"Un don, un don de l'amour
Totalement inespéré."

Les maîtres-nageurs ont adopté un petit rouge-gorge – ou bien c'est lui qui les a adoptés. Il vient droit sur vous, penche la tête, vous toise avec des yeux noirs comme de petites pointes de clous, et attend sa pitance. Il pioche des miettes dans les mains des maîtres-nageurs et ces deux durs à cuire sont gagas devant lui. Je crois qu'ils sont aussi gagas devant la beauté des lieux, ils n'en reviennent pas d'avoir la chance de travailler ici.

Samedi 22 juin. 22 °C

Comme d'habitude, je nage quatre ou cinq fois par semaine, l'étang est beau et calme, l'eau est très chaude, l'exercice me fait du bien. Mais c'est juste de la nage. Ça n'arrêtera pas le déclin, mais ça peut le retarder et la seule question est de savoir si ma cheville me fait trop mal pour que je puisse marcher de Well Walk jusqu'à l'étang ; si c'est le cas, je vais en voiture jusqu'à l'étang des hommes et je nage un peu plus loin. C'est comme de nager à la *piscina* de Barga, un expédient facile pour apaiser les petites douleurs du quotidien. Nager ne devient un sujet digne d'écriture que lorsque la température descend et que ça devient un défi. Même alors, c'est une exagération – pas un défi, juste de l'épate, quelques miettes pour nourrir la bête, pas pour la satisfaire. C'est puéril, mais il est trop tard pour grandir.

Mardi 1er juillet. 23 °C

Ces dix derniers jours ont été une longue succession de désastres. Cindy s'est vu diagnostiquer un cancer et elle est dans un tel état d'accablement, convaincue d'une malédiction de la maison Blake, que la préconisation par les médecins d'une double mastectomie lui semble une bonne nouvelle. Puis un ami nous appelle pour dire que son fils a fait une tentative de suicide, et Kate a encore le cœur brisé par un crétin qui ne la mérite pas. De mon côté, je suis tendu comme une corde de violon à cause d'une conférence que je dois donner à Oundle – ou plutôt, à cause de cette idée hautement improbable qu'on m'ait demandé de la donner. Mais la conférence s'est bien passée et, le lendemain, j'ai décollé avec Torquil dans son Leopard Moth pour une virée de trois jours d'un petit aérodrome à l'autre, trois jours de vacances avec les copains comme un rappel de tout ce qui m'a manqué. Ce matin, l'étang des hommes est calme et déserté, à l'exception d'un canard blanc comme un cygne qui semble avoir sur les autres canards l'effet contrariant que peuvent avoir les blondes sur les autres femmes. L'eau est douce et claire et j'ai pris mon temps, savourant chaque seconde. J'ai songé en sortant que l'époque n'est pas si lointaine où l'eau était vingt degrés plus froide qu'elle ne l'est aujourd'hui ! Que le temps passe vite, même quand on ne s'amuse pas beaucoup.

Mardi 8 juillet. 21 °C

Les bains restent doux et revigorants mais nous avons un vrai été cette année et, après onze heures du matin, l'étang est bondé. Je n'ai aucun problème à y aller tôt, sauf le week-end où Anne, ayant décidé de nager, met une éternité à se préparer, jusqu'à ce que je sois au bord de l'explosion. Mais bien sûr je n'explose plus – voilà un feu dont je me réjouis de l'extinction – et, de toute façon, nous avons passé quarante ans ensemble à respecter l'espace de l'autre, préserver une courtoisie mutuelle, mettre de l'eau dans notre vin, pas par hypocrisie, mais par amour, sachant que nous avons de la chance de nous être trouvés. Alors nous sommes allés à l'étang mixte dimanche et j'ai plongé, la laissant sur la jetée, et je l'ai complètement oubliée. Mais quand je revenais comme à mon habitude depuis la bordure extérieure, j'ai heurté par inadvertance une des bouées et elle était là, avec son sourire comme un lever de soleil. Quarante ans et mon cœur a encore bondi de plaisir.

Il m'est de plus en plus difficile de marcher, ma cheville est de plus en plus instable. La moindre bosse, le moindre creux dans l'herbe peut la tordre sans crier gare et je dois être attentif à chaque pas, comme si la pelouse verdoyante derrière les Pryors, avec sa superbe vue sur Londres, était une paroi verticale au pays de Galles. J'ai trébuché deux fois ce matin et je me suis tordu la cheville si fort que j'ai cru que je n'arriverais pas à revenir à la voiture. Voilà comment je commence la journée épuisé.

Mardi 15 juillet. 23 °C et plus

C'est un de ces étés miraculeux – les journées sans nuage se succèdent, le mercure est autour de 25 °C, le genre de temps pour lequel on paierait cher à l'étranger. Les gens se baladent en short et T-shirt, l'air légèrement éberlués devant la clémence des cieux. Moi, ce n'est pas trop mon truc. L'eau n'est plus rafraîchissante, la douche est tiède et, à dix heures du matin, l'étang est bondé. Je préfère le froid et la solitude, ce qui, je suppose, est un signe de vieillesse. Néanmoins, c'est un plaisir de regarder les arbres frémir dans l'air doux, leurs feuilles toutes argentées, et les arabesques des martinets et des hirondelles tout en haut dans le ciel pâle. Je sais qu'ils sont en quête de nourriture, mais on dirait qu'ils volent pour le simple plaisir, comme pour la danse.

Dimanche 27 juillet. 19 °C

La vague de chaleur est passée, Dieu merci, même si une autre, bien plus violente, nous attend en Italie à la fin de la semaine. Adam me dit que c'est pire que tout ce qu'il a connu là-bas – une chaleur accablante et pas de pluie. La perspective me terrifie. Comme Savannah est en vacances chez nous, je parle régulièrement à Adam. C'est un père farouchement protecteur et plutôt strict. Ce que je trouve quelque peu ironique, sachant à quel point c'était un adolescent difficile, mais ça me satisfait obscurément. C'est quelqu'un de bien qui a du mal à gagner sa vie. Moi aussi, ces temps-ci, mais ce serait pas mal de pouvoir l'aider financièrement. Je nage environ cinq fois par semaine et, heureusement, l'eau est un peu plus fraîche. Pas assez fraîche à mon goût, mais assez pour maintenir les foules à distance : il suffit qu'il y ait quelques nuages et que la température de l'eau descende sous les 20 °C. Mon vieil ami le héron semble avoir déserté l'étang mixte cet été, mais je l'ai aperçu à l'étang des hommes l'autre jour et j'ai eu envie de le saluer. Ici les sternes élégantes sont un bonheur ; elles volent avec aisance et grâce, puis leur corps se chiffonne soudainement lorsqu'elles fondent en piqué pour transpercer un poisson. Ce matin il y avait un rapace très haut dans le ciel, à trois cents mètres ou plus, qui décrivait de vastes cercles dans les courants thermiques. Je l'ai observé sur tout le retour jusqu'à la jetée, hypnotisé.

Dimanche 17 août. Paradiso

Un été caniculaire et un avant-goût, sans doute, du réchauffement climatique à venir. J'espère seulement ne plus être de ce monde pour le voir. En Angleterre, la température a dépassé les 100 °F (37,8 °C) pour la première fois de l'histoire ; dans le métro, il fait cinq degrés de plus que la limite légale de température pour transporter du bétail ; en France, 5 000 personnes sont mortes de chaleur ; en Italie les autorités recommandent de rester à l'intérieur. Même à *Paradiso*, dans les montagnes, la température a dépassé les 35 °C depuis quinze jours que nous sommes là, et la brise du soir, si brise il y a, souffle tout droit du Sahara. Anne, déjà épuisée avant notre départ, a fait de l'asthme dès notre arrivée – elle était d'une pâleur cadavérique, toussait sans relâche et arrivait à peine à respirer. Elle a appelé son pneumologue à Londres, qui lui a dit d'aller consulter immédiatement le médecin local, lequel lui a prescrit des cachets, des injections et du *riposo, sopratutto riposo*. Ce n'est pas une cure qu'elle trouve facile, mais elle était aussi effrayée que moi par son état de faiblesse, alors elle fait de son mieux. Au bout de quatre jours, elle semble en meilleure forme – ou plutôt un peu moins fragile, mais ça ne va pas durer. Des amis sont arrivés jeudi ; invités pour deux nuits, ils restent cinq. Avant qu'ils repartent, Kate et Nicola seront là, puis N sera remplacée par Danny C. Et ainsi de suite. Ce défilé incessant d'invités est une constante de nos étés, malgré toute notre détermination à ne convier personne. Et pour tout ce beau monde, Anne concocte de bons petits plats, s'inquiète de leur bien-être et maintient en permanence une conversation animée. Peu de chance de *riposo*, ni d'ailleurs d'avoir un moment à nous sans être importunés.

Pendant ce temps, Adam est hospitalisé à Florence avec un problème de foie mystérieux et grave qui le laisse sur le carreau. Cancer ? Hépatite ? Cirrhose ? Apparemment, ce n'est rien de tout ça et c'est possiblement dû aux vernis de peinture qu'il inhale, mais nous n'en saurons rien jusqu'à ce que les examens soient effectués. Quand nous allons le voir chez lui, il est comme un mort-vivant, un bonhomme allumette, le teint verdâtre, épuisé. Et fauché comme les blés, bien sûr, avec le risque de l'être encore plus si les vernis l'empêchent de reprendre le travail. Quand il a appelé sa charmante mère pour lui annoncer la nouvelle, son seul commentaire a été : "Ça t'apprendra !" Un été cauchemardesque.

Nous nageons quasiment tous les jours à la piscine de Barga. L'eau est à la température du sang et vous imprègne de l'odeur de chlore, mais cela nous permet au moins de faire un peu d'exercice – sous réserve d'arriver à l'ouverture, à dix heures. Passé onze heures, les familles ont débarqué et la piscine est envahie de Glasvégiens en surpoids, qui se lâchent comme seuls savent le faire les supporters de l'équipe d'Écosse. À midi, la stéréo démarre et même les hirondelles et les martinets mettent les voiles. La semaine dernière, cependant, Damasco et Diomira nous ont emmenés dans une piscine naturelle de la Turrite di Gallicano, la rivière qui descend de Fornovolasco. Le trou d'eau ne faisait pas plus de dix mètres sur dix, et il s'étendait d'une grève de galet jusqu'au pied d'un petit barrage de béton, mais l'eau était claire et brillante comme du verre propre et merveilleusement fraîche, peut-être autour de dix-huit degrés, une bénédiction par cette chaleur, quoique bien trop froide pour D et D. J'aurais voulu ne jamais en sortir.

Vendredi 5 septembre. 17 °C

Au cours de nos derniers jours en Italie – nous sommes partis le 1er septembre – la chaleur est retombée, l'air était limpide, le soleil brillait et la brise du soir était fraîche. Sur tout le retour par l'Italie du Nord et la France, à l'abri dans notre voiture climatisée, les journées sont restées lumineuses et fraîches, mais Londres était moite, détrempée, souillée de chaleur. Ce matin je suis allé à Highgate, j'ai laissé la voiture aux Kosovars pour faire nettoyer la saleté du voyage, et j'ai nagé dans l'étang des hommes. Même les hêtres pourpres étaient avachis, grisâtres et fatigués, mais l'eau était délicieuse. D'abord une brève décharge de froid, puis le réconfort. Finalement, toutes ces longueurs fastidieuses à la piscine de Barga ont dû me faire du bien, parce que j'en avais encore sous le pied quand je suis arrivé à la barrière du fond, même si je boitais comme un vieil éclopé sur tout l'aller-retour au lavage auto.

Dimanche 7 septembre. 17 °C

Hier à l'étang mixte avec toute la bande habituelle – Alan, Ken, ainsi qu'un ami avocat de Ken, un type intelligent, spécialisé dans la propriété intellectuelle. Il y avait aussi un jeune maître-nageur intérimaire qui vient de vendre son premier scénario de film et qui va utiliser l'argent pour s'installer au lac de Garde et poursuivre ses projets d'écriture. En d'autres termes, un assortiment typique de Hampstead, insolite et bavard, une version en plein air et rigolarde des intellos de salon, un vrai plaisir à fréquenter. “Intello” est devenu un terme méprisant, qui évoque des gens superficiels, aux idées arrêtées, coupés du monde réel où des gens pragmatiques prennent des décisions pragmatiques ; un peu comme cette conviction qu'avait U que le langage était un complot, inventé par les Juifs pour lui nuire. Ce n'est pas du tout ça ; échanger des idées, raconter des blagues, jouer avec les mots sont des plaisirs innocents et civilisateurs et je ne donne pas cher de nous quand nous les perdrons.

Aujourd'hui, dimanche, je suis arrivé tôt et il n'y avait personne que je connaissais, à part le jeune maître-nageur qui part demain pour sa nouvelle vie en Italie. La journée était grise et la température plus froide qu'hier. Je n'ai pas fait de vieux os. Un jeune couple avec un bébé a piqué une tête rapide, en en rajoutant des tonnes sur le froid. Lui était grand, maigre et blond, avec de grandes dents brillantes. Elle était petite, mate et jolie, vêtue dans un style hippie funèbre : chemisier noir informe, jupon blanc brodé sous une longue jupe noire, grosses Doc Martens. En fait, c'était un déguisement ; quand elle est allée nager, elle portait un maillot deux pièces rose haute couture et son corps était magnifique. Je suppose que c'est un secret qu'ils préfèrent garder pour eux.

Dimanche 21 septembre. 17 °C

Jour de fermeture à l'étang mixte. Fin septembre et on se croirait en plein été. Le ciel est sans nuage et le soleil brûlant. Avant dix heures, la température est autour de 25 °C et l'eau se réchauffe ; il y a dix jours, elle était tombée à la température parfaite de quinze degrés, maintenant elle est revenue à dix-sept et l'étang est bondé – dix personnes dans l'eau quand je suis parti, du jamais vu à cette époque de l'année. Toutes ces histoires de réchauffement climatique semblent être vraies. La seule vague indication de la date est à trouver dans les feuilles : chaque jour un peu plus sèches, un peu plus défraîchies, elles semblent perdre du poids à mesure que leur vert s'estompe, tandis que celles qui ont jauni commencent déjà à tomber lentement dans l'air immobile. En plein été, on sort de l'étang mixte dans un tunnel de vert tendre à la Monet, tout en contraste d'ombre et de lumière. À présent, les parois du tunnel s'effritent et la lumière est pâlie.

Je nage normalement à peu près tous les jours, mais mercredi dernier j'ai attrapé une sorte de grippe intestinale, ma première maladie sérieuse depuis environ trois ans. (Naturellement, c'est arrivé le lendemain du jour où j'ai envoyé la version finale du livre sur la voix qui m'a donné du fil à retordre ces deux dernières années.) J'en suis sorti faible comme un bébé, mais je suis venu quand même aujourd'hui, ne voulant pas manquer un dernier bain dans mon étang bien-aimé avant le mois de mai prochain. L'eau était plus douce et revigorante que jamais, mais j'avais choisi les mauvaises chaussures

– légères mais trop souples pour le terrain accidenté – et j'ai eu toutes les peines du monde à faire l'aller-retour à ma voiture clopin-clopant. Avec l'étang des hommes, au moins, ce n'est pas un problème. Vieillir n'est qu'une question de stratégie physique – comment faire ce qu'on veut avec les ressources défaillantes à sa disposition – et la frustration est infinie.

En été, nager dans les étangs est un parfait moyen de commencer la journée. Quand l'eau se rafraîchit, c'est un parfait moyen de la raccourcir.

Jeudi 25 septembre. 15/16 °C

Les deux tiers supérieurs du pays sont enveloppés dans les nuages, la brume, la pluie, etc. Ici, les journées demeurent chaudes et ensoleillées, la brise est légère et il n'y a aucun nuage, sinon un quadrillage de traînées de condensation. Le ciel immaculé est synonyme de nuits froides et de givre matinal, et le béton commence à être frisquet sous le pied – le tapis en coco, me dit Terry, ne sera pas installé avant que l'eau passe sous la barre des 13 °C – or l'eau retient sa chaleur, et elle est peut-être un degré plus froide aujourd'hui qu'hier. Les nageurs en eau chaude restent bronzer après avoir piqué une tête et parlent de nager tout l'hiver. Je lézarde avec eux. Aussi loin que remontent mes souvenirs, c'est la première fois que je ne suis tenu par aucune échéance. La dernière version de la version finale de *The Writer's Voice* est chez l'éditeur, je n'ai aucune recension à écrire pour Bob et ni l'énergie ni l'envie de me lancer dans ce livre sur la nage. Ma conscience peste contre cet état de fait, mais je sais que, si je dois encore écrire un mot de plus, lézarder est ce dont j'ai besoin pour me vider la tête et recommencer à penser et à ressentir de nouveau. Si tant est, bien sûr, que j'aie envie d'écrire un mot de plus.

Dimanche 28 septembre. 16 °C

Automne lent et superbe, qui arrive par degrés infinitésimaux. Aujourd'hui, l'eau est un peu plus fraîche qu'hier et la brise un peu plus frisquette, mais pas vraiment assez pour qu'on le remarque. Il y a eu quelques averses et il fait nuit plus tôt, mais les matinées sont indolentes et relativement chaudes quand on est à l'abri du vent ; le seul froid vient du contact des pieds sur le béton. Et les mouettes sont de retour. Elles semblent être partout à la fois, vous jettent des regards froids quand vous nagez, volent en rase-motte tout près de votre tête, décrivent des cercles dans le ciel, poussent des cris. Juste avant que je plonge, hier, le héron a fusé juste au-dessus de l'eau dans le fracas de ses grandes ailes. Le voir est toujours un plaisir soudain – sans doute parce qu'il est si étrange de croiser une telle créature sauvage et farouche ici, en plein cœur de Londres. Mais c'est une des fascinations de ces étangs ; eux aussi sont des bouts de nature sauvage au milieu de la ville et, quand vient l'hiver, sauvages, froids, et relativement indomptés. Que ferais-je sans eux ?

Mardi 30 septembre. 14 °C

Quand je suis sorti de la maison ce matin, le ciel était couvert, le vent froid. Enfin l'automne. Mais l'eau n'était pas particulièrement froide au ressenti et j'étais encore sur ma lancée quand j'ai touché la corde de la barrière du fond et que j'ai dû faire demi-tour. La mère cygne se promenait à l'autre bout de l'étang, suivie par une flottille de gros cygneaux gris – ils sont quatre à présent, un cinquième est parti et, s'il revenait, il ne serait plus accepté par les autres. Le père cygne est passé bruyamment au-dessus de ma tête comme un avion de ligne qui décolle – une présence énorme et soudaine, un battement d'ailes et un étrange cri de klaxon. Quand je sors,

Glynn le maître-nageur, qui veut devenir photographe, prend des photos de moi pour la brochure d'activités de Hampstead Heath, et Danny, qui veut devenir écrivain, improvise une rapide interview. D et moi parlons du dur labeur d'écrire ; je lui raconte mon habitude de rédiger dix moutures de chaque texte.

Danny me dit :

– Mais à la lecture, c'est tellement clair et fluide. Comme du Mozart.

Quand m'a-t-on fait un pareil compliment ?

De retour à la maison, je suis désœuvré et triste, ayant fini ce fichu bouquin et sans envie d'en commencer un autre. J'écoute Radio 3 dans mon bureau, ce que je ne fais jamais quand je travaille, je lis du tout-venant, joue au poker sur l'ordinateur et procrastine, en me demandant si j'arriverais un jour à générer suffisamment d'intérêt et de désir pour démarrer un nouveau projet. Je ne suis pas un bourreau de travail comme Anne, mais l'inaction me met mal à l'aise.

Mercredi 1er octobre. 14 °C

Détachement et gracilité – des feuilles graciles se détachent des arbres jaunissants aux teintes poudrées, le ciel est gris, l'eau commence à se rafraîchir mais reste agréablement tiède. Après le mois de septembre le plus sec et le plus chaud depuis des années, c'est le premier jour d'octobre et l'automne prend ses quartiers. Je trépigne d'impatience.

Dimanche 5 octobre. 13 °C

Hier, l'eau était un peu plus froide, le ciel dégagé, l'air toujours chaud. Dans la nuit, le vent a tourné au nord et la matinée était radieuse, scintillante et froide. Je me suis levé tôt avec le nez pris et ce qui ressemblait à un début de rhume, et je me suis dit que j'allais limiter la baignade, juste au cas où, et bien me couvrir, comme disait Nanny. La bonne blague. L'eau était parfaite, le ciel immaculé et je suis rentré heureux et en pleine santé, sans la moindre trace de rhume.

Mardi 7 octobre. 13 °C

Anne est rentrée hier d'un long week-end de travail à Washington et New York. Elle semble avoir bien tenu le coup, malgré son asthme, bien aidée par son petit triomphe quand elle est intervenue devant tous les psys rassemblés à New York. Elle a aussi flambé l'essentiel de l'argent qu'elle a gagné dans une paire de boucles d'oreilles chez Bergdorf Goodman, et ça aussi, c'est sans doute bon pour l'âme. Il y a de nouveau une présence à côté de moi quand je dors et je me réveille tard, le cœur léger, dans une véritable journée d'automne – pluie, vent froid, feuilles détrempées. La pluie a duré tout le chemin jusqu'à l'étang, puis elle a commencé à se calmer pendant que je me déshabillais. Au moment où j'ai plongé, les nuages s'étaient écartés et, quand je me suis retourné sur le dos, ils avaient disparu. J'ai nagé sur le retour en regardant les mouettes voler bas dans un ciel bleu intense, la tête froide, signe infaillible d'une eau qui se rafraîchit. Le soleil était toujours là quand je me séchais, puis le ciel s'est couvert rapidement et il a commencé à pleuvoir tandis que je revenais à la voiture. Pas mal, comme timing, non ? Un bon timing, une femme aimante, la bénédiction de l'eau froide et… Et pourquoi voudrais-je quoi que ce soit d'autre à ce stade avancé de ma vie ?

Jeudi 9 octobre. 12 °C

Journée chaude et ensoleillée, mais l'étang a été préparé pour l'hiver. Le tapis en coco a été posé sur la jetée et les barrières installées. L'échelle en bois sur la gauche de la jetée ayant commencé à pourrir, elle a été condamnée jusqu'à l'arrivée d'une nouvelle échelle en métal et ça complique la baignade : au lieu d'un simple aller-retour, je décris un triangle alambiqué – je nage en diagonale jusqu'au coin opposé, effectue un virage à quarante-cinq degrés, puis longe la barrière à l'horizontale, avant un nouveau virage à quatre-vingt-dix degrés pour revenir à l'échelle. Le soleil brille, les mouettes tournoient et plongent, l'eau est fraîche, pas froide. Bien que l'automne soit bien avancé, l'été refuse de relâcher son étreinte.

Samedi 11 octobre. 12 °C

Encore une journée exquise, ciel limpide, arbres immobiles, température au-dessus de 15 °C. La présence de la barrière a quelque chose d'absurde ; elle raccourcit le bain et casse le rythme, mais ne le rend pas moins délectable ni moins revigorant dans mon état d'abattement et de légère gueule de bois. La soirée d'hier était étrange et exaltante. Elle a commencé au Wigmore Hall, où Alfred Brendel et Matthias Goerne ont livré ce qui était probablement une des plus belles interprétations du *Winterreise* de Schubert. À la fin, Alfred a posé ses mains sur le clavier et n'a plus bougé pendant une longue minute ; quand il a fini par esquisser un geste, le public était tellement envoûté par la musique que personne n'a bronché. Puis ça a été un grand tonnerre d'applaudissements, tout le monde comme sous le choc, conscient d'avoir assisté à quelque chose de grand. Après, nous sommes montés le remercier et le féliciter, et il nous a invités à Well Walk pour fêter ça. Hélas, non, avons-nous dit, nous sommes attendus ailleurs. L'ailleurs était un nouvel hôtel élégant à deux pas de là, au 5 Cavendish Square. J'y étais mercredi soir pour un tournoi de poker d'exhibition où j'ai fini deuxième. La récompense était un chèque de 50 £ et un dîner au restaurant de luxe de l'hôtel. N° 5 est conçu pour la jeunesse dorée, et même Anne avait trente ans de plus que n'importe lequel des autres convives. Mais on nous a traités comme des membres de la famille royale, la nourriture était bonne, le vin délicieux, et nous avons passé une excellente soirée. Pour l'essentiel, nous avons ri ensemble de l'absurdité de toute la scène et de la manière dont différentes parties de mon existence s'étaient soudain heurtées de plein fouet. Poker et musique classique: un beau patchwork, a dit Anne. Donc nous avons mangé notre dîner, bu notre vin et regardé toute cette belle jeunesse en gloussant comme des écoliers. À la fin du repas, les trois jeunes à la table voisine nous ont invités à nous joindre à eux – un agent sportif australien, un fabricant de chaussures autrichien, tous deux habillés comme des pirates, et une Canadienne ravissante, tout en bronzage et décolleté plongeant. "Putain, vous vous amusez plus que n'importe qui dans la salle", a dit l'Australien, ce qui était un vrai compliment, vu le reste de la sélection. Alors nous sommes restés une heure de plus et avons gloussé en bonne compagnie, puis nous sommes rentrés et avons fait l'amour. Ma gueule de bois de ce matin n'était pas tant due à l'alcool qu'au rire et au plaisir. Je n'ai peut-être pas fait tout ce que j'aurais pu en tant qu'écrivain, mais j'ai pris du bon temps.

Jeudi 16 octobre. 11 °C

Le temps parfait se poursuit. À neuf heures, les brumes ou les nuages ont été chassés et le ciel est éblouissant: deux traînées de condensation tout en haut, un ou deux avions rutilants un peu plus bas, en approche de Heathrow, puis des mouettes planant au-dessus de ma tête, vaquant à leurs occupations, et sur la droite, en surplomb de Kenwood, une lune bancale échouée dans toute sa clarté. Cette partie de Londres regorge d'arbres et je ne les ai jamais vus aussi beaux – ils ont encore toutes leurs feuilles, avec des couleurs allant du vert au rouge le plus profond. Je conduis lentement pour savourer tout ça et faire durer le plaisir, parce que le monde est beau et que je suis dans ma soixante-quinzième année. Quant à l'eau, je la préférais autrefois en fin d'été, lorsque la température descend autour de 16 °C ; aujourd'hui, elle est cinq degrés plus froide et semble encore plus parfaite. Est-ce juste une question d'habitude, ou mon métabolisme est-il en train de changer ? Je suis ignorant de ces choses-là par choix. Tout ce que je sais, c'est que je sens que je pourrais nager encore et encore et que les barrières sont une entrave.

Je sais aussi que l'étang est très différent du monde de la littérature. Mardi dernier, je suis allé à une soirée à l'English Speaking Union pour célébrer le quarantième anniversaire de la *New York Review of Books*. En général, je ne vais pas aux événements littéraires, mais là c'était différent : Bob Silvers est un ami et j'écris pour lui depuis le lancement de la revue. C'était horrible quand même – tout le monde qui jacassait à tout va, l'acoustique déplorable, les visages nus et affamés. Je suis parti dès la fin des discours, mais deux vieux piliers de l'establishment littéraire gardaient la porte, Cerbères laids et inévitables, observant la salle d'un air dégoûté. L'homme, quand je l'ai rencontré à Oxford il y a cinquante ans, avait une sorte de charme fallacieux, comme un chiot qui veut être aimé. Aujourd'hui, il est renfrogné et faraud, une grosse masse flasque et déliquescente, avec des bajoues comme du suif fondu. La femme a mal vieilli, elle aussi, malgré ses cheveux teints ; son visage est érodé comme les Badlands du Dakota du Nord, avec une bouche rouge vif peinte par-dessus. Ils ont hoché la tête quand je suis passé devant eux avec un sourire crispé, et leurs sourires en retour étaient encore plus crispés. Je sais que je suis paranoïaque quant au Londres littéraire, mais ces deux-là ressemblaient à la méchanceté incarnée – une malveillance inexpugnable, une haine de tout le monde. La littérature est peut-être un art magnifique – et encore –, mais le monde littéraire est peuplé de monstres.

Vendredi 17 octobre. 11 °C

La persistance de ce temps est incroyable. Encore une journée sans nuage et scintillante. Comme les feuilles s'amincissent et que leur couleur change, elles semblent éclairées de l'intérieur, retenant la lumière du soleil, la réfractant, la réfléchissant. Aujourd'hui elles sont toutes en mouvement parce qu'un vent froid souffle tout droit de l'est. Pour la première fois, d'ailleurs, et malgré le soleil, on a une impression d'hiver. Le coin vestiaire était baigné de lumière, mais je me suis rhabillé en vitesse et ne me suis pas attardé.

Mardi 21 octobre. 9 °C

Quand je suis allé me baigner samedi matin, l'eau paraissait à la même température que vendredi mais le panneau affichait 9 °C. Ça ne voulait pas dire qu'elle avait perdu deux degrés du jour au lendemain, simplement que les maîtres-nageurs n'avaient pas pris la peine de changer l'affichage avant aujourd'hui. Elle va sans doute rester à 9 °C une semaine de plus, alors que le ciel reste dégagé et que la température descend régulièrement chaque soir. Ce matin, je me suis emmitouflé dans mes vêtements d'hiver – T-shirt, chemise en laine, gros pull irlandais et gilet en cuir – même si je n'en ai eu besoin que pour aller à la voiture. Quand on sort de l'eau, resplendissant de santé et de bonne humeur, le

T-shirt suffit. Le soleil brille, les couleurs sont éblouissantes et tous les gens qu'on croise ont l'air de sourire.

Jeudi 23 octobre. 8 °C

Le jeu de la température continue. Les nuits sont de plus en plus froides, un vent glacial souffle du nord-est et je roule vers l'étang avec le chauffage à fond. Et pourtant, la température affichée sur le panneau était à 11 °C. Encore une blague de maîtres-nageurs. L'eau est hivernale à présent. Je ne sens pas le froid dans mon corps, sans doute parce que le sang reflue vers l'intérieur pour protéger les organes vitaux, mais je le sens sur mon crâne chauve et mon visage s'engourdit. Enfin, il s'engourdit légèrement ; il ne fait pas encore vraiment froid, juste assez froid pour donner un bon coup de fouet. Steve était de service.

– Onze degrés, j'ai dit, c'est une blague !

Il a répondu :

– Tu dirais combien, alors ? Huit ?

– Quelque chose comme ça.

– Ok, je vais changer.

Il m'a suivi au coin vestiaire et a évoqué un poème de sa composition, son premier, dans le cadre d'un cours pour adultes. Un poème sur un crocodile, du point de vue du croco, assez spirituel. Puis Chris s'est joint à nous et s'est mis à parler du projet très décrié de réduire les horaires d'ouverture de l'étang. Quand je reviendrai demain, je suis sûr que le panneau indiquera toujours 11 °C.

Dimanche 26 octobre. 7 °C

Perdu. Vendredi, le panneau indiquait 10 °C. Samedi, je suis monté à Cambridge pour la cérémonie en mémoire de Bernard Williams et j'ai dû prendre la route de bonne heure, donc je n'ai pas nagé, mais aujourd'hui le panneau annonce 7 °C et ça correspond à peu près au ressenti. Je pense que le problème est qu'ils ont trois thermomètres, qui donnent tous des températures différentes. Ça n'a pas grande importance, au fond. À présent, l'eau est froide et claire et tonifiante, et on en sort rose comme une crevette. L'intérêt du panneau consiste seulement à flatter l'ego des gars qui nagent ou à mettre en garde ceux qui ne nagent pas.

Jeudi 30 octobre. 7 °C

Le temps parfait s'achève peu à peu. Il pleuvait hier et il pleut encore cet après-midi, mais ce matin le ciel était encore immaculé – aucun nuage en vue, couleurs aveuglantes. D'ordinaire, les bourrasques d'automne arrachent les feuilles des arbres, qui changent de couleur et meurent par terre. Cette année, nous avons un automne à la nord-américaine – un temps clément et pas de pluie – de sorte que les arbres gardent leur feuillage, et je roule ainsi jusqu'à l'étang à travers des tunnels de pourpre, de jaune et de rouge éclairés par le soleil, qui donnent l'impression d'être pris dans un doux rêve au ralenti. L'eau me réveille assez vite, puis je reviens lentement de la barrière à la jetée en regardant les mouettes décoller et virevolter dans la lumière et, chaque fois que je penche la tête, il y a un cercle d'or autour de l'étang.

Lundi 3 novembre. 7 °C

Les bourrasques d'automne ont commencé, les feuilles graciles brunissent et tombent. Je réussis à aller nager pendant une éclaircie entre deux averses. Les cormorans sont enfin de retour – ils sont six depuis que je suis venu samedi. L'hiver s'installe.

Samedi 8 novembre. 8 °C

Mardi et jeudi, le vent venait du sud, le soleil brillait et l'eau avait pris un degré. Aujourd'hui le vent est de nouveau froid, les feuilles se détachent à toute allure, le ciel est gris et les cormorans continuent d'arriver ; ils sont huit maintenant, si nombreux qu'ils sont parfois à deux sur une bouée, un grand chœur tragique annonçant l'hiver.

Lundi 10 novembre. 8 °C

Aujourd'hui j'ai eu de la chance. Je suis tombé sur un moment parfait entre la brume du matin et la grisaille de l'après-midi. Les nuages se sont dissipés et effilés tandis que je suspendais lentement mes vêtements et m'avançais sur la jetée. L'eau glaciale était d'encre, infusée de lumière, comme un chemin aqueux pour remonter du royaume d'Hadès. Même les oiseaux étaient partis célébrer ce bref répit : seuls restaient deux cormorans vigilants sur leurs perchoirs flottants et une poignée de mouettes qui se détachaient dans un ciel bleu intense. J'ai pris le soleil, me suis séché et suis rentré chez moi ébloui de lumière, comblé par tant de chance. Ça n'a pas duré. Avant même que j'aie fini mon premier café, la chape noire retombait sur la journée et la réalité reprenait ses droits.

Jeudi 13 novembre. 8 °C

Hier sous la pluie, température en hausse, les feuilles tombaient. La cime des arbres devant la fenêtre de mon bureau s'est dénudée pendant la nuit et le talus menant à l'étang est un tapis de roux et d'or. Aujourd'hui le soleil était encore de sortie pendant que je nageais, la surface de l'étang était un émail noir scintillant, mais quand je me suis retourné, dos à l'échelle, tête sous l'eau, je ne voyais qu'un monde d'ambre verdâtre, silencieux et immobile.

Dimanche 23 novembre. 9 °C

Un rhume meurtrier aux airs de grippe m'a empêché de nager pendant une semaine et j'y suis retourné jeudi dernier en me sentant vieilli d'un an. Le soir, je suis allé à la fête de Noël de Melvyn et Cate, appuyé sur ma canne Flipstick pendant deux heures, et je me suis réveillé vendredi avec un genou comme un pamplemousse. Deux jours de plus sans nager. Aujourd'hui, je suis de retour et il pleut. Vous rentrez dans l'eau blanc et grelottant et vous en sortez rose et content, restitué au genre humain par l'eau froide, l'air frais et un peu d'exercice. Peut-être que c'est ça qu'on entend par "choc de la nouveauté". Deux perruches voletaient dans les arbres autour du coin vestiaire – d'un jaune-vert criard en contraste avec le ciel hivernal, elles agitaient leurs longues queues et se chamaillaient avec leur accent australien nasillard. Peut-être étaient-elles outrées parce que l'Angleterre a battu les Wallabies hier en finale de la Coupe du monde de rugby.

Mardi 9 décembre. 6 °C

C'était un de ces matins parfaits – givré, ensoleillé et immobile. Ces deux dernières semaines, l'eau s'est refroidie de jour en jour, tandis que la température affichée restait à 8 °C. Aujourd'hui, les maîtres-nageurs l'ont abaissée à 7 °C mais Danny affirme qu'elle est encore un degré plus froide – ce qui correspond au ressenti. C'est comme ça que je la préfère. Elle me ramène à la vie d'un coup quand je plonge et il me faut quelques brasses avant de pouvoir respirer ; ensuite, crawl rapide jusqu'à la barrière, un virage lent, encore quelques mètres de crawl, puis je me tourne sur le dos pour admirer les mouettes, les traînées de condensation et le soleil pâle dans le ciel pâle. Sur chacune des bouées, il y a un cormoran qui broie du noir, les ailes écartées. Chris et un petit vieux énergique d'à peu près mon âge étaient là aussi ; nous avons ri ensemble comme des écoliers en nous séchant, presque à prendre le soleil, clairement pas pressés de nous rhabiller, parce que le soleil bas dardait ses rayons sur une partie du coin vestiaire.

Mardi 16 décembre. 3 °C

Givre sur la voiture, gelée blanche sur l'herbe, glace autour des échelles de la jetée où les nageurs se sont égouttés, et douche glaciale. L'eau a refroidi toute la semaine, à présent elle est vraiment froide, si bien que je suis ressorti dès la première échelle... et je l'ai aussitôt regretté. La vérité, c'est que plus c'est froid, plus j'aime ça, alors qu'est-ce que cinq mètres supplémentaires vont bien changer ? Le soleil brillait pâlement à travers la brume matinale, Chris déclamait des envolées lyriques au sujet de sa compagne, désormais installée dans les appartements au-dessus de sa boutique, et un sympathique Nordiste, qui nageait en hiver pour la première fois, souriait benoîtement d'avoir plongé par une journée pareille. Tous, nous étions un peu grisés par le froid. Il était bon d'être en vie.

Mercredi 24 décembre. 2 °C

Dimanche dernier, pour la première fois le vent soufflait du nord et l'eau était si froide qu'elle commençait à paraître lourde, presque gluante. Je crois que c'est lié au fait qu'elle devient visqueuse avant de geler, et c'est clairement l'impression que ça donne. Il est plus difficile d'y nager mais, bon Dieu, qu'on se sent bien en sortant. Ensuite j'ai manqué deux jours – hier parce que j'avais rendez-vous le matin avec un médecin au Wellington pour examiner mon hygroma prérotulien, un problème ridicule et indigne à mon âge. Par ailleurs, à cause de mon système lymphatique toujours bancal, ma cheville à problèmes a gonflé dans des proportions éléphantesques. Les deux combinés, c'était l'horreur. À six heures, Anne et moi sommes allés chez les Brendel pour un apéro pré-Noël. Une vraie réunion de famille – tous leurs enfants étaient là, mais pas Maria, ni Ronnie – et ils se montraient tendres et affectueux. Et attentionnés, aussi me suis-je vu à travers leurs yeux comme un vieil éclopé dont il fallait prendre soin. Sophie, que j'ai un jour emmenée grimper à Harrison, a insisté pour m'aider à descendre les marches du perron. Tout ça est très émouvant, mais aussi profondément déprimant. Claudiquer la centaine de mètres jusqu'à la maison était comme une course de fond ; je régulais mon allure, contrôlais ma respiration, j'en étais presque à compter les pas. Et le reste de la soirée a été à l'avenant, alors que nous n'avons rien fait d'autre que d'emballer des cadeaux de Noël. Quand je suis allé me coucher, j'étais au bout du rouleau et j'avais terriblement honte de moi. La baignade du matin a tout remis en ordre et j'ai remonté le talus en me sentant parfaitement sémillant. Mais, alors que j'enjambais les grilles en haut, un promeneur d'un certain âge s'est arrêté et m'a dit : "Tout va bien ? Besoin d'un coup de main ?" Je lui aurais mis un coup de pied dans l'entrejambe si je n'avais été certain de tomber à la renverse en essayant.

(Tout ceci est d'un ton douteux et sent les jérémiades à plein nez. Je mets ça sur le compte des antibiotiques que je prends pour mon genou. Ils contribuent peut-être à réduire l'inflammation, mais ils ont comme effet secondaire la dépression, et le fait de s'apitoyer sur son sort est mauvais pour l'âme. Comme disait Thornton

Wilder, “Je m’excuse. Je m’excuse auprès de tout le monde” – moi compris.)

Mercredi 31 décembre. 2 °C

Les derniers bains étaient mornes – pluie, grésil, froid mordant. Aujourd’hui, les vitres de la voiture étaient gelées et la brume encore épaisse quand j’ai quitté la maison, mais quand je suis arrivé à l’étang le soleil était enfin de sortie et tous les cormorans – certains à deux sur une bouée – avaient déployé leurs ailes pour les sécher. On aurait dit un rassemblement de boucliers ducaux. La température affichée est de 4 °C, mais il y a fort à parier que c’était juste pour encourager les baigneurs de Noël. L’eau est d’un noir d’encre et semble proche du point de gel. Maintenant qu’il y a une nouvelle échelle sur la gauche de la jetée, je me contente de mes cinquante mètres – vingt-cinq jusqu’à la barrière, vingt-cinq retour –, c’est largement suffisant et ça fait des miracles.

2004

Samedi 3 janvier. 1/2 °C

Journée bien, bien glaciale, givre sur l'herbe et la jetée, vent du nord âpre à souhait, l'eau encore plus froide que jeudi et seulement des habitués dans l'eau – Chris, Billy et le coureur de marathon dont je ne me souviens jamais du nom. Ainsi que deux vieilles dames, parce que leur étang est couvert de glace. Le nôtre l'est presque aussi et les cinquante mètres m'ont paru très longs. À cause du vent, j'étais rhabillé avant d'être sec et je tremblais encore une heure plus tard. Mais bon Dieu, que je me sentais vertueux, ainsi que revigoré.

Jeudi 15 janvier. 4 °C

Deux semaines de temps maussade, pluie, gros vent et le passage dans l'eau qui ne vous encourage pas à traîner une fois sorti. Mais ce matin, le soleil brillait, le ciel était sans nuage et, quand je me suis tourné sur le dos à la barrière, deux cygnes ont fusé juste au-dessus de ma tête dans un vaste battement d'ailes, leurs pieds noirs et palmés aplatis sur les flancs. Leur blancheur d'orage “semble un concentré du ciel”, comme disait Yeats, et elle m'a mis le cœur en joie. À midi il pleuvait de nouveau.

Samedi 17 janvier. 2/3 °C

Encore un matin parfait. Glace épaisse sur les vitres des voitures et ciel immaculé. L'eau est suffisamment froide pour m'engourdir le visage avant que j'atteigne la barrière et le soleil dans le coin vestiaire est si chaud que je reste là à l'absorber avant de me rhabiller. Pour moi, c'est la perfection – vrai froid et vraie chaleur, noir et blanc plutôt que Technicolor, comme tous les meilleurs films.

Dimanche 25 janvier. 5 °C

La météo prévoit un gros épisode de gel ; en attendant, c'est encore une journée parfaite. L'air est froid, l'eau est froide, mais le soleil brille dans un ciel sans nuage et il n'y a pas un souffle de vent. Je me sèche lentement, puis je m'assieds avec une serviette autour des épaules pour prendre le soleil comme si on était… bon, pas en plein été mais au moins en fin de printemps. Dimanche oblige, il y a du monde dans le coin vestiaire – des coureurs autant que des nageurs. Trois fois j'entends des gens sortir de l'eau en disant, avec des variantes, "les journées comme ça te font te sentir heureux d'être en vie", tous ayant l'air d'avoir découvert une vérité éternelle. Et c'est le cas – ils l'ont découverte pour eux-mêmes. Et c'est bel et bien vrai.

Mardi 27 janvier. 2/3 °C?

La neige se retient mais le vent a tourné au nord et souffle fort, arrivant tout droit de l'Arctique. L'eau est de nouveau très froide et je me suis rhabillé en quatrième vitesse ; malgré ça, au moment de faire le plein d'essence sur le chemin du retour, je tremblais encore tellement fort que j'ai eu du mal à signer le reçu de carte bancaire. Le jeune employé indien avait l'air inquiet et m'a demandé si tout allait bien. Quand j'ai répondu que oui, aucun problème, j'étais juste allé nager, il a adopté l'expression sage et compatissante que l'on réserve aux déséquilibrés.

Samedi 31 janvier. 3 °C

La neige est arrivée mardi soir et, pendant deux jours, Flask Walk était impraticable. Hier, j'avais un talk-show tôt le matin qui m'a empêché de venir ; mais aujourd'hui j'avais la bougeotte et il me fallait ma dose d'eau froide. J'ai eu droit à une dose carabinée. L'eau était juste au-dessus du point de gel, le vent hurlait, la pluie me fouettait le visage tandis que je nageais sur le dos. Je suis sorti en me sentant merveilleusement bien.

Mardi 2 mars. 1 °C

Rentré hier de Nouvelle-Zélande où je ne me suis baigné qu'une fois – au lac Wanaka, frais et vivifiant, mais terriblement peu profond. Un voyage qui ne rimait à rien : vol interminable pour y aller, vol interminable pour rentrer, des journées entières à attendre que Torquil et les copains rappliquent, puis seulement deux jours à voler dans le Tiger Moth par un temps glacial avant que les gros vents et la pluie arrivent et que tout le pays s'immobilise. Ce matin j'étais complètement déphasé et salement enrhumé, les rues étaient verglacées mais le soleil brillait, alors je suis allé piquer une tête rapide. Très rapide, parce que de vastes zones de l'étang étaient couvertes de glace, mais ça m'a vidé la tête, débouché le nez et m'a fait réaliser à quel point j'étais content d'être de retour.

Jeudi 11 mars. 4 °C

Ce plongeon rapide a suffi à remettre en marche mon système immunitaire. Le lendemain, j'ai nagé un peu plus loin, le surlendemain j'étais revenu à mes cinquante mètres habituels et le rhume avait disparu. L'eau restait glaciale mais, arrivé le week-end, je ne faisais plus attention à la température. Il fait toujours glacial et nous avons encore des bourrasques de neige, mais ce matin le miracle annuel est en route : un vent d'est pernicieux, une eau si froide qu'elle pique, mais quelques premières fleurs qui illuminent les arbres ; du blanc et du rose partout où l'on pose les yeux, pas encore de feuilles sur les saules mais leurs longues branches filiformes pendent tels des cheveux mordorés et il y a de petites pointes rougeâtres sur les branches nues des hêtres. C'est reparti.

Dimanche 21 mars. 5/6 °C

Ça s'améliore, non seulement de jour en jour, mais de minute en minute. Lorsque j'ai quitté la maison ce matin, il faisait froid et gris et il pleuviotait. Le soleil a pointé le bout de son nez pendant que je me changeais et, même si le vent restait froid, l'eau scintillante et clapoteuse ne piquait plus autant. J'ai fait mes cinquante mètres et j'ai senti que j'aurais pu/dû faire plus. De retour au vestiaire, le soleil affluait et je suis resté comme ça quelques minutes avant de me rhabiller. L'herbe verdoie, il y a des jonquilles partout où l'on pose les yeux – une seule, droite comme une bougie sous le grand hêtre pourpre défeuillé. Plus tard, quelques averses. Parfaite journée de printemps.

Vendredi 23 avril. 10 °C

Je nage plus souvent – au moins cinq fois par semaine maintenant – à mesure qu'il m'est moins pénible de marcher. Bien que le nouveau médoc, le Vioxx, atténue la gêne, l'engourdissement semble gagner du terrain. J'imagine que ça vient de ma posture, mon corps voûté, ma façon de marcher à la Groucho Marx, et je m'efforce de rectifier le tir dès que je m'en aperçois, mais chaque fois que je dois rester debout, c'est le même rappel lancinant de la vieillesse et de la décrépitude. Anne aussi est de plus en plus mal en point avec son asthme – une crise effrayante en Italie, sans doute précipitée par les feux de cheminée –, mais elle est partie donner une conférence au Brésil malgré tout et elle est revenue en ayant l'air miraculeusement retapée, ce qui ne m'empêche pas de me faire un sang d'encre. De mon côté, je nage encore et encore, et chaque jour l'étang est de plus en plus délectable. Le soleil brille, les feuilles se déploient, il y a des fleurs et du vert partout et la température de l'eau augmente peu à peu. Depuis une semaine environ, elle flirte avec les 10 °C et aujourd'hui, bien que les maîtres-nageurs ne l'affichent plus, elle a dû atteindre cette barre magique. Le tapis en coco sur la jetée a été retiré et la barrière connaîtra bientôt le même sort. Je nage maintenant sur un triangle d'une petite centaine de mètres au lieu des cinquante mètres aller-retour ; ce matin, ça m'a paru trop court. Après, nous étions un petit groupe à prendre le soleil. À en croire un des habitués, la nage en eau froide est officiellement reconnue comme un sport extrême. Par des journées pareilles, ce n'est vraiment pas l'impression que ça donne.

Mercredi 28 avril. 12 °C?

La semaine dernière s'est achevée sur une mini-vague de chaleur, un temps à manches courtes. Hier la température est retombée et la journée s'est progressivement assombrie. Il y a eu des orages en fin d'après-midi, la foudre décochait ses flèches et des torrents de pluie ont inondé le métro et les rues. Il pleuvait encore ce matin et la température extérieure était assez froide pour que l'eau semble chaude en comparaison. Les barrières ont été retirées et je nage jusqu'à la berge opposée tranquillement et avec plaisir, mais l'air est frisquet quand je sors. D'habitude, j'attends 9 h 30, quand tout le monde a été déposé à l'école, mais ce matin je suis parti à neuf heures, l'heure de pointe des mamans, et les rues étaient sérieusement congestionnées. Il m'a fallu une demi-heure pour gagner Highgate et plus longtemps qu'à l'ordinaire pour rentrer. J'aurais mieux fait de rester au lit avec le journal.

Été.

L'étang mixte a ouvert le premier week-end de mai et j'ai retrouvé d'un coup ma vieille routine, nager là où je nage depuis ma plus tendre enfance. La seule différence entre aujourd'hui et l'enfance, c'est que je ne peux plus marcher jusqu'à l'étang depuis le bout de Well Walk, à travers la grande pelouse qui offre une vue magnifique sur Londres. Je l'ai fait deux ou trois fois, mais ma cheville est désormais trop instable pour négocier le terrain accidenté, donc je me gare en bas de Willow Road, je reste sur le sentier goudronné et je fais des pauses pour me reposer sur les bancs. Je me demande combien de temps je vais pouvoir tenir comme ça ? J'ai eu soixante-quinze ans en août et c'est là que ça se gâte. Qui aurait pu savoir à quoi ressemblait la vieillesse ? Qui aurait pu même deviner ?

Ma vieille routine, nager en eau tiède dans ces lieux magnifiques, me permet de garder un esprit sain dans un corps sain, mais ça ne me semblait pas valoir la peine d'écrire dessus. Pareil en Italie : nous avons nagé presque tous les jours à la piscine de Barga ; la chaleur, pour une fois, était à peu près supportable et nous nagions tôt, avant l'arrivée des foules ; Anne a pris des cours pour améliorer son crawl. Exercice agréable et monotone, mais rien à écrire non plus.

Puis, deux semaines avant notre départ, Damasco nous a emmenés au Lago di Pontecosi, un grand lac caché dans une cuvette de collines boisées, à dix minutes de route au nord de Castelnuovo mais peu fréquenté, à part le dimanche, quand les familles emmènent leurs enfants manger des glaces et jouer sur les balançoires près du parking. Italie oblige, personne ne nageait. Damasco, toujours aussi adorable, avait fait ses recherches : juste après la petite aire de jeu, il y avait une ouverture dans la berge qui me facilitait l'entrée et la sortie. Le village était dans notre dos, devant nous il y avait un bras du lac enjambé par un pont de pierre voûté, une vieille chapelle jouxtée de son presbytère, une charmante maison en pierre fraîchement rénovée, et, dans le fond, un grand viaduc ferroviaire, un vrai paysage de carte postale. Avec Anne, nous y sommes retournés plusieurs fois. L'eau avait un goût de boue, presque végétal. Elle était ambrée et fraîche et semblait s'étendre à l'infini. Après, nous prenions le petit-déjeuner au bar du village.

Mardi 14 septembre. 17 °C

Nous sommes rentrés à Londres vendredi 10, avons nagé à l'étang mixte le dimanche, l'air était encore lourd et torride, l'eau chaude. Aujourd'hui, d'un coup, l'automne est là : gros vent froid, nuages menaçants, soleil intermittent qui balaie les lieux à la manière d'un projecteur, aveuglant et soudain. Et, bien en vue sur la bouée la plus éloignée, mon vieil ami le héron, aussi racé et impérieux que jamais, la première fois que je le vois depuis des mois. Le dernier tronçon du chemin conduisant à l'étang, non goudronné, est constellé de flaques après la pluie de cette nuit, l'eau est plus froide qu'il y a deux jours, une courte averse s'abat pendant que je me sèche, mon pull léger n'est pas suffisant et je ne suis pas mécontent de rentrer au chaud.

Jeudi 16 septembre. 17 °C

J'y vais tôt (pour moi) et je suis dans l'eau à neuf heures. Journée sans nuage. Une grande partie de l'étang est encore à l'ombre mais quand j'arrive dans le soleil, à mi-chemin de la bouée la plus lointaine, la clarté est stupéfiante. L'eau scintille, produit une lumière presque vaporeuse. Je reviens paresseusement, observant les oiseaux s'envoler et plonger dans le ciel immaculé, tandis que la luminosité absorbe mes petits bobos du matin. Encore trois jours avant que l'étang mixte ferme pour l'hiver. Dommage de ne pas pouvoir rester pour voir les feuilles changer de couleur.

Jeudi 23 septembre. 16 °C

Retour à l'étang de Highgate. Il pleut, les feuilles changent de couleur et se détachent lentement, il fait sombre, il n'y a personne alentour. L'eau est chaude et immobile, mouchetée par une pluie douce. Je nage jusqu'à la barrière opposée, puis je me tourne sur le dos comme d'habitude. À cet instant, il y a un vacarme de battements d'ailes et un éclair de bleu argenté. Le héron fuse à quelques centimètres de ma tête et se pose sur la berge à droite. La faune sauvage au cœur de Londres ; ou comment débuter la journée avec un don du ciel.

Jeudi 7 octobre. 13 °C

Une de ces journées qui vous font penser que Beckett avait tort ; il est bon d'être en vie. Le ciel est sans nuage, les rues sont des tunnels de vert et d'or, la brise est fraîche, l'eau est fraîche, tout resplendit. Votre corps se détend à mesure que vous nagez, votre tête se vide, puis vous restez tranquillement à bavarder au soleil. On ne peut pas rêver mieux.

Dimanche 10 octobre. 13 °C

L'eau refroidit, mais graduellement, agréablement. Je suis arrivé aujourd'hui plus embrumé que d'habitude et sans short de bain, j'ai plongé en slip, je l'ai perdu aussitôt et j'ai fini par nager dans mon plus simple appareil. Rien de grave, puisque le parc était presque désert, simplement une nouvelle manifestation de la vieillesse, de l'inaptitude et de l'étourderie. Et il y a une autre chose que vous ne voyez pas venir, surtout si vous avez toujours été en forme, costaud et actif : votre corps cesse de fonctionner correctement. J'avais cru qu'il continuerait à faire ce qu'il a toujours fait, juste moins bien et avec plus de difficulté. Que nenni. Je peux encore faire mes quarante pompes le matin, mais marcher quatre cents mètres est un cauchemar. Je ne m'y attendais pas du tout. Oubliez ces balivernes sur le choc de la nouveauté ; le choc de la vieillesse est bien plus difficile à encaisser.

Mardi 19 octobre. 11 °C

Les feuilles jaunissent à toute allure et un gros vent les emporte dans tous les sens. The Grove, une rue arborée de Highgate, est une cathédrale remplie d'or qui tourbillonne, le ciel est sans nuage, l'eau est d'ambre – claire, vive et chatoyante. Ils ont remis les barrières le week-end dernier quand la température est descendue à 12 °C, ce qui est bien dommage, alors j'ai nagé vers la droite, après le vieux plongeoir, puis je suis revenu en zigzags pour faire durer le plaisir. Le ciel est plein de mouettes virevoltantes. Les cormorans ne sont pas encore revenus, mais le héron monte la garde dans le coin au fond à droite. Dans le coin vestiaire après, tout le monde est souriant et volubile, savourant la chance d'être en vie par une si belle journée.

Vendredi 29 octobre. 12 °C

Orages dans le sud-ouest du pays, énormes vagues déferlant sur la côte sud du Devon et des

Cornouailles. À Londres, nous n'avons que des bourrasques et des feuilles qui tombent. Quand je suis arrivé à l'étang ce matin, on aurait dit que l'orage venait à nous : des nuages jaunâtres et cotonneux et une lumière trouble. Puis un changement abrupt ; les nuages ont disparu, le soleil resplendissait, l'eau scintillait, l'air et l'eau paraissaient plus chauds qu'hier. Nous n'étions que trois – les deux boxeurs, Chris et George, et moi. Ils ont évoqué l'East End d'il y a un demi-siècle, les promoteurs de boxe disparus depuis longtemps qui géraient leurs vies, les chanteurs qu'ils écoutaient, les groupes qui les faisaient danser – à quand remonte la dernière fois que j'ai entendu le nom de Joe Loss ? –, les frères Kray et leurs gorilles intimidants.

Samedi 30 octobre. 12 °C

Une nouvelle journée parfaite, ensoleillée et douce comme au printemps, mais, avec les feuilles qui jaunissent, l'air semble infusé d'or. Anne et moi avons roulé jusqu'au sommet du parc avec le toit ouvert en disant, regarde ceci, regarde cela. Le monde semble de plus en plus beau maintenant que notre temps est compté, comme si nous ne l'avions pas suffisamment remarqué avant. Même l'eau paraît chaude, alors je nage encore et encore. Je ne vois pas de bonne raison de sortir. Le seul signe d'hiver vient des cormorans, rentrés du jour au lendemain – ils sont six, chacun sur sa bouée, jetant des regards à gauche et à droite, écartant les ailes pour sécher au soleil.

Jeudi 4 novembre. 12 °C

Un mystère. La journée est pluvieuse et sombre, les mouettes habituelles volent en rase-motte ou se posent sur les rampes ou les plongeoirs, à l'instar de deux cormorans maussades sur leurs bouées. Je pars en diagonale sur la gauche, nageant rapidement, et, quand je sors brièvement la tête de l'eau dans le coin pour me retourner, le héron est là, à vingt mètres, sur la bouée derrière la barrière, si resplendissant qu'il semble être sous le feu des projecteurs – gris et argenté, avec une bande noire en bas du corps et un bec jaune vif. Il me regarde. Quand je reviens à la jetée, il a disparu et il n'y a aucune trace de lui dans son repaire habituel à l'autre bout de l'étang. Une apparition, partie sans une trace – on me voit, on me voit plus –, comme s'il me disait quelque chose que je ne pouvais comprendre.

Vendredi 19 novembre. 9 °C

Les premiers vrais frimas. Un coup de froid express cette nuit qui a commencé autour de 22 h, quand nous sommes rentrés du Chinois du coin et qui s'est achevé vers midi aujourd'hui. Pas assez froid pour verglacer les rues du quartier ou pour givrer les feuilles qui restent, mais à neuf heures ce matin les vitres des voitures étaient couvertes de blanc et sortir de la maison était comme entrer dans le frigo – le frigo, pas le congélo. Journée scintillante, pas un nuage dans le ciel, pas un souffle de vent. Le soleil bas inonde le coin vestiaire où l'on a bien chaud, mais l'eau est plus froide qu'il y a un jour ou deux.

– Un petit neuf degrés, dit Steve, mais c'était plus froid au ressenti.

Alors j'ai raccourci mon bain de quelques mètres, puis je l'ai regretté, parce que je me sentais merveilleusement bien. On est rose en sortant de l'eau – pas le rouge qui vient quand la température de l'eau descend sous les 5 °C, juste un modeste fard d'embarras de la tête au pied.

Jeudi 2 décembre. 7 °C

Progressivement, l'eau s'est refroidie, chaque jour un peu plus, de manière presque imperceptible, suffisamment pour qu'on remarque le changement, pas suffisamment pour altérer ma routine triangulaire – départ en diagonale jusqu'au coin au bout à droite, retour le long de la barrière jusqu'à ce que je sois entre les deux jetées, puis retour à l'échelle la plus proche de la berge –, une centaine de mètres, quelques minutes, peut-être six ou sept, probablement moins. (Bien que je porte une montre, je ne prends jamais la peine de vérifier.) Ce matin, c'était différent : ce matin on sentait que l'hiver avait fini par arriver, les arbres étaient presque dénudés, l'air frigorifique, la journée toujours assombrie par la brume nocturne sur le trajet jusqu'à Highgate. La brume a commencé à se dissiper pendant que je me changeais et, au moment où j'ai plongé, le ciel avait revêtu un éclat abricot qui était presque, mais pas tout à fait, la lumière du soleil. Alors je me suis lancé dans mon petit circuit habituel, j'ai noté à quel point l'eau s'était refroidie ces derniers jours en pensant, ça va me donner un coup de fouet, me remettre sur pied, c'est pour ça que je suis là. Mais c'était froid, vraiment froid, le truc qui vous saisit et qui ne rigole pas. Peut-être aurais-je dû m'arrêter à la première échelle, mais j'ai enchaîné, refusant de me laisser abattre, et j'ai fini avec les doigts trop engourdis pour pouvoir boutonner mon pantalon. Quand j'ai demandé à un nouveau maître-nageur pourquoi la température était toujours affichée à 8 °C, il a dit :

– Oh, elle est un peu descendue... Elle doit être à sept, peut-être moins ; on n'a pas pris la peine de la changer.

Je vais à l'étang en tenue complète d'hiver maintenant, trois couches chaudes – T-shirt, chemise en laine, gros pull, gilet en cuir – mais je tremblais encore une heure après. Je marche aussi comme un très vieil homme – lent, hésitant, un pied après l'autre, appuyé sur ma canne, avec de nombreuses pauses, juste pour remonter le petit talus jusqu'à la voiture. Ça peut en partie être dû au froid, mais j'ai aussi arrêté les antalgiques que je prenais tous les jours depuis un an et ma cheville est bêtement instable. Les antidouleurs ne faisaient plus grand-chose contre la douleur et une recherche en ligne m'a appris que les effets secondaires incluaient la "léthargie" et la "perte d'acuité mentale". Est-ce la raison pour laquelle je n'arrive pas à écrire, n'ai pas envie d'écrire, ne peux même pas jouer au poker convenablement ? Et moi qui croyais que le sablier était presque écoulé. Ou bien étais-je constamment épuisé à cause des efforts déployés pour couvrir mon étourderie, ma torpeur mentale ? Bref, j'ai arrêté les cachets il y a deux ou trois jours et la déprime a cessé. Je recommence même à écrire. En témoigne ce pavé interminable.

Vendredi 17 décembre. 7 °C?

Journée sombre, grand vent, pluie battante. Le seul endroit sec est le fond du coin vestiaire, où deux toits se rejoignent et protègent un mètre carré des intempéries. Ce serait presque douillet, jusqu'à ce que je commence à me déshabiller, moment où je me sens comme le roi Lear dans la tempête, mais sans le fou pour me tenir compagnie. Pourtant, bizarrement, l'air n'est pas trop froid et l'eau paraît un peu plus chaude qu'avant. Ma cheville est dans un sale état aujourd'hui et cela affecte ma façon de nager ; je plonge maladroitement, bois la tasse et n'arrive pas à trouver mon rythme ; quand je me retourne sur le dos, la pluie me cingle le visage. Malgré tout, je me sens formidablement bien en sortant, alerte et rouge vif. Un autre vieux arrive pendant que je me sèche, un type de mon âge, un des anciens boxeurs, désormais perclus d'arthrite. Il a le teint rougeaud, les cheveux ras, le corps tendu comme un ressort et il boite encore plus que moi. Il vient tous les jours sur son vélo de course et porte une tenue cycliste bleu roi, recouverte de logos, tel un coureur du Tour de France. Il me dit qu'il sort tout juste des soins intensifs, mais ne précise pas pour quoi. En attendant que je libère le précieux coin abrité, il braille "Singin' in the Rain" – original ! – à pleins poumons. Nous sommes deux vieillards qui se ragaillardissent en luttant contre le courant de la seule manière qui nous reste. Et ça marche, bien qu'il faille un long moment pour se réchauffer, même avec le chauffage à fond dans la voiture.

Lundi 20 décembre. 3 °C?

L'hiver s'est soudainement intensifié : ciel dégagé la nuit, givre le matin, vent glacial et eau sérieusement froide. Les cinquante mètres aller-retour à la barrière étaient bien suffisants et je me suis rhabillé en vitesse. Malgré ça, j'avais les doigts trop engourdis pour pouvoir boutonner mon pantalon et j'ai dû demander de l'aide au seul autre nageur présent, un type jovial, bavard et encore plus vieux que moi – quatre-vingt-deux, me dit-il –, un habitué qui doit venir plus tard d'habitude, puisque je ne l'ai encore jamais vu. Inutile de préciser que nous en sommes rapidement venus à parler de la mort – ou plutôt, de mourir : nous espérons tous deux que ça se passe rapidement, et de préférence ici, au grand air, dans un endroit bien-aimé, comme ce veinard de Rudolph. Tout ceci ponctué par de grands éclats de rire, si bien que nous avons fini de très bonne humeur et heureux d'être en vie.

Saint-Sylvestre

Nous sommes en Italie pour inspecter, puis célébrer, le chauffage central nouvellement installé. Adam a supervisé les travaux, avec tout le sang, la sueur, les larmes et la frustration nécessaires pour faire faire quoi que ce soit en Italie, et le résultat est un triomphe. Les radiateurs sont bien positionnés et agréables à l'œil, les tuyaux de cuivre sont des beautés en eux-mêmes, Giulio a bouché tous les trous et repeint par-dessus, et la maison, pour la toute première fois, est un plaisir à habiter en hiver. Fini les chambres glaciales et les salles de bains encore plus froides, fini de s'emmitoufler dans des polaires pour lire et se lever toutes les cinq minutes pour alimenter toutes les cheminées et les poêles ; il y fait plus chaud qu'à Flask Walk. Qui l'eût cru ?

Alors nous sommes allés au Lago di Pontecosi pour nager – ou plutôt, pour que je nage et qu'Anne m'encourage. Journée scintillante, neige sur les montagnes, vent tumultueux, gelée blanche sur l'herbe. L'eau n'était pas particulièrement froide – assez froide pour que j'en sorte luisant de rouge, mais loin d'être aussi froide qu'à l'étang de Highgate. Après ça, nous avons bu un *caffè corretto* au petit bar et nous avons engouffré une part de pizza sous les yeux de la même bande de locaux qui étaient là l'été et qui me dévisageaient comme si j'étais timbré. En Angleterre, la nage en eau froide est considérée comme une excentricité ; en Italie, c'est une perversion. Sur le chemin du retour nous nous sommes arrêtés déjeuner au Marquee, un restaurant sinistre à la sortie de Castelnuovo. Nous, déjeuner ? Bah, nous sommes en vacances, et puis je mourais de faim, alors pourquoi pas ? De vraies vacances, pas de date butoir, pas d'ordinateur, pas de coup de fil à passer. Nous avons allumé un feu dans le salon pour la décoration, lu, écouté de la musique, traînassé, et puis le dîner et le vin nous ont achevés et nous étions au lit avant onze heures, sans attendre la nouvelle année. Anne s'est endormie presque d'un coup et j'ai lu *Vers l'âge d'homme* de Coetzee, m'attendant à m'écrouler avant le début des festivités. Mais les livres de Coetzee vous tiennent implacablement éveillé et, à minuit, les bruits ont commencé – des petits *plop* et des sifflets, étouffés et distants. Je me suis levé et suis allé sans entrain, consciencieusement, à la fenêtre. Les feux d'artifice fleurissaient partout dans la vallée. Au-dessus de Barga, au-dessus de Gallicano, par-dessus les petits villages sur les flancs des Alpes apuanes que nous appelons les colliers de perles. Des bouquets de rouge, vert, blanc et or, s'élevaient, s'épanouissaient et retombaient les uns après les autres. Les sons arrivaient en décalé et ils étaient assourdis, de simples détonations lointaines de petit calibre. Mon épouse exténuée a dormi tout le long, ronflant un peu. Il y a eu une dernière rafale et une éruption de couleurs qui semblaient marquer la fin, alors je suis revenu me coucher. Mais ça a réveillé Anne, qui est allée à la fenêtre, déçue d'avoir raté le spectacle. Et le spectacle a repris de plus belle, une succession de gerbes de soleil. Il était minuit et demi quand elle est revenue au lit et les feux d'artifice crépitaient encore dans la vallée. Les Italiens célèbrent la nouvelle année avec panache et exubérance.

2005

Samedi 1er janvier

Retour au lac. Journée calme et sans nuage, gelée blanche, eau un peu plus froide qu'hier, mais un grand soleil et pas un souffle de vent. Je suis sorti en ayant l'impression d'avoir été lavé à la fontaine de vie. Tout était fermé pour la *festa*, même les bars, si bien que nous n'avons pas eu droit à une tasse de café avant notre retour à la maison à l'heure du déjeuner. Là, je suis assis à la terrasse pour écrire. La lumière est transparente, liquide et stable, mais constellée de particules vives et mouvantes qui sont des moucherons savourant leur instant de vie et de flottement, fils d'argent de toiles d'araignée. Il est quatre heures, le soleil n'est plus très haut au-dessus de l'Homme Mort et l'air se rafraîchit. Il est temps de rentrer.

Dimanche 2 janvier

Manifestement, un bref plongeon en eau froide vous ouvre les portes de la célébrité ici. Anne en a parlé hier sur le ton de la blague au tenancier d'Il Ciulè quand nous nous sommes arrêtés en chemin réserver une table pour son dîner d'anniversaire. À notre retour quelques heures plus tard, il en avait parlé à la feuille de chou locale. Si j'avais encore nagé aujourd'hui, il y aurait sans doute eu une équipe de télévision aux aguets. Mais nous sommes dimanche, le jour où les familles vont au lac pour une sage promenade, alors je n'y suis pas allé, Dieu merci.

Dimanche 23 janvier. 3 °C?

À notre retour à Londres, l'étang de Highgate était à un autre niveau de froid, même si les maîtres-nageurs, bien sûr, affichent 5 °C en permanence, soit parce que leur thermomètre ne fonctionne pas, soit, plus probablement, parce qu'ils ne s'embêtent pas à l'utiliser. En revanche, il fait un temps magnifique. D'abord il y a eu de grands vents et des nuées de mouettes virevoltantes – apportées, je suppose, depuis la côte. À présent les vents se sont calmés, les nuits sont dégagées, la température a chuté et les journées sont ensoleillées et calmes. Matinée parfaite aujourd'hui – d'une immobilité glacée et rayonnante. Vous plongez dans le sillage du soleil, nagez vers lui, revenez dans le scintillement glacial, des oiseaux décrivant des cercles au-dessus de votre tête et des traînées de condensation striant le ciel pâle, puis vous absorbez le soleil tandis que vous vous séchez et vous rhabillez lentement. Pour moi, ça ne peut vraiment pas être plus parfait, mon corps fonctionne sans problème, pas de douleurs, pas de cheville qui me trahit. Mais peut-être cette foutue humiliation est-elle nécessaire pour vous rappeler à quel point il est bon d'être en vie.

Lundi 7 février. 4 °C

Encore une matinée parfaite. Elles semblent s'enchaîner dans cet hiver extraordinaire ; ciel immaculé, soleil pâle, immobilité. La semaine dernière, le temps s'est affolé l'espace de quelques jours : un vent glacial soufflait droit dans le coin vestiaire et des bourrasques de pluie ajoutaient un peu de mordant au plaisir matinal, mais les rigueurs sont désormais passées et nous sommes revenus à la perfection. Matinée printanière aujourd'hui, les cinquante mètres habituels m'ont paru trop courts et j'ai pris le soleil et bavardé avant de m'habiller. Traîner comme ça signifie que je ne suis pas à mon bureau avant midi, mais ça n'a pas d'importance. L'important, c'est de prendre du plaisir dans le peu de temps qui me reste et il n'y a pas beaucoup d'activités plus plaisantes que celle-ci. Hier, dimanche, un des nageurs matinaux, qui vient ici avant d'aller au travail, parlait de son ravissement (le mot n'est pas de lui) de voir le soleil se lever pendant qu'il nageait. Ces jours-ci, le sommeil aussi est un ravissement pour moi, donc je crois que c'est un plaisir sur lequel je dois tirer un trait.

Mardi 22 février. 3 °C?

Cette imposture d'hiver est enfin terminée. Au cours du week-end, le vent a tourné au nord, puis à l'est, et hier soir il semblait souffler droit depuis la Sibérie, apportant la neige avec lui. Quand je me suis levé pour pisser vers cinq heures du matin, les arbres dehors étaient lestés de neige et la chambre était aussi froide que le frigo, alors j'ai fermé la fenêtre et dormi comme un loir jusqu'à neuf heures. À dix heures, quand je suis parti pour l'étang, les rues étaient désertes, les nuages se dissipaient, mais le vent était toujours mauvais. L'eau, aussi, est sérieusement froide, elle m'engourdit les mains et les pieds, elle pique et ravigote. Toutes choses conformes aux prévisions du bulletin météo. Le week-end dernier, nous parlions avec Mike King du froid qui s'annonçait, pas avec anxiété mais avec plaisir, impatients de voir arriver le gros coup de gel et le défi qu'il représente, de la même manière que je trépignais autrefois au pied d'une paroi difficile, sachant que j'allais être mis à l'épreuve et espérant me montrer à la hauteur. Et puis, une fois que je me lançais, je m'apercevais que ce n'était pas si terrible. Alors j'ai eu droit à mon bain et je suis sorti rayonnant et alerte, comme lorsque j'allais au bout d'une voie particulièrement ardue. Il est maintenant trois heures de l'après-midi, il neige de nouveau et la météo affirme que ça n'est pas fini. J'ai hâte.

Jeudi 24 février. 2/3 °C?

Nager sous la neige. Mieux que chanter sous la pluie, mais, bon Dieu, qu'est-ce que l'eau était froide.

Mercredi 16 mars. 5 °C

Le printemps est arrivé du jour au lendemain. Il y a dix jours, la surface était partiellement gelée – tant et si bien que l'étang a dû fermer une journée – et l'eau était entre 0 et 2 °C, la température la plus froide possible sans qu'elle se solidifie. Et c'était formidable. C'est ce que nous attendions tous, la nage en hiver dans sa forme la plus pure, la plus extrême, la situation qui se rapproche le plus d'un climat hostile – en dehors, bien sûr, de mon premier mariage. L'eau est restée autour de zéro pendant une quinzaine de jours, puis elle est remontée à 4/5 °C, alors que l'air paraissait plus froid que jamais. Ce matin, le vent a tourné au sud-ouest, le ciel est dégagé, la brise est chaude et douce. Les oiseaux volent deux par deux et on aperçoit des touffes de crocus jaunes sur la pelouse du voisin. L'eau reste très froide, mais le soleil me réchauffe le visage lorsque je reviens sur le dos, si bien que j'ai l'impression de dériver entre deux mondes, deux éléments. La bonne humeur générale dans le coin vestiaire après le bain grimpe avec la température extérieure. On lézarde, on bavarde, on blague, une bande de vieux qui profitent de la retraite, heureux d'être en vie.

Mardi 19 avril. 9 °C

Hier soir un nouveau pas a été franchi dans la déchéance. Je suis allé au Coliseum écouter *Lulu* de

Berg, mais mon taxi était en avance, j'ai dû poireauter et, naturellement, il n'y avait nulle part où s'asseoir. Alors je suis resté appuyé sur ma canne pendant un quart d'heure, puis rebelote au bar quand je suis allé commander à boire. Quand nos verres sont arrivés, le bas de mon dos s'est figé et mes jambes refusaient de bouger. J'ai à peine réussi à parcourir les quelques mètres jusqu'au banc où Tony était assis ; la femme à côté de lui s'est détournée d'un air dégoûté, présumant que j'étais ivre. Après la représentation, mes jambes se sont de nouveau engourdies en chemin vers chez Beotys pour un dîner quelconque et exagérément cher, et j'ai eu toutes les peines du monde à arriver à la table. Tony était plein d'empathie et de sollicitude et m'a aidé du mieux qu'il pouvait, mais il était impossible de dissimuler son état de choc, pas plus que mon humiliation. Un cauchemar. J'ai mal dormi, me suis réveillé dans un état abominable, puis j'ai roulé jusqu'à Highgate et titubé jusqu'à l'étang. Même les quelques mètres du coin vestiaire à la jetée étaient difficiles. Mais la nage m'a soigné comme elle le fait toujours. À présent je suis à mon bureau et je regarde la rue. L'aubépine sort ses feuilles, les oiseaux sont affairés, un soleil pâle luit. Je suis à mon bureau et je gamberge. Je périclite, pas de doute là-dessus. Les seules questions sont : à quelle vitesse et combien de temps ça va prendre ?

Mardi 10 mai. 16 °C

Enfin le printemps, le vrai, et tout est en fleur, les arbres abondent de feuilles nouvelles et chatoyantes, les marronniers s'ornent de chandelles et de fleurs, leur parfum se mêlant à l'odeur de l'herbe coupée sur le riche talus qui descend à l'étang de Highgate. Hier, l'eau était vivifiante, le soleil doux et tout le monde semblait absurdement jovial. Chris est arrivé en portant sous le bras une tête de cerf empaillée. ("Je ne me voyais pas la laisser à l'arrière de la voiture", nous a-t-il expliqué.) Les bois étaient nobles, mais la tête elle-même montrait que l'animal avait livré bataille et qu'il avait perdu : la gueule était grossièrement recousue dans un sourire de guingois et le rembourrage sortait par endroits, les yeux étaient exorbités, embrumés et plus bleu glaucome que noirs.

– Je l'ai trouvée dans le grenier, a-t-il ajouté, et j'allais l'accrocher dans le couloir, en face du baromètre, mais madame a dit "c'est lui ou moi". Alors je l'emporte à l'atelier.

Aujourd'hui, on se croirait reparti un mois en arrière : les nuages sont épais, le vent est froid et on a plus chaud dans l'eau que dehors. Mais le froid tient à distance les nageurs occasionnels. Il n'y a que Chris, George aux yeux bleus et un maître-nageur qui parlent de boxe : les jeunes boxeurs qu'ils regardent à la télé, leurs propres combats (quarante pour George, pour vingt-trois victoires) et les dernières nouvelles des anciens pros qu'ils côtoyaient à l'époque. Des trucs bon enfant qui vous font commencer la journée du bon pied. Enfin, est-ce bien le cas ? Là, je suis de retour après avoir nagé, j'ai petit-déjeuné, lu le journal, et je suis à l'étage devant mon ordinateur, comme à mon habitude. C'est maintenant que commencent les ennuis. Ma cheville me fait un peu mal, comme la plupart du temps, mais ma réaction n'est plus de déprimer ou de m'apitoyer sur mon sort ; c'est de la lassitude. J'ai juste envie de rester assis à rien faire – lire un livre, écouter de la musique, jouer au poker en ligne, blablabla. Ce dont je n'ai pas envie, c'est de m'installer à mon bureau et essayer de me concentrer, même si la concentration me distrairait de mon inconfort. Quel genre d'écrivain suis-je si ma seule ambition est de prendre ma retraite ? Ça devait être différent quand j'étais plus jeune. Si oui, je ne m'en souviens pas.

Samedi 14 mai. 12 °C

L'aubépine qu'Anne a plantée dans le jardin il y a des années a poussé jusqu'à quasiment atteindre le niveau de la fenêtre de mon bureau en haut de la maison et, en ce moment, à la mi-mai, elle est tout en fleur, une grande éruption de blanc et de suavité. Mais parce que l'air demeure anormalement froid – la température de l'eau dans l'étang mixte est descendue de quatre degrés en une semaine –, je ne sens rien du tout. Le parfum de l'aubépine est un de mes plus grands plaisirs et je me sens blousé. Et perplexe : est-ce que je ne le sens pas parce que l'air est si froid ou parce que ça ne m'importe plus ? L'apathie est un effet secondaire des antalgiques et aussi, plus déprimant, un corollaire de la vieillesse.

Il y a deux soirs de ça, sur le retour du New End Theater, j'ai trébuché sur un pavé inégal à vingt mètres de chez moi, chose qui m'arrive de plus en plus souvent à mesure que ma cheville perd en stabilité. Je suis tombé lourdement, je me suis cogné la tête, j'ai vu trente-six chandelles – ce qui ne m'était pas arrivé depuis l'époque où je faisais de la boxe et du rugby –, et j'ai fini avec une coupure au doigt et un bleu à la main. Rien de grave, mais j'étais secoué toute la journée du lendemain. Agile, ce mot appartient désormais à un passé lointain. Comme dit la comptine anglaise : "Jack est leste, Jack est rapide, Jack saute par-dessus le chandelier." Autrefois, je pensais : pourquoi faire tout un plat d'un chandelier ? Maintenant je sais. Je regarde les jeunes et/ou ceux qui sont encore entièrement mobiles comme depuis l'autre côté d'une ligne de démarcation. Ils se déplacent, moi non. Surtout, ils ne pensent même pas au fait de se déplacer alors que moi, par réflexe, je mesure toujours les distances, calcule les pas.

Dimanche 22 mai.

Ma cheville est de plus en plus défaillante et je ne sais jamais quand elle va se dérober. C'est arrivé soudainement ce matin quand je traversais le terrain couleur cendre où ils installent la foire et *paf*, je suis tombé et je me suis écorché le genou. Rien de grave. J'ai nagé comme d'habitude et je n'y ai plus pensé. Deux heures plus tard, à mon bureau, l'égratignure m'élance, tout le genou est douloureux et je suis tout chamboulé, façon Elvis dans "All Shook Up", comme si j'avais eu un accident de grimpe. Voilà ce que font les années à tout le monde : elles vous rendent fragile. Les accidents en eux-mêmes peuvent être bénins, mais la capacité de récupération s'étiole. Fragile est un terme que je ne me serais jamais appliqué à moi-même, ni à la manière dont je vivais ma vie ; mais ce qui m'agace vraiment, ce n'est pas tant ma fragilité récemment découverte que l'affliction sur le visage d'Anne quand ma cheville se dérobe et que je chancelle. Enfin, mieux vaut l'affliction que la répulsion.

Jeudi 9 juin. 19 °C

L'étang mixte a ouvert le dernier samedi d'avril et c'était un immense plaisir d'être de retour parmi les foulques et les poules d'eau, avec les arbres en surplomb et les fleurs d'aubépine le long des chemins. Or, même en marchant depuis le parking, j'ai trouvé le trajet difficile, si bien que je suis revenu à l'étang de Highgate durant la semaine. Ensuite, le parking a été investi par la foire pendant deux week-ends, puis il a de nouveau fermé quand ils ont refait le revêtement et installé des parcmètres. Ces jours-ci, l'étang de Highgate est fermé pour cause d'algues dans l'eau et je n'ai donc pas d'autre solution que faire la même chose que l'an dernier : me garer en bas de Willow Road et marcher tout le long.

Ce matin, cette perspective me terrifiait : ma cheville allait-elle me lâcher ? Mes jambes et mon dos allaient-ils s'engourdir ? Allais-je me retrouver coupé de tout ce qui m'apporte de la joie – les sorties par gros temps, l'eau froide, un peu d'exercice dans un lieu magnifique et en bonne compagnie ? Bien sûr, je m'en suis sorti, mais lentement, avec une pause à mi-chemin. J'ai beaucoup décliné ces douze derniers mois, mais la pente est encore longue, alors autant en tirer le meilleur tant que je le peux encore. Comme d'habitude, Beckett avait vu juste : “Il faut continuer, je ne peux pas continuer, je vais continuer.”

Jeudi 16 juin. 17 °C

L'étang de Highgate est toujours fermé et je m'installe dans ma routine : avancer lentement, faire attention où je mets les pieds, assumer mon âge. Juste avant l'entrée de l'étang mixte, je suis rattrapé par Roy, un autre habitué qui vient toute l'année. C'est un petit gabarit, ancien grimpeur comme moi et solide nageur, compact, pétillant, plein d'humour et très en forme. Ses yeux sont bleus et innocents comme les dînettes d'autrefois et il déborde d'énergie. Il a l'air d'avoir une grosse cinquantaine d'années, alors qu'il n'a que trois ou quatre ans de moins que moi. Après la baignade, je lui annonce que je dois rentrer travailler et il a l'air stupéfait.

– J'ai arrêté ça il y a des années, me dit-il.

Il me raconte qu'il était prof de sport, dans un hôpital universitaire me semble-t-il, mais il a été remercié à cinquante-sept ans et vit désormais de sa retraite. Je lui demande comment il arrive à s'en sortir..

– Je vis près du sol. J'ai des besoins mais je ne veux pas grand-chose.

Mardi 5 juillet. 21 °C

Ce même type m'a raconté qu'il était au parc il y a une quinzaine de jours, en bas de Parliament Hill Fields, au moment où l'artiste italien Giancarlo Neri et ses assistants apportaient les dernières touches à son installation intitulée "L'Écrivain", une table gigantesque assortie d'une chaise au dossier à lattes verticales.

– Qu'en pensez-vous ? lui a demandé Neri.

– Pas mal du tout, a répondu Roy, et ça sera encore mieux quand vous apporterez le reste des meubles.

"L'Écrivain" est, de fait, une création formidable, immense, imposante et très solitaire, des arbres derrière et une grande étendue de collines et de ciel devant. Deborah Moggach a écrit à son sujet une chronique amusante dans le *Guardian*, où elle affirme qu'un couple avait fait l'amour sur la table – des grimpeurs, sûrement – avant même l'inauguration officielle et que des gens avaient déversé des choses dessus, de sorte que la surface est désormais jonchée de mégots de cigarettes et de boules de papier, comme tout bureau d'écrivain. L'installation étant à bonne distance de la rue, je pensais ne jamais réussir à la voir, mais c'était sans compter sur l'étang de Highgate désormais rouvert. Si je nage à l'horizontale depuis la jetée jusqu'à la barrière opposée, il y a une ouverture entre les arbres qui permet de l'embrasser du regard. C'est devenu ma routine matinale : je nage jusque là-bas, contemple cette énorme table vide et cette chaise inconfortable depuis les eaux douces où s'estompent les douleurs, puis je reviens paresseusement à la jetée, roule jusqu'à chez moi et remonte à mon bureau.

Dimanche 18 septembre. 19 °C

Dernier jour à l'étang mixte et je ne le savais même pas. J'y suis allé par hasard parce que c'est un dimanche, couvert et frais, mais peut-être juste assez chaud pour tenter Anne de piquer une dernière tête. En tout cas, je n'y étais pas allé depuis juillet parce que le trajet à pied est bien plus long que celui de l'étang de Highgate et que ma cheville et mon dos sont de moins en moins fiables. Ou peut-être est-ce simplement de la paresse. Peu importe, tout le monde était là – Terry et Danny qui servaient du thé, du champagne et du saumon fumé à une bande de maîtres-nageurs plus jeunes, et quelques habitués comme Piers, Mike King et le sympathique autiste du quartier (qui ne boit pas, et ne mange pas non plus). L'atmosphère était mélancolique, plus automnale que la journée, et j'ai titubé sur le retour en me demandant, comme en septembre dernier, si je parviendrais à tenir la distance l'an prochain. Je nage de plus en plus régulièrement – au moins cinq fois par semaine –, mais la marche devient de plus en plus difficile. Prions.

Mercredi 12 octobre. 16 °C

Nous connaissons un été indien et/ou un automne de réchauffement climatique – la température de l'air autour de 20 °C, celle de l'eau, vivifiante et parfaite, à 16 °C. Tous les jours j'ai nagé pour regarder "L'Écrivain", mais lundi matin une grue était garée à côté et le plateau de la table avait déjà été retirée. Aujourd'hui il ne reste plus rien. L'installation va me manquer – pour elle-même et en tant que rappel quotidien de ce que je devrais être en train de faire.

Percy est mort il y a une quinzaine de jours, à l'âge de quatre-vingt-neuf ans. Le club des Highgate Lifebuoys lui a réservé un adieu en grande pompe. Chris a joué la sonnerie aux morts presque sans fausse note, Terry a dispersé les cendres depuis l'ancien plongeoir et les maîtres-nageurs ont plongé à travers tandis qu'elles se posaient sur l'eau. Pas une mauvaise façon de partir. Je crois que ça fait de moi le plus vieux résident.

Lundi 17 octobre. 16 °C

Un automne américain en Angleterre, charmant et inattendu. Couleurs vives, ciel dégagé, pas de vent, malgré des débuts de journées brumeux qui me poussent à allumer mes feux de brouillard sur Spaniards Road. Purée de pois sur l'étang, l'eau lisse comme un miroir. Je distingue à peine une longue rangée inégale de mouettes le long de la berge en face de la jetée, chacune perchée sur une des bouteilles en plastique qui maintiennent les balles d'orge à flot. Elles ressemblent aux notes d'une portée de plain-chant grégorien. Plus proche de moi, deux cygnes glissent sur l'eau, provoquant de légères éclaboussures quand ils agitent leurs pieds palmés, puis ils s'éloignent paresseusement en laissant derrière eux d'imperceptibles vagues d'étrave. Je nage comme d'habitude vers la rive gauche et, quand je me tourne sur le dos, la brume commence à se dissiper. À mi-chemin il y a une perturbation dans l'air, un grondement étouffé que je distingue malgré mes bouchons d'oreilles. Un héron vole en rase-motte au-dessus de ma tête, ses ailes battant assez fort pour dissiper ce qui reste de brume. À mon retour au coin vestiaire, le ciel s'est dégagé. Je me sèche lentement, profitant du soleil.

Jeudi 3 novembre. 15 °C

Un renard trottinait sur Millfield Lane au moment où je me suis garé. Fourrure luisante, queue touffue, corps potelé, tête potelée ; un animal bien nourri dans la fleur de l'âge. Il a marqué une pause juste devant la voiture et m'a dévisagé avec ses yeux vifs en boutons, puis il a bifurqué dans l'herbe et s'est éloigné au trot vers l'étang. Je l'ai suivi aussi vite que j'ai pu sans retrouver sa trace, mais deux beagles attachés à la clôture de l'étang aboyaient comme des fous.

– Ils l'ont vu ? j'ai demandé à leur propriétaire.

– Ils l'ont senti, elle m'a répondu.

Lundi 14 novembre. 11 °C

Les barrières ont été installées, le premier cormoran est de retour, le soleil brille. Quelle belle journée.

Jeudi 24 novembre. 7 °C

Ça se rafraîchit depuis dix jours, les journées sont ensoleillées, les nuits dégagées, les matins de plus en plus glacés, il y a de la gelée blanche sur l'herbe et du givre sur les vitres des voitures. Mais quand la brume matinale se dissipe, l'air et l'eau sont purifiés par le froid, immaculés et étincelants. Pas aujourd'hui. Les nuages étaient bas, il pleuviotait et le vent était mauvais. Quant à l'eau, elle est passée de froide (10 °C) à très froide (5 °C) – c'est-à-dire assez froide pour qu'on le sente dans les dents. Nager n'est pas un problème ; le problème est d'enlever ses vêtements avant de nager. Et de les remettre après. J'avais les doigts trop frigorifiés pour pouvoir boutonner mon pantalon et Terry a dû le faire à ma place. L'autre maître-nageur a dit :

– J'aurais aimé avoir un appareil photo pour immortaliser ça !

Mardi dernier, il y avait quatre cormorans pelotonnés ensemble sur une bouée de sauvetage ; aujourd'hui mon ami le héron, mystérieux et majestueux, est seul et droit comme un i sur la bouée derrière la barrière. Je lui adresse un signe au moment de me mettre sur le dos, mais il ne fait aucun cas de ma présence.

Mardi 20 décembre. 1/2 °C

Depuis plusieurs jours, l'eau est sérieusement froide – pas très loin de 0 °C à en juger par les blocs de glace épars, bien que les maîtres-nageurs ne prennent plus la peine de la relever avec leur thermomètre ultra-sophistiqué et capricieux. Mais le ciel dégagé et le soleil bas qui baigne le coin vestiaire offrent un semblant de chaleur pendant qu'on se sèche. Pas ce matin. Les nuages étaient bas, le vent froid et mes doigts étaient si engourdis que je n'arrivais même pas à boutonner ma chemise, sans parler de mon jean. Deux heures plus tard, je tremblais encore. C'est, je suppose, la version gériatrique du dépassement de soi. Ce n'est pas grand-chose, mais c'est mieux que rien et on ne saurait occulter la montée d'adrénaline au moment de toucher l'eau. Un soulagement : le vieux tapis en coco a manifestement été perdu, mais un nouveau a été installé aujourd'hui pour éviter que ce qui vous reste de chaleur corporelle s'échappe avant et après le bain.

Vendredi 30 décembre. 1/2 °C

La journée d'aujourd'hui a été brutale au possible. Il a neigé toute la nuit, puis la neige s'est muée en forte pluie, sans changement notable de température extérieure. Un féroce vent d'est dont ne protégeait pas le coin vestiaire, de la glace sur la jetée, l'étang aussi clapoteux que la mer, des cormorans malheureux et des mouettes clouées au sol. C'était comme si mon corps s'était éteint, même une fois rhabillé. J'ai eu toutes les peines du monde à remonter à la voiture clopin-clopant et j'ai farfouillé plusieurs minutes avant de réussir à attraper les clés de la voiture dans la poche de mon jean.

2006

Mercredi 18 janvier. 4 °C

Je marche de plus en plus mal, non pas parce que ma cheville est plus douloureuse – ça va et ça vient –, mais parce que mes jambes sont devenues aussi défaillantes que ma cheville. Alors je marche comme les vieux sont censés marcher – avec hésitation et difficulté. Encore une étape de franchie.

Pendant ce temps, l'eau se réchauffe timidement, minusculement. Elle a atteint ce moment charnière où elle vient frôler les 5 °C. Ou peut-être est-ce seulement que le vent a tourné au sud-ouest et que l'air s'est réchauffé, de sorte que le froid s'arrête lorsqu'on sort de l'eau. Quoi qu'il en soit, la pluie douce et persistante fait l'effet d'une douche chaude.

Les arbres sont envahis de perruches bruyantes – ce qui est en soi absurde – et elles prennent possession des lieux. Elles ont fait fuir les cygnes et s'associent pour harceler les corneilles, tels des Spitfire attaquant des Heinkel. Tout ceci en plein hiver londonien.

Jeudi 2 février. 0/1 °C

L'hiver revient en force. La température a diminué en continu. En Russie et en Pologne, des centaines de personnes âgées et sans domicile meurent chaque nuit, et des toits lestés de neige s'effondrent sur les jeunes. Il fait froid aussi ici à Londres, mais quand le ciel se dégage vers dix heures et que le soleil brille, on se réchauffe rapidement après avoir nagé et la morsure de l'eau a un effet revigorant. Pas aujourd'hui. Le ciel est de plomb, il y a dans l'air quelque chose d'imperceptible qui pourrait devenir de la neige à tout moment, et le froid est mortel. Par erreur, j'ai nagé quelques mètres de plus que d'habitude, et j'avais les mains bleues en sortant – si bleues et engourdies que j'ai eu du mal à enfiler ma chemise, sans parler de boutonner mon jean. Ce n'était encore jamais arrivé, même quand il y avait de la glace sur l'eau, peut-être parce que la glace bloque l'étang, de sorte qu'on ne peut pas nager loin. Cependant, un froid pareil a ses avantages : juste avant l'échelle, j'ai levé les yeux et j'ai vu les deux cygnes juste à côté de moi, sans me demander s'ils étaient menaçants ou simplement curieux ; j'avais trop froid pour m'en soucier et n'ai fait aucun cas de leur présence. Ils sont restés avec moi jusqu'à l'échelle, puis ils se sont éloignés dédaigneusement.

Jeudi 23 février. 2 °C

Ces dix derniers jours avaient un avant-goût de printemps. Le soleil brillait, les oiseaux s'affairaient, l'eau avait presque perdu son mordant. Aujourd'hui, l'hiver revient en force. Le vent souffle à l'est, la neige tombe d'un ciel sombre et l'eau, après avoir atteint des sommets grisants à 3 °C, est redescendue à ce qu'elle était il y a trois semaines. Si bien que j'avais les lieux pour moi.

Dermot partait quand je suis arrivé ; Chris est arrivé quand je partais. Une journée réservée aux irréductibles.

Mardi 14 mars. 2/3 °C

L'espace d'une journée la semaine dernière, la température extérieure est montée à 10 °C et il semblait que le printemps était enfin arrivé. À présent, retour à la case départ, le vent est glacial, les oiseaux ont l'air perplexe et les bourgeons qui enflent sur les rameaux demeurent toujours aussi hermétiquement fermés. Ce matin, je tremblais encore deux heures après être rentré. Le lido étant fermé pour son grand ménage de printemps annuel, George le boxeur est de retour à l'étang, toujours aussi bavard et jovial, nous forçant à monter le volume pour nous faire entendre. Et la vérité, c'est que je me sens déraisonnablement enjoué après avoir nagé. Avant, c'est une autre histoire. Chaque matin, j'ai l'impression qu'il me faut plus de temps pour mettre mon corps en état de marche ; mon équilibre laisse à désirer, ma cheville est instable, mon dos me fait mal, mes articulations grincent et craquent quand je me penche. Rien d'étonnant là-dedans – ça va avec ma tranche d'âge –, mais c'est un rappel constant de l'état de déchéance dans lequel je me trouve et quand je titube en public – par exemple, en marchant du coin vestiaire à la jetée –, je me sens comme un vieux clown triste. Comme j'étais un petit bébé malade à mes débuts dans le monde, je me suis toujours enorgueilli d'être costaud, coriace et doué pour les jeux. "Vanité des vanités, disait l'Ecclésiaste, tout est vanité", et il parlait de la vieillesse. Ma vanité ayant toujours été physique et non intellectuelle, je suppose qu'il y a une forme de justice dans mon état actuel.

Vendredi 31 mars. 7 °C

Au cours de la dernière semaine, l'air s'est réchauffé très lentement, la pluie s'est adoucie, le vent s'est calmé, l'étang est devenu moins frisquet. À présent, l'eau a dépassé les 5 °C pour de bon et le printemps semble enfin être arrivé. Ce matin j'ai nagé un peu plus loin et demain, s'il plaît à Dieu, je pousserai encore un peu plus loin. Ce qui me fera un peu d'exercice pour accompagner la montée d'adrénaline – pas suffisamment pour me remettre en forme (ça n'arrivera plus jamais), mais assez pour lubrifier ma carcasse grinçante, apaiser les douleurs matinales et remonter le moral des troupes. Maintenant qu'il ne me reste plus beaucoup de temps, l'idée est de savourer ce qui m'est offert sur cette belle planète – et cela inclut notre présence continue dessus. Le reste, comme dit l'autre, c'est du bavardage – ainsi que du travail, de la paperasse, des additions et des soustractions.

Dimanche 2 avril. 7 °C

Les jonquilles sont sorties, le temps est doux, après les giboulées, le visage du parc lavé de frais resplendit.

Mercredi 5 avril. 9 °C

Il y a quelques jours, j'ai fait tomber quelque chose alors que j'étais assis à mon bureau, je me suis tourné et je me suis penché pour le ramasser, ma cheville droite s'est dérobée abruptement (ça arrive souvent), faisant basculer tout mon poids sur ma jambe gauche. Ce n'était rien, même pas une chute – et j'ai connu mon lot de chutes dans ma vie ; j'étais même célèbre pour ça dans mes beaux jours de grimpe. Mais quelque chose dans ma jambe gauche s'est cassé, tordu ou déchiré. Quoi qu'il en soit, ça faisait très mal, et je pouvais à peine monter et descendre les escaliers. J'ai fait le coup de la poche de glace en allant me coucher, qui m'a aidé, mais quand je me suis levé pour pisser au milieu de la nuit, aucune jambe ne fonctionnait correctement et j'ai eu toutes les peines du monde à faire l'aller-retour aux toilettes. J'avais l'impression que la fin arrivait de manière anodine et prématurée – ou du moins longtemps avant ce que j'imaginais. Hier, je me suis précipité chez Iga ma bienfaitrice et elle a accompli sa magie : j'avais un hématome interne à ma cheville gauche, qu'elle a fait partir Dieu sait comment. Ce matin, j'étais encore un peu flageolant, mais j'ai déposé Anne à Heathrow, puis je suis allé à l'étang malgré mes craintes de ne pas réussir à parcourir les quelques pas depuis la voiture. Journée parfaite et sans nuage ; l'eau perd enfin son mordant. J'ai nagé plus loin que depuis des mois et, en sortant, je marchais normalement. D'abord la magie d'Iga, puis celle de l'étang. Alléluia !

Samedi 8 avril. 9 °C

Encore une journée de printemps ensoleillée, eau délectable, soleil éclatant, vent frisquet. Dave le cornemuseur évoquait son passage au centre de rééducation de Camden. Dave est un ancien boxeur, videur de boîte de nuit, cascadeur de cinéma, qui a aussi passé un moment à débarder du bois sur les docks. ("C'est deux crans au-dessus de porter des briques, niveau difficulté, mais au moins les porteurs de briques pouvaient faire leur travail", me dit-il.) Il était en train de débarder du bois quand une cargaison lui est tombée dessus et lui a cassé les deux jambes et les deux chevilles. Onze semaines d'hôpital, puis de la kiné à domicile. Mais le kiné n'était pas assez énergique à son goût et sa Guinness quotidienne lui faisait prendre du poids, donc il s'est inscrit au centre de rééducation, où le personnel était entièrement composé d'athlètes, d'entraîneurs de foot et consorts, qui l'ont poussé à fond. Il affirme en être sorti plus affûté qu'à son arrivée, ce qui signifie qu'ils l'ont remis sur les rails et lui ont rendu sa dignité. En tout cas, il parlait de ces quelques semaines de rééducation comme de la période la plus heureuse de sa vie. Il ne marche toujours pas bien, mais il a un vélo de course avec la tenue en lycra qui va avec et il pédale comme un forcené depuis Dieu sait où, tous les jours, qu'il pleuve, qu'il vente ou qu'il neige. Il porte des chaussures de cyclisme qui le font boiter autant que moi, mais il s'en fout, ça fait partie de l'uniforme. Il boite sans doute sans elles, donc ça lui donne une excuse.

Je crois que tous les nageurs qui viennent été comme hiver sont pareils. Les étangs sont les cimetières d'éléphants des anciens athlètes. Nous allons y mourir, heureux d'être dehors au grand air, feignant d'être encore dans le coup et de venir nous entraîner comme à l'époque, trouvant notre petite décharge d'adrénaline dans l'eau froide et ravis de ne pas nous laisser intimider par ce micro-environnement hostile, prétendant que ce n'est pas une triste caricature de notre jeunesse. Nous nous racontons que nous faisons de l'exercice pour nous maintenir, rester en bonne condition, mais ce n'est pas vrai. Quand j'étais jeune et que je grimpais régulièrement, si je ratais deux semaines sur le rocher, je devais travailler dur pour me remettre en forme. Maintenant que je suis un vieillard, le but de l'exercice n'est pas de me remettre en forme, parce que ça n'arrivera jamais ; c'est de retarder le déclin, qui arrive toujours.

Mardi 16 mai. 18 °C

Et voilà, c'est reparti pour un tour de printemps. Incroyable à quelle vitesse ça va. Sans doute trois semaines, mais on a l'impression que ça arrive du jour au lendemain, les arbres sont en pleine floraison, les hêtres sont passés de bourgeons collants à un cuivre profond, les chandelles des marronniers sont allumées, les aubépines ressemblent à des gâteaux de Noël, avec un tel glaçage de fleurs qu'on ne voit plus les feuilles, et même par cette journée fraîche et maussade, l'air est chargé de parfums – aubépine capiteuse, carotte sauvage fugace. Pas encore de signe de cygneaux dans le nid au coin de l'étang, mais près de la jetée une cane et un canard rassemblaient leur petite flottille de poussins avec force cris et battements d'ailes. Le miracle annuel, vent d'ouest, petite pluie et compagnie.

Mercredi 5 juillet. 23 °C

Après l'hiver long et froid, nous avons maintenant un été caniculaire et je n'aime pas beaucoup ça. La température extérieure ne descend pas sous les 30 °C, l'étang des hommes est un bain d'ambre chaud, l'étang mixte est tiède comme un minestrone ; il faut se doucher après la baignade pour se rafraîchir. La bonne nouvelle, c'est que j'arrive toujours à me rendre à l'étang mixte, si je marche doucement et que je m'appuie un peu sur Anne. La mauvaise nouvelle, c'est que je crois que je préfère l'étang des hommes. Et je n'aurais jamais cru que ça arriverait un jour. C'est parce que je ne vais plus à l'étang mixte que le week-end, quand Anne a envie de nager, ce qui par ce temps signifie adieu au bel endroit intime que j'aime tant ; à 10 h 30 les lieux sont bondés.

Le froid me manque aussi. La nage en été est un exercice agréable et Dieu sait que dans mon état de décrépitude j'ai besoin de tout l'exercice possible. Mais il n'y a aucune secousse, rien pour fouetter les sangs, pas de décharge d'adrénaline. Alors je nage presque tous les jours, je me sens mieux et je m'ennuie.

Mardi 5 septembre. 18 °C

Pareil tout le mois d'août en Italie : j'ai nagé chaque jour, je me sentais mieux et je m'ennuyais, bien que la piscine, grâce à Adam, soit magnifique et qu'on y jouisse d'une vue à couper le souffle. Malgré tout, c'était un bonheur de retrouver l'étang de Highgate, avec ses canards et ses cygnes, son eau froide et son espace. Ce matin j'y étais à huit heures, espérant me débarbouiller avant l'enterrement de Shuna Bondy à la Hampstead

Parish Church. Curieuse expérience. Shuna était une belle femme pétillante, mais pas quelqu'un que je connaissais bien, et nous n'y sommes allés que pour sa fille Natasha, que j'ai aidée pour son livre sur l'amour et que j'aime beaucoup. L'église est belle mais la cérémonie n'était pas particulièrement bouleversante. Pourtant j'étais au bord des larmes tout le long et quand ils ont emporté son corps dans un cercueil en jonc tressé j'ai failli craquer. C'était pareil pour tout le monde. À la sortie, Nicola m'est tombée dans les bras en pleurs et la femme devant moi dans la file pour signer le livre d'or s'est tournée et a dit “pas un œil sec dans l'assemblée”. Alors qu'est-ce qui se jouait? C'était en partie parce que Shuna était pleine de vie et de charme, et qu'elle a connu une mort affreuse d'un cancer qu'elle a combattu inlassablement, et en partie, pour moi, parce que j'étais dans un sale état – épuisé par la longue route du retour d'Italie, déprimé parce que j'avais embouti ma voiture à quelques kilomètres de la maison, le dos engourdi et la cheville douloureuse. En d'autres termes, je m'apitoyais sur mon sort: j'étais le prochain sur la liste. C'est le cercueil en jonc tressé qui m'a achevé. Un cercueil en bois n'est qu'un meuble, solide, vernis, fermé avec des clous. Ce machin-là se pliait et a donné du fil à retordre aux porteurs au moment de le soulever. On aurait cru l'emballage choisi par un boucher chichiteux pour le rôti du dimanche, quelque chose qui pouvait à tout moment prendre la forme de ce qu'il contenait: la chair morte que finissent par devenir la beauté, la vie, le charme et l'esprit.

Lundi 9 octobre. 14 °C

Peut-être l'accident de voiture, le temps maussade, les larmes incontrôlables et incompréhensibles à l'enterrement de Shuna étaient-ils des signes avant-coureurs. Ma carte de stationnement handicapé devant être renouvelée, j'ai dû me faire examiner par un médecin qui n'était pas mon généraliste. Dieu sait pourquoi, étant donné que la détérioration de ma cheville et de mon dos est irréversible, mais ce sont les règles et la bureaucratie existe pour les maintenir. On m'a donc donné rendez-vous dans un cabinet miteux de Mill Lane. La salle de consultation sentait le tabac froid et le médecin était une version médicale du prêtre ivrogne de Graham Greene – maigre, le visage dur, de la haute mais mal fagoté, peut-être dans la dèche, forcé d'utiliser l'heure du repas pour gagner trois sous en plus. Rien de mal à ça, bien sûr, mais chez lui cela se traduisait par du dégoût et du mépris. Je l'ai remarqué et, au lieu de me complaire dans ma décrépitude, j'ai minimisé la gravité de la situation. Quand il s'est planté à l'entrée du cabinet pour me regarder marcher dans la rue, je me suis efforcé de ne pas boiter. Etc. Le flegme habituel qu'on m'a appris à l'école. Quelques semaines plus tard, j'ai reçu une lettre m'informant que ma demande de carte de stationnement avait été refusée, et soudain mon flegme s'est désagrégé et mon monde s'est effondré. La vérité, c'est qu'il m'est désormais difficile de parcourir une quelconque distance à pied et que je suis terrifié de croiser des gens que je connais dans la rue, parce que mon dos et ma jambe s'engourdissent lorsque je suis obligé de m'arrêter pour discuter. Même conduire dans Londres devient un gros problème. En revanche, je nage presque chaque jour, ce qui me permet de garder espoir et un semblant d'équilibre mental. Tout le mois de septembre, le soleil brillait et l'eau est restée anormalement chaude – la faute au changement climatique, forcément –, mais aujourd'hui elle est enfin tombée sous la barre des 15 °C. Les mouettes reviennent – pas encore en nombre, mais c'est un signe – et, pour la première fois depuis des mois, l'air paraît plus chaud que l'eau, comme je préfère. Pour couronner le tout, un couple de sternes, ces oiseaux magnifiques, décrivaient des cercles au-dessus de moi tandis que je revenais à la jetée. Je sais qu'elles cherchaient leur déjeuner, mais elles volaient avec tant de grâce et de clarté dans la lumière aveuglante qu'elles m'ont fait l'effet d'un don du ciel.

Jeudi 2 novembre. 13 °C

Le temps reste immaculé mais le vent a tourné au nord, les nuits sont froides et l'eau a enfin commencé à se rafraîchir : autour de 14 °C hier, 13 aujourd'hui. Enfin, je tiens ça d'un e-mail de Dermot Greene, qui affirme avoir réussi à faire deux circuits, vingt-cinq minutes glaciales. Moi, je suis resté à la maison, malgré le temps radieux et les arbres scintillants. La faute aux maçons polonais qui retapaient le mur en brique du jardin, à l'homme venu réparer l'horloge du salon, à une livraison qui exigeait ma présence. Mais la vérité, c'est que je me sens vidé, flageolant et si fourbu que même les trois étages jusqu'à mon bureau me faisaient l'effet d'une ascension vertigineuse. De l'effet boule de neige d'une bête carte de stationnement.

Mercredi 8 novembre. 10 °C

Diagnostic : une grippe, aussi mauvaise, démoralisante et presque aussi interminable que celle que j'ai attrapée au Canada il y a six ans. Et moi qui vantais les bénéfices de la nage en eau froide sur le système immunitaire ! Apparemment, le système immunitaire n'est pas immunisé contre la bureaucratite aiguë. J'ai dormi presque tout jeudi et vendredi, me suis réveillé faible et vaseux, n'ai rien mangé pendant quarante-huit heures, et Anne me surveillait et s'occupait de moi, blanche de peur. Samedi, j'allais suffisamment mieux pour descendre avaler un semblant de dîner. Nous nous sommes couchés de bonne heure. À minuit, elle s'est levée d'un coup avec un gémissement et a filé aux toilettes. J'ai entendu un bruit sourd et un râle, et l'ai trouvée dans le couloir, du vomi autour de la bouche, de la diarrhée sur toute sa robe de chambre et la moquette. J'ai cru qu'elle était en train de mourir. Une autre souche de grippe, que lui a refilée un patient, et qui l'a mise sur le carreau à son tour. À moi de veiller sur elle, un juste retour des choses. Nous avons à peine bougé le reste du week-end. Mardi soir, nous étions tous deux plus ou moins mobiles, mais pas assez pour sortir, puis, mercredi matin, alors que nous étions encore fragiles, la lettre de Camden est arrivée. Ma demande de carte de stationnement avait été refusée et la décision était sans appel. Là-dessus, j'ai pensé, ça y est, ces salopards ont eu raison de moi, je jette l'éponge. Ce n'était pas comme ça que j'avais imaginé finir mes jours. Alors j'ai passé le reste de la journée à écrire un e-mail indigné, etc. au conseil municipal (copies à mon avocat, médecin, blablabla). Ce n'est pas comme ça qu'on écrit un livre ; ce n'est pas comme ça qu'on écrit quoi que ce soit ; ce n'est pas comme ça qu'on vit. Ce matin je me suis réveillé un peu requinqué et je suis allé nager. L'eau s'étant nettement refroidie la semaine où j'étais malade, je n'y suis pas resté longtemps. Mais la magie, c'est la magie, et je me sens mieux.

Samedi 18 novembre. 8 °C

Ce matin je me suis réveillé en me disant que si j'étais un cheval de trait incapable de tirer quoi que ce soit ou un pur-sang incapable de courir ou de sauter, on me mettrait au vert quelque temps avant de m'achever. Si j'étais un animal domestique, j'aurais peut-être droit à un peu de rab et de petits soins, mais on aurait abrégé mes souffrances dès que je serais devenu un poids. Si j'étais un animal sauvage, j'aurais été terrassé par les plus jeunes, puis laissé pour mort. En l'état, je m'accroche, mets la patience de tout le monde à rude épreuve et tape sur les nerfs de tout le monde, surtout les miens.

Et puis je suis sorti dans une matinée de fin d'automne parfaite : les arbres qui s'effeuillent tout d'or vêtus, la lumière aussi claire que le paradis de Dante, et l'eau comme la fontaine de jouvence, froide et étincelante. Enfin, pas tout à fait parfaite ; j'ai tout de même vacillé et trébuché sur le chemin de la voiture.

Dimanche 19 novembre.

Hier nous avons fini la journée avec des plats du traiteur chinois chez Berenice, qui a ajouté une nouvelle catastrophe à son cancer et à son poignet cassé : elle a embouti sa voiture dans une borne et a terminé sur le siège passager, Dieu sait comment. La VW était bonne pour la casse ; ils ont dû la découper pour l'extraire ; par miracle, elle s'en est sortie avec une simple clavicule cassée. Elle avait une mine épouvantable – hâve et tremblante, noire et bleue, un clown triste grimé de noir.

Je crois que nous étions nous aussi traumatisés par son traumatisme. J'ai dormi dix heures et me suis réveillé dans un sale état, perclus de douleurs, avec l'impression de pouvoir dormir dix heures de plus. Ce soir, nous allons écouter Alfred jouer un concerto de Mozart au Barbican. Anne a rêvé qu'elle l'entendait interpréter l'Appassionata comme jamais auparavant. Je n'ai pas répondu que c'était ce que je voulais qu'il joue à mon enterrement, mais, en me rendant à la cuisine clopin-clopant, à ramasser à la petite cuillère, je me suis souvenu de mon père alité, la dernière fois que je l'ai vu, qui disait : "Je crois que je suis sur le départ." Ni moi ni ma mère ne l'avons pris au sérieux, mais il était mort le lendemain matin. Maintenant je comprends ce qu'il ressentait. C'est une nouvelle journée froide, sèche, magnifique, et je suis resté assis un moment dans le jardin à respirer l'air frais. Mais je n'ai pas réussi à trouver l'énergie d'aller nager.

Mardi 21 novembre.

J'ai l'impression de descendre la pente à toute vitesse. Hier la baignade était parfaite ; grand soleil, air froid et sec, tout l'étang pour moi et l'eau à 7 °C, ce qui, après toutes ces années, est devenu plus vivifiant que froid. Mais en revenant à Flask Walk, ma cheville s'est subitement dérobée alors que je traversais la rue devant chez nous, je suis tombé tête la première et je m'en suis sorti avec deux doigts en sang. Ce matin, ma cheville a flanché de nouveau, cette fois dans la cuisine ; j'ai titubé, je suis tombé et je me suis cogné la tête contre une étagère en verre. Heureusement, l'étagère ne s'est pas cassée, mais j'étais bien dans les vapes. Excellent timing, j'ai pensé, dans la mesure où je me rendais chez un nouveau médecin pour un nouvel examen relatif à ma carte de stationnement, et arriver en état de choc me semblait être une bonne idée. On verra bien. En attendant, il est six heures et je me sens encore faible et flageolant. Le truc c'est que j'avais trouvé une manière de continuer à vivre en dépit du fait que mon corps est une épave. Avec ma carte de stationnement, je pouvais me déplacer, faire des courses, vivre ma vie et me maintenir plus ou moins en forme en nageant. Sans elle, je suis cloîtré chez moi, déprimé et parano à cause des contraventions. Par-dessus tout, je déteste ces jérémiades chevrotantes auxquelles je me laisse aller. Ce n'est vraiment pas mon style, merci.

Mercredi 22 novembre. 6 °C

Journée froide et l'eau commence à piquer aussi. Un cormoran était perché sur la bouée de sauvetage au coin, mais hélas, il s'est envolé avant que j'arrive à son niveau. Ces créatures primitives, qui semblent venues d'ailleurs, me fascinent ; peut-être qu'un jour, j'arriverai à en approcher un par surprise. Un vrai objectif en soi, mais ce ne sera pas facile. De retour chez moi, tandis que je fais traîner mon petit-déjeuner tardif, je reçois un appel de la municipalité de Camden : j'ai de nouveau droit à ma carte de stationnement ! J'erre dans la maison dans un état second, toujours perclus de douleur, toujours un peu refroidi, mais avec le sang qui circule plaisamment dans mes veines. J'ai retrouvé ma vie – ou ce qu'il en reste.

Dimanche 3 décembre. 6 °C

Peut-être étais-je trop optimiste. La vie que j'ai retrouvée n'est pas celle que j'avais quand nous sommes revenus d'Italie fin août, reposés, plus ou moins en forme et prêts à reprendre du service. Ma cheville est toujours défaillante, mes articulations me font mal, je suis pris de vertiges soudains et je suis constamment fatigué, même après huit bonnes heures de sommeil. En d'autres termes, la déprime et la frustration engendrées par ces deux mois de combat contre la bêtise bureaucratique m'ont laminé et j'ai dix ans de plus qu'il y a deux mois. “La littérature est la seule conscience que nous possédons”, écrit Cheever dans son *Journal*. Je le pense aussi, mais je n'arrive pas à écrire. Pour le moment, je me débats avec un article pour Bob Silvers sur l'exploration polaire et le capitaine Scott. C'est un sujet que j'adore et je suis au point mort. Je récris chaque phrase encore et encore, mais elles ne viennent pas bien et je ne tiens pas le fil du propos. L'eau froide est toujours une bénédiction, mais quand je rentre à la maison après mon bain matinal, tout ce dont j'ai envie, c'est de dormir. Pire encore, même mon étang bien-aimé est devenu source de paranoïa. Deux fois la semaine dernière, quelqu'un s'est introduit en douce quand le coin vestiaire était vide pour repartir avec les vêtements des nageurs. Personne ne sait qui est le voleur. Mais par ce temps, personne ne veut être coincé en maillot de bain mouillé, donc nous sommes tous un peu à cran. Vendredi, la police était en conciliabule avec les maîtres-nageurs et on parle d'installer des caméras de surveillance. Vu comme je me sens en ce moment, je ne serai pas là pour les voir – ni pour en être vu.

2007

Vendredi 12 janvier. 4 °C

Noël et le nouvel an ont été négociés avec succès ; ma fille adorée a eu un adorable petit garçon et tous les trois – elle, Danny et l'enfant – sont comblés de joie ; mon livre fourre-tout, *Risky Business*, est sorti et a même eu droit à une bonne recension ; l'article pour la *New York Review of Books* qui me tourmentait depuis octobre est fini et en relecture ; mon bureau est presque ordonné, prêt pour que je continue ce livre sur la vieillesse.

Et je tombe en ruine. J'avale un antalgique tous les jours, mais ça ne fait que m'abrutir. Ma cheville me fait mal, devient plus instable et plus traîtresse chaque jour ; la moindre irrégularité la fait flancher et m'envoie valser dans la boue. Mon dos me fait mal et mes jambes s'ankylosent, se figent et cessent de fonctionner ; ma vue est mauvaise ; mon équilibre part à vau-l'eau ; je conduis même comme un vieux – prudent, un peu hésitant, respectant toutes les limites de vitesse. J'en bave sur la moindre pente comme si c'était un éboulis escarpé. Dieu soit loué pour l'horizontalité et son tiercé gagnant, la nage, le sexe et le sommeil. Sans eux, je serais fichu.

Mardi 23 janvier.

Ça se gâte. Autour de la date de la dernière entrée, j'ai fait une chute – deux chutes, en réalité – tandis que je marchais vers la maison des Powell après être allé nager. Il avait plu à verse pendant des semaines et le chemin était très boueux. Heureusement, j'étais avec Mike King, à qui il arrive de garder la maison des Powell et qui a un double des clés. J'ai pu me nettoyer chez eux, tant bien que mal, et je suis rentré chez moi en me sentant bête et humilié, ce qui est devenu mon état habituel ces derniers temps. Mes vêtements détrempés sont allés au linge sale, mais je n'ai pas remarqué que mon genou était égratigné et ensanglanté. Les jours suivants, il a enflé et, mardi dernier, je me suis senti affreusement mal. J'ai pensé que c'était la grippe, je me suis alité et j'ai dormi par intermittence pendant trois jours. Anne pensait comme moi, jusqu'à vendredi dernier où elle a remarqué que mon genou était gonflé et enflammé. Elle a fait venir un médecin, qui m'a mis sous antibiotiques, ce qui bien sûr n'a fait qu'empirer la situation. Huit jours plus tard, le temps est froid et dégagé – enfin le vrai hiver, exactement comme je l'aime –, et je suis toujours trop vaseux pour quitter la maison. J'ai l'impression d'être coupé de ma vraie vie. Certes, je monte dans mon bureau et je noircis des pages de ce pseudo-journal qui pourrait, ou pas, devenir un livre sur le vieillissement. Mais ce n'est pas ma vraie vie. Pour que mon imagination se mette en mouvement et que les mots prennent vie, j'ai besoin de me sentir vivant physiquement – c'est-à-dire que je dois sortir par gros temps et utiliser mon corps. C'est comme si je voyais mieux le monde et que je réfléchissais mieux en sortant l'explorer. Alors je regarde par la fenêtre de mon bureau, Londres, le soleil sur les toits et les cheminées, les nuages qui s'accumulent au sud, les arbres nus qui s'agitent dans le vent glacial, rêvant de pouvoir être dehors pour respirer et sentir tout ça. Au lieu de quoi, je me sens vaseux, geignard et craintif, l'inquiétude étant, bien sûr, un symptôme de la vieillesse : le moindre virus à la gomme et vous pensez : est-ce que ça y est ? Ça n'y est pas, bien sûr, et avec un peu de chance vous ne reconnaîtrez pas celui, ou la combinaison de ceux, qui vous régleront votre compte, mais, ces derniers mois, je suis devenu inhabituellement sensible aux signes et aux présages. Puisque tout semble avoir commencé après notre retour d'Italie – l'accident à quelques kilomètres de la maison, puis l'affaire grand-guignolesque de la carte de stationnement handicapé –, je vois maintenant ma vie récente comme deux périodes distinctes, AC et PC – Avant-Camden et Post-Camden –, le Cerbère ou Charon entre les deux étant le docteur ivrogne mal fagoté de Mill Lane.

Jeudi 25 janvier. 3 °C

Enfin de retour ! J'avais l'intention de nager hier, mais hier c'était la première neige de l'hiver, donc j'ai passé mon tour. Bien sûr je me suis senti comme un dégonflé, mais je n'étais pas dans mon assiette et je titubais comme une poupée cassée, et… Eh ben merde, à l'âge de soixante-dix-sept ans, j'ai enfin pris une décision qu'on pourrait qualifier d'adulte. Aujourd'hui, il faisait plus froid mais le ciel était dégagé, ce n'était pas une de ces journées semblables à celle où Beowulf doit affronter Grendel, donc j'y suis allé et c'était délicieux. Terry était de service, toujours aussi directif, et la directive qu'il m'a adressée était de faire très court : "Plonge vers le plongeoir et nage juste jusqu'à l'échelle." Cinq mètres en tout. Mais j'ai fait ce qu'il m'a dit, je suis resté à peine assez longtemps dans l'eau pour sentir si elle était froide ou pas, et j'en suis sorti régénéré. Tous les habitués étaient là, ce qui était un plaisir, et ils semblaient tout aussi contents de me revoir parmi eux.

– Toi, t'es malade ? a dit Billy le plâtrier. Bah, t'as le cuir solide. Faudrait te coller un pruneau pour te régler ton compte.

Risky Business sort cette semaine et a reçu de bonnes critiques, mais elles ne me réjouissent pas autant que ce comité d'accueil.

Mercredi 31 janvier. 3 °C

Je nage de nouveau régulièrement après cette pause forcée de dix jours. Le soleil brille, l'eau est glacée, j'en sors rayonnant de santé et heureux, après quoi j'ai toutes les peines du monde à remonter à pied jusqu'à la voiture. La distance est inférieure à celle que je viens de nager sans problème, mais d'un coup, je redeviens un vieil homme. J'avance à petits pas hésitants, les yeux embués par le vent et inquiet en permanence, parce que la moindre irrégularité peut faire flancher ma cheville et m'envoyer valser dans la boue. Correction : je m'en tiens au chemin goudronné et j'évite la boue, même sur la jolie pelouse entre les hêtres. Je suis comme un des oiseaux de Hans Christian Andersen, qui se transforme dès qu'il met un pied sur la terre ferme. Un canard, bien sûr, pas un cygne.

Mercredi 7 février. 3 °C

Enfin une succession de journées froides et ensoleillées. Au petit matin, le temps est sombre et brumeux, puis la brume se lève vers dix heures et le monde entier resplendit. Tard hier soir, sur le retour de la soirée de gala pour l'ouverture du nouveau club de poker de Roy Houghton, les camions étaient en train de sabler les rues de Hampstead. Je suis arrivé tard ce matin, et il y avait encore du givre sur les sentiers et la jetée, de la glace dans les coins, et les femmes utilisaient notre étang parce que le leur était gelé. Mais le soleil brillait, l'eau était délectable et j'en suis sorti heureux.

Néanmoins, je fais de mauvais rêves. Pas seulement les rêves habituels sur les indignités récurrentes de l'outrageuse vieillesse – trains manqués, amis perdus, étourderie, indigence, vêtements miteux dans des endroits chics et traces de pneu dans mes slips –, ça, ce sont les rêves que j'ai toujours eus, la plupart se passent à Glenilla Road et, dans mes rêves, je suis toujours un enfant. Désormais, une angoisse nouvelle, à la floraison tardive, émerge : la culpabilité de ne pas avoir fait ce que j'aurais pu faire avec ce qui m'a été donné.

La première réaction de Bertrand Russell à la vieillesse, aux premiers jours de la guerre froide, a été de plaider en faveur d'une frappe nucléaire préventive contre la Russie soviétique ; puis il a opéré un revirement total pour devenir une des figures de proue de la campagne pour le désarmement. C'était une époque où tout le monde, jeunes et vieux réunis, estimait que nos jours étaient comptés et qu'un Docteur Folamour quelconque, chez nous ou chez eux, allait appuyer sur le bouton et nous pulvériser. J'étais jeune et arrogant à l'époque, je méprisais les vieux, et je me rappelle avoir pensé : l'attitude de Russell est une question d'âge, pas de politique. Confronté à la perspective de la mort, il veut d'abord l'éliminer en la détruisant avant qu'elle ne le détruise ; maintenant qu'il voit que ce n'est pas possible, il veut la retarder éternellement : interdire la bombe et interdire la mort avec. Quarante-cinq ans plus tard, je commence à comprendre ce qu'il voulait dire. Une fois que le compte à rebours a commencé, la mort occupe votre esprit, que vous le vouliez ou non. J'ai moi-même toujours été trop absorbé par cette affaire risquée qu'est la vie pour me préoccuper de celle de mourir, mais les prémonitions commencent à s'insinuer sur les bords.

Quand j'étais enfant, je mangeais tout ce qu'on me donnait – avec Nanny aux commandes, je n'avais pas le choix –, mais j'avais horreur des boucheries, sentiment compréhensible dans la mesure où j'étais passé sur une table de boucher quand j'étais bébé. Pendant la guerre, il y avait un boucher sur Finchley Road, vers le haut de West End Lane, qui vendait de la viande de cheval non rationnée. Je m'y rendais à vélo en acheter pour le chien de ma mère. On y trouvait de grosses carcasses sombres suspendues qui sentaient mauvais et je devais patienter dans la queue pour être servi. Cette boucherie m'a donné des mauvais rêves pendant des années et, aujourd'hui encore, les boucheries me donnent toujours la nausée. Récemment, la nausée est revenue. Je ne suis pas végétarien, mais j'ai arrêté de manger des steaks et je frissonne à l'idée d'abattre un animal pour sa viande, même si je ne me prive pas de la manger. Je pense que cet excès de sensibilité date d'il y a quelques années, avec l'épidémie de fièvre aphteuse, quand on entendait chaque soir aux infos des histoires de bûchers fumants d'animaux morts. Il revient aujourd'hui avec la crainte de la grippe aviaire et le massacre de 18 000 dindes. Imaginez ça : 18 000 carcasses gazées, empilées comme des déchets dans des camions et emmenées à l'incinérateur. J'ai échappé à l'holocauste des Juifs par pure chance et, maintenant que mes jours sont comptés, il y a un nouvel holocauste à la télévision tous les soirs.

Sylvia Plath a écrit : "Mourir est un art, comme le reste" et Claudio, dans *Mesure pour mesure*, se vante : "J'irai au-devant de la nuit comme vers une fiancée, et je l'étreindrai dans mes bras." C'est poétique, les formules sont fortes, mais c'est de la pure vantardise de jeunesse, aussi creuse que le "mourir, ça doit être une sacrément belle aventure" de Peter Pan. Mourir n'est pas une aventure, c'est un achèvement, non pas tant une grande affaire que la fin des grandes affaires. Peut-être que je changerai d'avis plus tard, mais pour moi, en ce moment, la partie difficile n'est pas le fait de mourir, c'est la décrépitude qui précède, et qui commence par la perte des fonctions physiques élémentaires (dans mon cas, la marche) qu'on tenait jusque-là pour acquises. Puis il y a les petits bobos perpétuels qui accompagnent la vieillesse. On dit que si l'on se réveille sans, c'est qu'on est mort. Mais après un certain âge, on ne se réveille jamais sans et il faut réorganiser sa vie pour s'en accommoder. Voici le paradoxe : votre corps devient progressivement source d'encombrement juste au moment où le monde, que vous allez bientôt quitter, devient plus doux, plus poignant, plus beau, plus désirable.

Vendredi 16 février

Il y a quelques semaines, j'ai écrit un long article sur le capitaine Scott pour la *New York Review of Books*. Bob s'est montré enthousiaste et j'ai consciencieusement corrigé les épreuves. Depuis, plus rien. Cette nuit j'ai rêvé que le dernier numéro de la revue était arrivé et qu'il affichait en gros titre "Al Alvarez se raconte". J'étais confondu de honte et d'embarras. Ma première association est de faire le lien avec les recensions conséquentes, favorables et totalement inattendues qu'a reçues *Risky Business*. Bien sûr, je suis enchanté ainsi qu'ébahi et, bien sûr, j'ai minimisé mon enchantement. Hier quelques autres friandises sont arrivées par e-mail de la part de Bloomsbury, que j'ai dûment imprimées. Une d'entre elles était particulièrement enthousiaste et j'en ai fait une copie supplémentaire pour Anne, qui est encore plus ouvertement enchantée de la bonne presse que moi, et j'ai eu aussitôt honte de moi. Elle est débordée de travail, et voilà que je demande à recevoir des louanges pour des louanges. J'avais raison d'avoir honte, mais quand je lui ai raconté mon rêve, sa réaction a été : "Tu es trop dur avec toi-même" – exactement le genre de réaction généreuse qui confirme que j'avais raison d'avoir honte.

Alors que ferais-je sans elle. Après quarante-cinq ans, nos vies sont si entremêlées que je ne peux même pas m'imaginer mort sans elle, encore moins continuer de vivre sans elle. Ce que Sir Henry Wotton a écrit de la femme de son ami Sir Albert Morton vaut aussi pour nous : “Il décéda le premier ; elle essaya un temps / De vivre sans lui, n’y goûta point, et mourut.” L’insoutenable vide d’être sans elle. Nos enfants nous aiment, j’en suis sûr, mais ils ont maintenant leur propre vie à mener, avec ou sans nous.

Mardi 6 mars. 8 °C

Il paraît que ça a été l’hiver le plus chaud jamais mesuré, mais humide, terriblement humide. La pluie tombe, les réservoirs qui étaient à sec cet été sont remplis à ras bord et la compagnie des eaux est à court d’excuses pour couper la distribution. À l’étang, l’eau perd progressivement son mordant. Je reste un peu plus longtemps chaque jour et, quand je sors, le soleil paraît presque chaud. En ce moment, ce sont les conditions que je préfère – eau froide, air chaud –, mais ça ne présage rien de bon pour l’été. Je suis trop vieux pour les vagues de chaleur.

Jeudi 8 mars. 8 °C

Soudain, il fait chaud comme en été, ne serait-ce que l’espace d’une journée. Pour fêter ça et délier mes jambes grinçantes, je nage en diagonale jusqu’au coin opposé de la barrière d’hiver. Quand j’y arrive, je m’arrête pour contempler la vue depuis l’eau et là, à quelques mètres, deux cygnes s’ébattent. Il la monte, brève agitation, puis ils sont de nouveau côte à côte, entrelaçant leurs cous comme s’ils s’embrassaient. Tout ceci en moins d’une minute. Puis ils se séparent et s’éloignent majestueusement chacun de son côté, sous l’œil dédaigneux d’un cormoran perché sur une bouée de sauvetage.

Mercredi 14 mars. 9 °C

Je marche de plus en plus mal, mes jambes sont douloureuses quand je suis debout, et j'ai des crampes quand je suis au lit. Mais ce délicieux temps printanier continue, la température de l'eau est à 9 °C et grimpe encore, si bien que j'ai multiplié par deux mes cinquante mètres aller-retour à la barrière de l'hiver pour un triangle complet. Ça fait travailler mes jambes, ça les renforce et apaise les douleurs. Hier je suis allé chez l'acupunctrice après avoir nagé et en suis sorti marchant correctement, plus ou moins. Vendredi dernier, je suis allé à une soirée au Reform pour fêter les quatre-vingt-dix ans de Betty, synonyme de station debout prolongée, appuyé sur ma canne, et de conversation avec des gens que je n'avais pas très envie de voir. Le lendemain matin, j'étais tellement éreinté que j'ai eu toutes les peines du monde à sortir du lit et il n'en a pas fallu plus à Anne. Comme elle vit avec une prémonition constante du désastre et aime s'y préparer longtemps à l'avance, elle a passé le web au peigne fin pour dénicher un fauteuil roulant "de poche", minimaliste et ultra-léger. Il est arrivé ce matin. Hier soir, nous sommes allés à une grande réception en l'honneur de Leon Kossoff à la National Gallery et, pour éviter une répétition du désastre au Reform, j'avais demandé un fauteuil roulant afin de pouvoir regarder les tableaux sans tomber à la renverse. J'étais dûment reconnaissant sur le coup, mais à présent, après une belle journée de printemps, avoir un fauteuil à moi dans la maison me fait l'effet d'avoir laissé entrer la peste. Je me souviens combien ma mère était horrifiée lorsque ça lui est arrivé. Le machin est resté dans le couloir de l'entrée pendant des mois avant qu'elle se résigne à me laisser la sortir dedans. À présent je sais pourquoi. Celui-ci a un cadre en aluminium brillant, des pneus blancs et un siège bleu rembourré, mais il ressemble pour moi à la Mort noire, la fin de tout.

Mardi 27 mars. 9 °C

Encore un épisode de gel la semaine dernière, même un peu de neige pour éliminer les fleurs précoces, mais aujourd'hui le printemps est vraiment de retour : le soleil brille, il fait chaud, l'eau est incisive, fraîche et revigorante, le bout des rameaux est gonflé et durci, prêt à devenir feuille. Ça ne peut pas être plus parfait. En tout cas, c'est la sensation qui domine quand je nage, me sèche, m'habille. Puis ma cheville se dérobe deux ou trois fois quand je reviens à la voiture clopin-clopant et le court trajet à pied jusqu'à la maison après m'être garé à Gayton Road me fait l'effet du dernier tronçon jusqu'au sommet de l'Everest. Je marque une pause au pied du perron avant les derniers mètres et jette un coup d'œil à la rue. Deux jeunes femmes joviales sont aux petits soins autour d'une petite vieille véritablement décrépite qui peut à peine bouger. Je me dis que je ne veux pas finir comme elle. Pour l'instant, je suis un homme heureux. C'est une belle journée, j'ai piqué une belle tête, je coule des jours heureux avec une femme belle et aimante. J'aimerais quitter cette vie tant que je suis encore capable de lui faire l'amour, de nager dans l'eau froide et de maintenir un semblant de dignité. Mon père a eu de la chance : il est mort d'une crise cardiaque à soixante-douze ans, toujours sémillant et dans le feu de l'action, avec une compagne dans sa vie, tandis que ma pauvre mère, qui adorait marcher, s'est accrochée jusqu'à quatre-vingt-quatre ans et s'est éteinte lentement, éclopée et malheureuse. Le truc, c'est de partir quand on a de l'avance, parce que ça ne dure pas. Plus on vieillit, plus les choses que l'on chérit nous sont enlevées, et il faut faire ce qu'on peut avec ce qui nous reste.

Jeudi 29 mars

Anne est rentrée d'Israël lundi dernier. *Une présence bien vivante* a été traduit en hébreu, a rencontré un franc succès, et huit cents personnes sont venues assister à une conférence pour fêter ça.

– Nous avons reçu de nombreux psychanalystes ici, m'a dit un des organisateurs, mais là c'était différent. C'était comme accueillir une rock-star.

Anne était ravie, bien sûr, mais elle était déjà au bout du rouleau au moment de partir, et elle est revenue complètement à plat. Cet après-midi, elle a été terrassée par une forte fièvre et ce qui ressemblait à une grippe. Elle a dormi jusqu'au soir, je lui ai apporté un dîner au lit, puis elle s'est rendormie. J'ai rangé la cuisine et sorti les poubelles, mais ma cheville s'est dérobée quand je suis rentré, j'ai valdingué dans le couloir et je n'arrivais pas à me relever. Je me suis tortillé dans tous les sens, mais chaque fois que je mettais mon poids sur cette foutue cheville, je flanchais de nouveau. Tout ceci en silence, bien sûr, pour éviter de réveiller la patiente à l'étage. Alors je suis resté vautré là, pantelant, jusqu'à réussir à passer mon poids sur l'autre jambe et utiliser la chaise du couloir pour me hisser debout. Comment sont tombés les héros – littéralement ! Elle à l'étage qui semble rendre l'âme, moi qui gigote sur le paillasson comme une baleine échouée. Même les vieux de Sam Beckett ont plus de dignité.

Samedi 14 avril. 10 °C

Ce dont personne ne parle, c'est la frustration de la vieillesse, l'humiliation constante, la rage aveugle qu'elle génère. Hier, par exemple. J'avais travaillé assez tard la veille au soir, m'étant enfin remis à ce livre que je suis pour l'instant incapable d'écrire, comptant bien lui donner un nouveau souffle, puis j'ai été réveillé de très bonne heure par un livreur. Au lieu d'aller comme d'habitude nager pour apaiser mes douleurs matinales, j'ai fait un peu d'exercice, puis je suis monté tout droit à mon bureau, espérant reprendre là où je m'étais arrêté. Naturellement, ça n'a pas marché. Je me suis escrimé, de plus en plus vainement, jusqu'à deux heures, quand un apprenti journaliste est venu m'interviewer. Il était dégourdi et empathique, mais très jeune – c'était sa toute première interview – et j'ai dû travailler dur pour le mettre en confiance. Après ça, tout s'est passé comme sur des roulettes et nous avons discuté deux heures. Je suis remonté tout droit à mon bureau quand il est parti, espérant revenir à la phrase que je n'arrivais pas à écrire plus tôt. Mais à ce stade, j'étais épuisé, affamé, déshydraté. Je me suis penché pour prendre un livre, j'ai eu un vertige, j'ai perdu l'équilibre et je suis tombé sur deux tiroirs ouverts de mon bureau. Je m'en suis sorti sans une égratignure, mais le cadre du tiroir du haut était tellement tordu qu'on ne peut plus l'ouvrir ni le fermer, tandis que le tiroir du bas est totalement bloqué. Pendant deux heures j'ai attaqué le tiroir du haut avec une pince et un marteau à pitonner, essayant de lui redonner un semblant de forme en le tordant et en tapant dessus pour pouvoir l'utiliser. Rien à faire. Alors j'ai entrepris d'alléger sa charge en jetant l'essentiel de son contenu – de vieux essais – et en ne gardant que les tapuscrits des papiers qui n'ont pas été retenus pour *Risky Business*. J'ai fini pile au moment où Barbara arrivait pour le dîner. Le trajet à pied jusqu'au Chinois du coin a été laborieux, le retour encore plus. Quand je suis allé à l'étang ce matin, mes jambes et mon dos me faisaient tellement mal que je n'étais pas sûr d'arriver à la voiture. Un pas, une pause, un autre pas. J'aurais aussi bien pu me trouver sur le col Sud de l'Everest. Il y a des gens de quatre-vingt-dix ans qui circulent mieux que moi. Je ne suis pas seulement déprimé par mon état actuel. Je suis indigné.

Jeudi 10 mai. 16 °C

Avril était anormalement chaud, de mauvais augure pour l'été ; mai apporte des giboulées d'avril et l'eau est plus chaude que l'air. L'aubépine du jardin est confite de fleurs, mais ne dégage aucune odeur avec ce temps frisquet : je n'ai pas eu droit à mon parfum préféré cette année et je devrai me contenter des chandelles des marronniers de Highgate Grove et du chapiteau sombre et chatoyant du hêtre pourpre sur le talus qui descend à l'étang. Quant à moi, je me dégrade à une vitesse accablante. À l'horizontal, je m'en sors – au lit, quand je nage –, mais la verticale ne me réussit vraiment pas. À Oxford la semaine dernière pour une conférence de la *New York Review of Books*, le court trajet à pied de l'hôtel Randolph à l'Union Society – deux cents mètres maximum – était aussi épuisant que douloureux. Mes jambes ne fonctionnent plus correctement, mon équilibre est précaire, je n'arrive pas à me tenir droit, à tendre le bras, à tourner la tête pour regarder derrière moi. Mais bon, ma mère était comme ça ses dernières années, et la pauvre Sally a fini dans un fauteuil roulant, avec une minerve. Voilà ce que donne la vieillesse dans ma famille. Il va sans dire qu'un regard suffit maintenant aux gens pour qu'ils veuillent me rendre service – me céder leur place, m'offrir leur bras, me donner un coup de main – et ma première réaction est de refuser. Mais seulement un instant. Ensuite j'accepte ce qu'on me propose avec reconnaissance.

Vendredi 11 mai. 16 °C

Les signes étaient là, mais j'ai choisi de ne pas les voir. Le 11 mai, tout a changé. Ou plutôt, tout s'est terminé, parce que aujourd'hui, six semaines plus tard, ma vie a plus ou moins été vidée de sa substance : mes jambes ne fonctionnent pas correctement, mes doigts ne fonctionnent pas, ma mémoire me fait défaut, mon équilibre part à vau-l'eau.

Voici comment ça s'est passé. 2 mai : tournoi de poker à Loose Cannon pour le lancement du livre de Tony ; le premier prix était un buy-in de 5 000 £ pour le WPT de Barcelone ; deuxième prix, un exemplaire du livre, que j'avais déjà (troisième prix, deux exemplaires) ; j'ai fini deuxième (évidemment) et me suis couché vers trois heures du matin ; 4-6 mai : la conférence épuisante à Oxford ; jeudi 10 mai : poker chez Feinstein, au lit vers une heure, mal dormi ; 11 mai : j'ai nagé, puis travaillé environ six heures pour préparer une intervention dans une conférence à Oxford sur la poésie le lendemain. À 18 h 30 j'étais épuisé, mais Anne était avec Kate et le bébé et ne rentrerait pas avant 19 h 30, alors je me suis inscrit à un petit tournoi d'Omaha en ligne, en pensant que le niveau serait dingue et que je serais éliminé rapidement. J'avais raison sur le niveau, mais j'ai gagné le machin. Si bien qu'il était 21 h 30 quand j'ai mangé, et j'étais vraiment au bout du rouleau. Anne avait déjà dîné et elle regardait la télé dans la chambre ; j'ai monté mon repas pour être avec elle. J'ai avalé deux cuillères de soupe, me suis penché pour en reprendre une, j'ai glissé de la chaise et je n'ai pas réussi à me relever. Exactement comme l'épisode du couloir quelques semaines plus tôt, mais cette fois je n'ai pas retrouvé mes sensations ni mes forces. Anne a appelé une ambulance – l'équipe était constituée de deux femmes, dont une maître-nageuse que je connaissais, ce qui m'a un peu remonté le moral – et on m'a emmené au terrible Royal Free Hospital. Et tant pis pour nos interventions du samedi – moi à Oxford, Anne à Manchester.

Samedi 12 mai – mardi 22 mai.

Les hôpitaux m'ont toujours terrorisé et le Royal Free est réellement terrifiant. Les premiers jours, je suis un instrument d'apprentissage pour les étudiants de médecine : les mêmes tests encore et encore et toujours les mêmes résultats. Ma coordination visuelle est mauvaise, mon équilibre désastreux. Tu parles d'un scoop. Une remarque judicieuse au milieu de tout ça. Je décrivais à un médecin-chef la journée qui s'est achevée par une attaque : pas assez de sommeil, un bain dans l'étang, six heures de travail, trois heures de poker en ligne. Il m'a dit : "Monsieur Alvarez, vous avez soixante-dix-sept ans. Pourquoi travaillez-vous encore six heures ?" "Parce que je suis obligé", j'ai dit. Mais il avait raison. C'est vrai, pourquoi ?

Je n'ai pas précisé que j'ai aussi apporté du travail ici – je dois me farcir deux des derniers livres de Ian McEwan avant de m'atteler à un papier pour la *New York Review of Books* sur son dernier, *Sur la plage de Chesil.* Je n'en tire pas grand plaisir. L'âge et le succès ont émoussé son imagination et affaibli sa prose. Fut un temps où il était subversif, excentrique, plein d'humour noir et d'énergie. Aujourd'hui il est sage et complaisant – pas ce dont j'ai besoin dans mon état actuel. Je lis donc *Expiation* et *Samedi*, qui me tombent un peu des mains, mais ont le mérite de faire passer le temps et de me changer les idées pour oublier la galère que je traverse.

Alors qu'est-ce c'est que cette galère ? J'ai pris des notes sporadiques, mais seulement quand j'ai pu respirer un peu, en commençant au service des admissions le dimanche 15 mai : vie sous-marine, aucune énergie, aucun appétit, aucune initiative, et absolument aucune force. Se redresser sur le lit est difficile, se lever est tout un chantier. J'ai besoin de me laver les dents, de prendre une douche, ou, mieux, de piquer une tête. Dans mes rêves ! Au bout de deux jours, on ne m'a même pas donné de serviette. Nous sommes quatre dans le service, tous âgés. Sur les lits en face de moi, il y a un Écossais et un Irlandais. Les deux ont de bonnes têtes de soûlards et ils ont l'air d'avoir bien accroché ; ils passent leur temps à se raconter des anecdotes et à pouffer de rire. Le quatrième est plus vieux, une sorte d'Alf Garnett hargneux au menton fuyant avec des lunettes attachées derrière la tête qui le font ressembler à une grenouille – ou plutôt à une version âgée et reptilienne des pauvres types bas du front qu'on voit dans les pubs à la télé la nuit. Il est vraiment, follement, profondément exécrable et vitupère en permanence contre tout le monde, en particulier les étrangers. Lorsqu'un infirmier philippin aux manières brusques a le malheur de lui dire qu'il sent – ce qui vaut sûrement pour moi aussi, vu que la douche n'est apparemment pas une option prévue par le Royal Free –, il pousse des cris d'orfraie, puis se rallonge en haletant bruyamment, vocalisant chaque respiration. Son indignation est sans limite et sans fin. Il vient d'un univers extraterrestre, mais c'est ce que sont les hôpitaux et les prisons – des mondes adjacents mais séparés. Je tombe d'une chaise dans notre chambre et j'atterris dans une autre civilisation. La frontière entre les deux est mince comme du papier de soie, mais absolue. Si je regarde par la fenêtre, je vois le monde ordinaire en bas – les allées et venues des gens et des voitures, les grands arbres immobiles de Hampstead Heath, mais il cesse d'être réel à mes yeux et aucun son ne m'en parvient. Peut-être que mes années à l'internat d'Oundle m'ont préparé à ça, mais c'était il y a une éternité. Aussi le fait de se voir chassé de la vie de manière aussi brutale quand on est en plein dedans est-il une immense surprise. Comme se prendre une brique tombée du toit ou la foudre. Pas étonnant qu'on appelle ça une attaque. Une attaque en règle, oui, et de plein fouet. D'abord une vie, puis une autre d'un genre tout à fait différent, selon des termes tout à fait différents.

C'est un endroit étrange. Les médecins et leurs étudiants suivent les procédures et montrent des bribes d'intérêt humain, peut-être simplement parce que ça fait partie de leur fiche de poste. Les infirmiers et les infirmières, eux, ne font même pas semblant. La notion de soin semble ne jamais leur avoir été expliquée. Peut-être devrais-je considérer ce séjour à l'hôpital comme de la recherche, une mise en jambes pour mon livre sur la vieillesse, sauf que mes jambes ne fonctionnent pas.

Samedi 19 mai

Je suis là depuis une semaine, la plupart des tests ont été effectués et je pourrais partir dès maintenant si les ouvriers municipaux effectuaient quelques aménagements élémentaires à Flask Walk – rien de démesuré, juste une ou deux rampes ici et là pour rendre les escaliers plus accessibles. Mais comme ils ne travaillent pas le week-end, je dois prendre mon mal en patience, monopoliser un lit et le temps des infirmiers et dilapider l'argent du contribuable, parce que c'est bureaucratiquement plus simple que de payer des heures sup à un type avec un tournevis. Me voilà donc exposé en chapelle ardente à une foule de visiteurs : Jane Kramer, avec son énergie et son grand cœur ; puis Adam, qui atterrit d'Italie, et Violet qui débarque des Émirats. Anne est toujours là, bien sûr, faisant l'aller-retour sur la colline entre les patients et les étudiants, aimante, vivante et malade d'inquiétude. En fin d'après-midi, juste au moment où nous pensions avoir un moment pour nous deux, un détachement de maîtres-nageurs est arrivé des étangs – Tony, Shane et Glyn – pleins de bonne humeur et les bras chargés de cadeaux : une carte signée par toute la bande, un livre de blagues sur l'étourderie gériatrique, un magazine cochon "pour les plus de cinquante ans" avec des femmes nues obèses aux nichons gigantesques et, le meilleur de tous, une bouteille d'eau de l'étang, dûment datée et certifiée. En d'autres termes, des choses auxquelles ils ont réfléchi, pour lesquelles ils se sont donné du mal et qu'ils se sont bien amusés à préparer. Tout ça m'a remonté le moral plus que je ne l'aurais cru possible dans cet endroit déprimant. Ça m'a aussi rappelé la réponse donnée par Fellini à un intervieweur alors qu'il était mourant à l'hôpital : “Quand je suis tombé malade, je n'avais pas réalisé que j'étais tant aimé. Ça ne peut pas être qu'à cause des films. J'ai dû faire autre chose, mais je ne me souviens pas de quoi.” Je serais heureux que ça vaille aussi pour moi. Et dans la même interview, Fellini révèle également le secret qui nous afflige tous quand nous vieillissons : quand on lui demande ce qui lui manque le plus, il répond : “Moi-même. Celui que j'ai été autrefois.” Moi aussi, je me manque – le type qui nageait, grimpait, jouait et s'amusait beaucoup – et j'aimerais avoir réussi quelque chose. Avec Fellini, je suis en bonne compagnie.

Dimanche 20 mai

Tous les jours ou presque autour de dix heures, l'alarme à incendie se déclenche, retentit une demi-heure, et s'arrête. Personne n'y prête attention et il n'y a aucun incendie, mais ça nous rend tous dingues. Peut-être que c'est l'idée : s'assurer que la vie à l'hôpital demeure intolérable. C'est comme vivre avec un enfant autiste. Cet après-midi, cependant, j'ai eu droit à un peu de répit : déjeuner chez Betty avec des plats de chez Panzer's aux côtés de Kate, Danny et Cassius – charmant et adorable – pour me réchauffer le cœur. Ensuite, Anne m'a emmené chez Iga pour une longue manipulation visant à apaiser mes multiples bobos. Dans mon ignorance de tout ce qui est médical, je pensais que c'était à cause de l'attaque que j'avais mal partout. Pas du tout, m'a expliqué Iga ; un AVC ne fait pas mal. Les douleurs, nombreuses et aiguës, viennent des lits en fer et des oreillers durs comme les tablettes de pierre que Moïse a descendues de la montagne. Ils vous creusent le dos, altèrent votre posture, vous tordent dans tous les sens, et l'immobilité forcée ne fait qu'empirer les choses. En d'autres termes, le problème n'est pas le mini-AVC ; le problème, c'est l'hôpital lui-même et l'attente interminable pour en sortir.

Il m'a fallu encore deux jours avant d'être libéré du Royal Free. Anne m'a ramené chez nous, Kate et Cas nous attendaient, la maison était fraîche et tamisée, les tableaux aux murs, peints par des amis, étaient comme un comité d'accueil, et quand, après dix jours sans musique, j'ai allumé la radio en plein concert de l'après-midi, j'ai pleuré comme un enfant. Plus tard, au moment du dîner, quand nous nous sommes retrouvés seuls, Anne a pleuré aussi, pleuré comme si elle avait le cœur brisé.

– Ces quelques jours ont été horribles, elle a sangloté. Horribles. C'est parce que je t'aime.

Je l'ai serrée fort contre moi, je l'ai embrassée sur le crâne et j'ai dit :

– Oui, ils ont été horribles pour moi – parce que moi aussi je m'aime.

Et ça a tout réglé. Nous avons ri jusqu'à nous endormir comme au bon vieux temps, même si le lendemain et pendant plusieurs jours je suis plus faible et fragile que mon nourrisson de petit-fils.

Dimanche 24 juin. 22 °C

Enfin ! Enfin de retour à l'étang ! Je n'ai toujours pas le droit de conduire, alors j'y vais de bonne heure avec Luke et Olaf, avant qu'ils partent pour leur séance hebdomadaire au mur d'escalade. J'ai beau avoir fait un peu de gym tous les matins et avoir docilement pédalé sur l'affreux vélo d'appartement, mes jambes sont faibles, mon équilibre précaire et je marche comme un prisonnier ivre entre deux flics, m'appuyant sur l'épaule de Luke, tandis qu'Olaf veille au grain, au cas où je partirais dans l'autre sens. C'est une heure plus tôt que mon horaire habituel et il n'y a personne de ma connaissance au coin vestiaire, mais Terry est de service et me réserve un accueil chaleureux. Il insiste pour que je plonge depuis la plateforme au niveau de l'eau où les maîtres-nageurs amarrent leur bateau, et je suis tellement content d'être là que je ne discute pas. Je ne nage que jusqu'à la bouée la plus proche, flanqué de Luke et Olaf de part et d'autre, tel un antique vaisseau de combat escorté par deux contre-torpilleurs. On s'en fout ! Je suis de retour !

Deux interviews à la radio :
1. Q : Qui a envie de vivre jusqu'à quatre-vingt-dix ans ?
R : N'importe qui à quatre-vingt-neuf.
2. Q : Qu'est-ce que vous trouvez le plus étrange, dans le fait d'avoir cent ans ?
R : Avoir un fils de soixante-quinze ans.

Jeudi 6 septembre. 17 °C

Avec Anne à l'étang mixte pour la première fois depuis un an. Mais il m'est désormais impossible de marcher aussi loin. Elle doit me pousser sur le plus gros du chemin dans le fauteuil roulant de poche qu'elle a acheté il y a des mois, juste au cas où, et qui attendait son heure dans le séjour depuis. Nous en faisons une blague, bien sûr, mais que faire d'autre ? La matinée est sans nuage, les arbres soupirent au-dessus de l'étang, leurs feuilles lourdes et défraîchies, mais pas encore touchées par l'automne. Un royaume paisible ; même les oiseaux ont cessé leur tapage et leurs chamailleries. L'eau ambrée est chaude et douce, mais trouble. J'ai beau avoir nagé tous les jours pendant six semaines dans notre petite piscine en Italie, je n'ai pas pu faire mieux que la moitié de la distance que je nageais quotidiennement il y a un an. Et après ? L'an dernier, c'était l'an dernier, et, quand nous sommes arrivés à *Paradiso* j'étais à peine capable de nager une longueur de dix mètres. Je n'ai pas d'autre choix que de persévérer, m'appuyer sur ce que j'ai et essayer de ne pas rechuter. Néanmoins, l'effort est trop important, le transport trop humiliant et je ne pense pas renager ici un jour, même si j'aime cet endroit et que j'y nage depuis l'âge de onze ans.

Samedi 3 novembre. 11 °C

Je nage toujours, bien sûr, mais seulement à l'étang des hommes, et le petit talus entre la route et la voiture devient de plus en plus délicat à négocier à mesure que je me délite. J'utilise deux cannes à présent, au lieu d'une épaule sur laquelle m'appuyer, et ma cheville est de plus en plus instable, mais je ne suis plus voûté comme un point d'interrogation, comme lorsque je suis sorti de l'hôpital. Je ne suis peut-être pas sur la voie du rétablissement – il n'y a pas de rétablissement à ce stade – mais je suis plus vertical qu'avant et ça suffit à mon bonheur. L'automne a été superbe, ensoleillé et calme, et le bain est parfait : eau frisquette et réparatrice, soleil sans nuage pour me sécher. Je suis parfaitement satisfait jusqu'à ce que le laborieux retour à la voiture me rappelle où j'en suis. Le truc, c'est de marquer une pause avant de remonter le talus, me redresser, contempler le changement de couleur et l'effeuillage quotidien des arbres, et constater à quel point je me sens bien après la baignade et combien il est bon d'être en vie par une journée si douce et si belle. Si seulement l'écriture m'apportait autant de plaisir.

Mardi 6 novembre. 9 °C

Les arbres s'effeuillent, s'effeuillent, et les feuilles sont désormais d'or pur. Le hêtre pourpre s'est paré d'or et il flamboie, un grand cône de feu, tout en or. Après le long été indien, le temps a tourné d'un coup et l'eau est plus froide. Hier le ciel était couvert, avec un vent mordant, et je tremblais un peu quand je suis arrivé chez moi. Aujourd'hui rien ne bouge, la surface de l'étang est lisse comme un miroir et l'eau sombre et froide est illuminée par le soleil bas, de sorte qu'on a l'impression de nager dans de l'or liquide. C'est le pays des vivants. Un pur bonheur.

Vendredi 23 novembre.

L'épuisement, ou la menace de l'épuisement, devient un état constant. Il y a une semaine, je suis allé jusqu'à Kendal pour une intervention au Mountain Literature Festival, une belle manifestation, très animée, où j'ai partagé la scène avec Andy Cave et Greg Child. Tous deux sont de célèbres grimpeurs qui ont gravi des voies d'envergure partout dans le monde et grimpent à un niveau auquel je n'ai jamais pu prétendre même à ma grande époque de casse-cou. Pourtant, grâce à mon livre sur Mo, ils m'ont traité comme un des leurs, avec le respect bon enfant auquel j'aspirais en tant que jeune grimpeur, mais que je n'ai jamais reçu ni mérité. Prévenus par Anne, les organisateurs m'ont dorloté comme aurait pu le faire Nanny dans un monde parfait – je veux dire, si elle avait été du genre à dorloter, ce qui n'était pas le cas. J'ai retrouvé de vieux copains de grimpe que je n'avais pas vu depuis des années, j'ai été convié par Russ Andrews à écouter son incroyable système hi-fi, on m'a servi du vin et de bons petits plats et j'ai passé un séjour formidable. Le voyage était tranquille, quatre heures dans un sens, quatre heures dans l'autre avec un train confortable, aller-retour en vingt-huit heures porte à porte. Pourtant, il m'a laminé. J'ai zoné tout le dimanche, sans rien faire. Lundi matin, je suis allé nager comme d'habitude. Le temps était infect – eau froide (7 °C), vent froid, forte pluie – et ça m'a laminé de plus belle. Le lendemain, il pleuvait encore des cordes, donc je suis resté chez moi et j'ai gâché toute la journée à jouer avec ma nouvelle connexion haut débit, puis j'ai gâché ma soirée en beauté à tourner en rond au Tuesday Night Game. Je me suis couché tard, épuisé. Mercredi matin, le ciel s'était dégagé et j'avais l'intention de nager. Mais j'étais si fatigué que j'ai à peine réussi à aller aux toilettes, si bien que je me suis traîné jusqu'à mon lit et que je me suis rendormi profondément. Quelques heures plus tard, j'étais réveillé par l'alarme anti-intrusion, Dieu sait pourquoi, puisque Anne ne l'avait pas activée en partant au Tavistock Institute. J'ai eu toutes les peines du monde à descendre au rez-de-chaussée et, quand j'y suis parvenu, j'étais tellement faible que j'arrivais à peine à soulever le clapet de l'alarme. L'effort m'a fait glisser en chaussettes sur le lino et j'ai atterri assis dans le couloir, incapable de me relever. C'est reparti pour un tour, j'ai pensé. Le prélude à une nouvelle attaque. Comme au bon vieux temps. J'ai fini par me relever petit bout par petit bout, j'ai désactivé l'alarme, regagné mon lit tant bien que mal et dormi comme un macchabée le reste de la journée. J'ai pensé que c'était la fatigue accumulée, mais j'avais la tête brûlante et aucun appétit, donc c'était plutôt une nouvelle grippe qu'une crise aiguë de vieillesse. En tous les cas, j'étais encore vaseux le lendemain et le surlendemain. Aujourd'hui, la semaine touche à sa fin et je n'ai toujours pas quitté la maison.

Lundi 26 novembre. 4 °C

Dimanche j'en ai eu marre, j'avais une grosse envie d'air frais et d'exercice, et je me sentais mieux. Puis Rupert a appelé pour me proposer de m'emmener à l'étang et j'y suis allé, escorté par Anne. L'eau était froide, noire et magnifique et, même sans avoir nagé loin, j'en suis sorti ragaillardi. Là-dessus, nous sommes partis manger des dim sums avec Adam, Cloe et Violet, faire quelques courses dans le quartier et bavarder sur le retour, comme des gens normaux. Grave erreur. Quand je suis rentré, j'étais groggy et grippé. Me voici revenu au point de la semaine dernière, tremblotant comme de la gelée.

Mardi 11 décembre. 7 °C

À l'étang, je suis devenu une sorte de mascotte et je comprends pourquoi. L'attaque, ajoutée à quinze jours de grippe, a engendré un nouveau stade de faiblesse. Bien qu'il reste encore un ou deux nageurs plus âgés que moi, je pense que je suis désormais le plus diminué de tous. Mon équilibre est désastreux, il me faut une canne pour marcher sur la jetée, et deux pour aller de la voiture à l'étang. Etc. Personne ne fait de remarque, bien sûr, mais si l'un d'entre eux se trouve être dans les parages lorsque je me gare ou que je repars à ma voiture, il porte mon sac pour monter ou descendre le talus, ou me prête son épaule pour que je m'y m'appuie. Quand Terry et Steve sont de service, ils m'accompagnent même sur la jetée et me tiennent jusqu'à ce que je plonge. Tout ceci est fait avec bonne humeur et gentillesse, ce qui sauve les apparences et préserve ce qui reste de ma dignité, donc je ne me plains pas. Et quand je m'excuse d'être aussi inutile, ils disent : “Tu es un exemple pour nous tous.” Mais ce n'est pas facile. Bref, la vérité est que je tombe en morceaux à une vitesse déprimante. Ce livre sur la vieillesse semble de moins en moins susceptible de voir le jour. Je ne m'embête même plus à trouver une excuse. Je n'écris pas, parce que je n'ai rien à dire et aucune envie de le dire. En revanche, la nage demeure délectable. Il y avait du givre sur les vitres de la voiture quand je suis parti de chez moi ce matin, mais un soleil pâle brillait, le parc grouillait d'écureuils affairés à stocker des provisions pour l'hiver, les cormorans maussades étaient de retour et le monde était beau. J'ai intérêt à en profiter le plus possible tant que je le peux encore.

Jeudi 13 décembre. 4 °C

Exquise matinée d'hiver, mais, après deux nuits dégagées, il fait plus froid, bien plus froid : de la gelée blanche sur l'herbe et la voiture incrustée de givre, des lambeaux de brume comme de la fumée sur l'étang, des poules d'eau trottinant autour de la cabane pour quémander des miettes. Plonger dans l'eau noire est comme une renaissance; j'en ressors rayonnant,, prêt à tout – presque. Mon vieil ami Terry m'a escorté jusqu'à la jetée et sur le retour, m'offrant un bras solide comme une barre de fer. Beckett avait tort: il est bon d'être en vie. Parfois. Demain, Anne et moi partons à Bruges en voiture pour un week-end en amoureux. J'ai hâte.

Jeudi 20 décembre. 3 °C

Chaque nuit est plus froide que la précédente, et plus c'est froid, plus ça me plaît. Ce matin, il y avait des blocs de glace partout sur l'étang, étang que nous avons partagé avec les femmes, puisque le leur est complètement gelé. Ce qui semblait renforcer la bonne humeur de tout le monde. Pas le fait de partager l'étang, dont les femmes s'accommodaient de mauvaise grâce, mais la grande montée d'adrénaline que produit l'eau glaciale, en plus de l'impression d'avoir accompli quelque chose en y allant. Ce n'est pas un remède miracle, bien sûr, mais c'est mieux qu'aucun remède. J'ai fini par payer mes vingt livres pour rejoindre le club des Highgate Lifebuoys, et je peux donc utiliser leur petite cabane, synonyme d'un endroit chaud pour me changer et d'une tasse de thé brûlant à boire en me séchant. Avec ces joies du confort moderne, aucune douleur, aucun n'effort n'est nécessaire ; je peux même faire semblant d'être encore dans le coup.

2008

Mardi 8 janvier. 3 °C

Une semaine en Italie m'a renvoyé des mois en arrière. J'imagine que c'était cette vieille histoire de me voir dans les yeux des autres, une réaction à leur mine choquée devant ma détérioration depuis l'été et à leur bonne humeur forcée qui était censée dissimuler leur consternation. Quelle qu'en soit la raison, je me suis effondré. Le dos, la cheville, la posture, tout ça est revenu à l'état de l'été dernier, à la sortie de l'hôpital, et je suis redevenu le vieillard voûté qui marchait avec difficulté et n'avait plus d'énergie. Et plus d'italien non plus. Comme Anne gérait déjà tout le reste – me soutenir, porter les bagages, organiser notre vie –, je lui déléguais aussi la conversation. Elle et moi avions fait le tour complet : de maîtresse d'un jeune homme, elle est devenue compagne d'un homme d'âge mûr, puis infirmière d'un vieillard. En d'autres termes, retour à une deuxième enfance, même si nous faisons encore l'amour, Dieu merci, surtout à *Paradiso*. Nous sommes rentrés à Londres et je suis un peu rétabli. L'eau glacée redresse mon dos et répare (brièvement) mon âme, même si le trajet entre la voiture et l'étang me paraît chaque jour plus difficile. Il y a un autre nageur, John, qui a six ans de plus que moi – il en a quatre-vingt-quatre – mais qui, comparé à moi, paraît en forme, jeune, agile ; je suis le nouveau doyen des Highgate Lifebuoys, une sorte de mascotte qu'il faut dorloter et encourager, comme Rudolph et Percy en leur temps. Chris me prépare une tasse de thé après mon bain, les maîtres-nageurs m'accompagnent jusqu'à la jetée, me tiennent jusqu'à ce que je plonge, attendent pendant que je nage, puis me raccompagnent à la cabane. Et tout est fait avec humour, sans la moindre condescendance. Je suppose qu'ils sont contents de voir qu'être vieux et décrépit ne signifie pas qu'il faille baisser les bras. Ma présence leur montre qu'il y a encore de l'espoir pour eux. Steve, qui a le projet d'escalader le Old Man de Hoy, appelle la cabane des Lifebuoys, avec ses anciens, la salle d'attente de Dieu.

Lundi 18 février. 3 °C

J'ai laissé mon journal de côté pendant que je m'efforçais de pondre un article sur Geoffrey Hill pour Bob. Je travaille dessus depuis le début de l'année – je lisais ses livres en Italie à Noël – et je n'en suis encore qu'à la moitié, alors que je bûche sept jours sur sept. Mon problème est que j'admire ses livres, du moins une partie, mais que je ne les aime pas beaucoup. Et il y a un autre problème sous-jacent, ou plutôt, une angoisse : celle que mes capacités aient été affectées par l'attaque, au point de ne plus réussir à écrire, ni même à penser. Trop vieux, trop fatigué, trop plombé par les petits bobos pénibles et incessants qui affectent naturellement ma tranche d'âge. À côté de ça, le temps est parfait ; succession de journées sans nuage, épaisse couche de givre sur les vitres de la voiture tous les matins, glace sur les bords de l'étang, eau d'obsidienne, noire et étincelante. Je pourrais passer toute la journée là-bas avec bonheur, mais je m'applique à retourner à mon bureau et à mon travail.

Lundi 24 mars. 5 °C

Il m'a fallu environ dix semaines pour boucler l'article sur Hill, et ça fait long, même pour un vieil homme en mauvais état. Dix semaines perdues sur les divagations boursouflées et tortueuses d'un universitaire suffisant alors que j'aurais dû travailler à mon propre livre. J'en ai attrapé une grippe en série qui allait et venait sous des apparences diverses et m'a cloîtré chez moi comme un lion en cage. Pâques tombait tôt cette année, et il a fait très froid ; neige hier pour le dimanche de Pâques et neige aujourd'hui lundi, mais ma fièvre a cessé, je suis allé nager malgré la neige et l'eau froide a accompli sa magie habituelle. Maintenant, le soleil est sorti, les tilleuls sur Flask Walk ont été élagués il y a quelques semaines, et Londres s'étend en entier devant moi. Toute la ville scintille. La terre promise.

Samedi 19 avril. 8 °C

Le printemps à venir est lent en ces contrées, a dit quelqu'un. Avec cet âpre vent d'est, l'eau froide semble presque chaude et il n'y a pas beaucoup de nageurs. Les petites pensées pâles le long des marches qui descendent au portail de l'étang ont abandonné la partie il y a plusieurs semaines, les jonquilles sous les hêtres se fanent et les arbres restent nus malgré la saison, comme réticents à ouvrir leurs feuilles dans ces frimas. Je comprends ce qu'ils ressentent. Je viens de passer deux longues semaines à rattraper la comptabilité en retard – d'abord la mienne, puis celle d'Anne – et je reprends seulement maintenant le livre que je suis censé écrire. Mais à contrecœur, en serrant les dents, parce que le moindre déplacement devient de plus en plus pénible, même avec l'aide de deux cannes. C'est un problème que je n'ai pas anticipé lorsque j'ai commencé : plus je vieillis, plus je deviens las et décrépit, et plus il m'est difficile d'écrire sur le sujet. C'est seulement dans l'eau froide que je me sens vivant et compétent. Je nage, donc je suis. Mais quand je rentre chez moi, je lis paresseusement le journal, puis je perds mon temps avec des e-mails et autres broutilles informatiques.

Mercredi 23 avril. 8 °C

"Je vous prie, dégrafez ce bouton."

Encore une journée à la Roi Lear pour moi. Shakespeare n'a pas son pareil pour trouver la bonne formule. Depuis mon attaque, mes doigts ne fonctionnent plus correctement et mes bras sont tellement raides que je suis incapable de boutonner mon col de chemise ou de passer une veste sans l'aide d'Anne. Le tweed a raison de moi – difficile à enfiler, encore plus difficile à enlever, et un cauchemar quand je dois endosser mon sac avec mes affaires. Mon gilet en cuir matelassé ne me pose pas de problème, mais, comme il pleuvait ce matin, j'ai pris la veste en tweed et ça a été une lutte de tous les instants. De plus, mes jambes me trahissaient et ma cheville me faisait mal, si bien que j'avançais comme une tortue, mais vacillante. Le trottoir de Flask Walk est en travaux, ce qui crée un goulet d'étranglement, et une queue s'est formée derrière moi pendant que je le contournais au ralenti – trois femmes enjouées, qui ont interrompu leur bavardage jusqu'à pouvoir passer, et qui m'ont dit "il n'y a vraiment pas de quoi" quand je me suis excusé de les avoir retardées. Bénis soient les Américains.

Samedi 10 mai. 16 °C

Magnifique journée d'été – presque une semaine entière, en réalité – mais meilleure qu'en été parce que nous sommes début mai et que tout est soudain en fleur. Les aubépines ploient sous les fleurs et les marronniers sous les chandelles, les carottes sauvages font un mètre de haut, les hêtres pourpres resplendissent et frissonnent dans la lumière, l'air est parfumé et le monde entier est vert, jeune et neuf. Les barrières autour de l'étang ont été retirées, l'eau est chaude et je nage un peu plus loin chaque jour. Cela fait exactement un an que je suis entré à l'hôpital après mon attaque. Je marche mal, ma vue et mon équilibre sont défaillants, mais l'aubépine dans le jardin atteint presque la fenêtre de mon bureau et son parfum est divin. Ça pourrait être pire.

Jeudi 19 juin. 19 °C

Plein été mais frais, tout comme j'aime. Le hêtre pourpre est un miracle, sombre et tremblant, il y a des roses qui fleurissent sur la petite place devant la cabane des Lifebuoys et des foulques qui attendent leur pitance, l'eau est chaude et tout ce qui me manque, dans mon état post-attaque, c'est l'énergie pour nager longtemps. Grâce à Iga et Ruth, les petits bobos du quotidien sont plus supportables et la vie me paraît assez belle. Puisse-t-elle demeurer longtemps ainsi. Alors, pourquoi est-ce que je rêve de ma mère – des rêves affectueux, pas ses apparitions habituelles, troublantes et culpabilisantes – et pourquoi mon père mort et ma sœur morte viennent-ils si souvent visiter mes pensées ? Qu'arrive-t-il à mon inconscient ? Ou est-ce le pouvoir des nombres : soixante-dix-neuf ans qui approchent, puis quatre-vingts. Quatre-vingts ans, ça paraît absurde. J'ai plutôt l'impression d'avoir encore huit ans dans ma tête.

Lundi 21 juillet. 19 °C

La progression de ce journal, comme le livre dans lequel il est censé s'intégrer, semble s'enliser dangereusement. En même temps, moi aussi. Ce n'est pas que je ne sois plus intéressé par le spectacle de l'étang, des oiseaux, du temps, du passage des saisons, c'est que ma faiblesse croissante a en quelque sorte réduit mon acuité visuelle. Au sens littéral : si je ne regarde pas constamment où je mets les pieds, je trébuche, je vacille ou je me ridiculise d'une manière ou d'une autre. Mon équilibre va à vau-l'eau, mais pire encore, ma concentration aussi.

Dimanche 7 septembre.

Ça a été le pire été de ma vie, l'été où tout est parti en vrille, l'été de mon soixante-dix-neuvième anniversaire, quand la déchéance irréversible a fini par s'enclencher et que toute dignité a disparu. Ça a commencé à la fin du mois de juillet, quand nous sommes arrivés à *Paradiso*. Tu parles d'un paradis ! La maison était infestée de rats et les personnes chargées de faire le ménage s'étaient approprié les lieux, avaient organisé des soirées de beuverie, renversé du vin sur notre nouveau tapis hors de prix, baisé dans notre lit. Puis nous sommes allés en train chez Barbara en pleine canicule et, à notre retour, je suis tombé malade – une grippe virale, apparemment, rien de méchant. Je n'avais plus de jambes, j'étais épuisé, trop fatigué pour travailler, presque trop fatigué pour lire, trop fatigué même pour monter les quelques marches jusqu'à la piscine et nager. Kate, Danny et Cassius arrivent, avec Jenny, la mère de Danny, veuve depuis peu, qui part au bout d'une semaine. Quelques jours plus tard, je suis dans la salle de bains pour me raser, mais mes jambes refusent de fonctionner et je me rassois sur le bord de la fenêtre avant de perdre brièvement connaissance. Quand je reviens à moi, Anne est là, terriblement inquiète, je suis avachi contre la moustiquaire et Giulio, perché sur une échelle derrière la fenêtre, me pousse vers l'intérieur. Une ambulance arrive étonnamment vite et m'emmène au petit hôpital de Castelnuovo où ils font tous les examens habituels, avant de m'envoyer en ambulance à Lucques pour qu'un neurologue prenne connaissance des résultats et pratique ses propres examens. Il semble peu s'émouvoir de mon cas et me renvoie à Castelnuovo, où je passe la nuit avec la pauvre Anne à mon chevet dans un fauteuil inclinable. Contrairement au Royal Free, le petit hôpital est d'une propreté impeccable, si propre que lorsque je me lève pour aller pisser pendant la nuit, je glisse sur le sol ciré et je m'étale par terre. Deux infirmières apparaissent en quelques secondes pour m'aider à me relever – nouvelle différence avec le Royal Free, où je suis tombé régulièrement les trois premières nuits, sans que personne ne bronche. Le médecin passe le lendemain matin avec son diagnostic : à cause de la chaleur et de la déshydratation, mon traitement habituel a fait monter ma tension en flèche. Il modifie l'ordonnance et suggère que je reste en observation quelques jours, mais je suis déjà cassé en deux après une nuit dans le lit en fer de l'hôpital, alors je le remercie poliment et je rentre à la maison.

Comme Anne, Kate est sous le choc. Elles pensent toutes les deux que je suis en fin de vie et Kate ne veut pas laisser sa mère seule dans notre maison isolée au cas où je ferais une rechute, si bien qu'elle change nos billets d'avion : nous partons une semaine plus tôt, eux une semaine plus tard. Je passe les dix jours suivants comme si j'étais en soins intensifs – objet d'une attention constante et cause d'inquiétude chez les autres.

Jeudi 25 septembre. 14 °C

Nous sommes rentrés d'Italie il y a un mois, fin août, dans un Londres froid, sombre et humide comme en novembre, une excuse parfaite pour être en convalescence – autrement dit, rester à la maison sans rien faire. Alors je suis resté cloîtré vertueusement pendant deux longues semaines, puis j'ai demandé à Luke de m'accompagner à l'étang. Nager dans cette eau ambrée a été, comme toujours, une bénédiction et Luke, comme toujours aussi, était un roc sur lequel m'appuyer ; le problème était de faire l'aller-retour avec mes deux cannes, mes jambes faiblardes et mon équilibre désastreux. Après deux ou trois expéditions accompagnées, j'ai renoncé à faire semblant d'être en voie de guérison et j'ai commencé à utiliser le déambulateur dernier cri que Cyrus m'a envoyé des États-Unis. Tout à coup, je pouvais me déplacer presque comme un être humain. Puis Mike King a emprunté deux voiturettes électriques de la municipalité au lido et je me suis retrouvé au cœur de mon parc bien-aimé, dans des endroits que je croyais ne plus jamais revoir. Nous avons franchi Parliament Hill à toute vitesse en criant comme des enfants et nous avons fini à l'étang mixte, mon autre paradis perdu, avec ses eaux immobiles et ses arbres lourds et majestueux, plus beau et plus secret que l'étang de Highgate. Je ne m'étais pas rendu compte à quel point cet endroit me manquait. Nous y sommes allés mardi, et retournés aujourd'hui. Ça me donne de l'espoir.

Vendredi 10 octobre. 13 °C

Toute la semaine, le temps a été parfait. L'automne indien : le soleil brille, les feuilles commencent à jaunir et à voleter doucement, l'eau pique un peu, elle est froide juste comme il faut, et il est de plus en plus facile de m'y rendre avec mon déambulateur. C'est mon troisième bain de la semaine. Les habitués du troisième âge sont là : le vieux John tout maigre, quatre-vingt-cinq ans, qui enseigne toujours les arts martiaux ; Dave, soixante-quinze ans, ancien boxeur et videur pour les frères Kray, qui fait quarante kilomètres de vélo tous les jours pour rester en forme. Nous nageons, puis nous nous prélassons au soleil et bavardons. Voilà ce que les retraités devraient faire du temps qui leur reste. J'ai un livre à écrire, bien sûr, mais j'ai du mal à croire que je le finirai un jour.

Lundi 27 octobre. 11 °C

Le temps reste au beau fixe, il fait un peu plus frais chaque jour. On a perdu une heure, les nuits sont froides, puis la brume se dissipe, le soleil brille, l'eau est éblouissante. Vendredi dernier, Anne est venue avec moi et Cassius est venu aussi. Il a vingt-deux mois, il est extrêmement expressif, à l'orée du langage, et il redouble d'efforts avec les mots. Nous avons descendu Mill Lane en voiture depuis Highgate, Cassius assis à l'arrière qui regardait par la fenêtre. Je suppose qu'il n'avait jamais vu une si grande étendue d'eau auparavant : quand le premier étang est apparu dans son champ de vision, il s'est contenté d'un "Ouah !" Il n'avait pas besoin d'en dire plus. C'est ce que je ressens chaque matin quand je plonge dans mon étang bien-aimé. "Ouah ! C'est dingue, une chance pareille !"

Samedi 13 décembre.

Ce livre sur la vieillesse semble avoir été dépassé par son sujet ; c'est-à-dire, par tout ce qui vient avec la vieillesse – l'épuisement, la maladie et les jérémiades. "La décrépitude du corps est sagesse", a dit Yeats. Il avait tort. C'est la fin de la sagesse, la fin de la curiosité, la fin de l'énergie, intellectuelle et physique, la fin de l'appétit et du plaisir. La décrépitude du corps est une prison. Vous êtes enfermé avec un geôlier rasoir et vindicatif, qui se trouve être vous-même. Je sais de quoi je parle, après deux nouvelles semaines de grippe sortie de nulle part, au moment précis où je pensais que je pouvais sans danger retourner me baigner. Il y a dix jours, j'étais au Loose Cannon pour le lancement d'un énième livre de poker écrit par Tony. (C'était la première fois que j'y retournais, la première salle de jeux dans laquelle j'entrais depuis dix-huit mois.) Soudain, j'étais entouré de vieux amis ; ils s'empressaient, me prenaient dans leurs bras, me serraient vigoureusement la main, m'offraient des verres, buvaient mes paroles. Et il y avait toutes sortes de gens que je ne connaissais pas qui nous tournaient autour, attendant de pouvoir échanger un mot avec "le légendaire Al Alvarez" – "légendaire" étant une manière polie de dire: "Je n'arrive pas à croire qu'il est encore vivant!" Tout ça m'a mis du baume au cœur. Je ne savais pas qu'il y avait tant de personnes dans ce monde étrange et impitoyable qui semblaient vraiment m'apprécier. Mais ça aurait été encore mieux si ma cheville et mon équilibre étaient plus solides, si j'avais mieux marché, si je me tenais plus droit, si j'étais moins conscient de leur désarroi en voyant ce qu'était devenu ce vieux briscard autrefois si coriace. Peut-être que je projette simplement mon propre désarroi sur eux, mais il y avait du désarroi dans l'air et j'en ai rapporté des quantités avec moi.

Deux jours plus tard, après une sympathique partie de baby poker le vendredi soir et un délicieux bain dans l'étang scintillant le lendemain matin, ma morosité a disparu et j'ai eu l'impression de revenir à la vie. Mais j'ai dû rester trop longtemps dans l'eau glacée, parce que vingt-quatre heures plus tard, la grippe était revenue, et il m'a fallu attendre encore trois semaines avant de pouvoir retourner nager.

2009

C'était le samedi 3 janvier, sous l'œil attentif de Terry. "Juste un rapide plongeon, il m'a dit, pour chasser ton spleen et remettre en route ton organisme." Spleen est un joli mot qu'on n'utilise plus assez ; il me ramène à Baudelaire et, plus loin encore, aux vieux mélancoliques comme Donne. Mais c'est vrai, manifestement. Il y avait de la glace sur l'étang, donc, comme disait Rudolph : "J'ai naturellement considéré que la température de l'eau était autour de zéro centigrade." Malgré tout, j'en suis sorti régénéré et déraisonnablement heureux de l'avoir fait, même un court instant. Ma grippe dure depuis si longtemps et il fait si froid ces derniers temps que j'ai bien cru que je ne pourrais plus renager avant le printemps. Hier, cependant, j'étais rompu de fatigue et instable, et quand je me suis réveillé aujourd'hui, il avait un peu neigé et le vent était cinglant, et je n'ai donc pas nagé comme je l'avais prévu.

Samedi 10 janvier. 0/1 °C

Et pas nagé, et encore pas nagé, remettant sans cesse mon projet au lendemain à mesure que le premier épisode de gel de la nouvelle année s'installait – toute une semaine de matins sombres et glaciaux, d'après-midi scintillants une fois la brume levée, et de longues nuits glaciales. Mon genre de temps, en réalité, mais pas cette année, pas après toute cette grippe. "Attends qu'il fasse plus chaud, me répétait Anne, il n'est pas question que tu retombes malade." C'est ce qu'elle dit toujours, bien sûr, mais maintenant je l'écoute. Peut-être est-ce ainsi quand on arrive à sa quatre-vingtième année : on commence à chercher des excuses pour ne pas faire les choses. Alors je suis resté à la maison toute la semaine, je n'ai rien fait, je n'ai même pas reniflé un peu d'air frais, et j'étais incapable d'écrire. Ce matin, il y avait des plaques de glace partout et il neigeotait – une petite averse fine et glaciale, plus proche de la pluie que de la neige –, mais j'y suis quand même allé et j'ai passé un bon moment. Chris montait dans sa voiture au moment où je sortais de la mienne, et Mike King et Dermot étaient au bas du sentier, sur le départ ; mais ils ont rebroussé chemin pour revenir avec moi jusqu'à la cabane. Je suis sûr qu'ils étaient contents de me voir après ma longue absence, mais ils ont aussi senti qu'ils devaient garder un œil sur moi en cas de problème, puisque je me dégrade à une telle vitesse que je suis devenu la responsabilité de tout le monde. Il y avait beaucoup de neige qui flottait – l'étang voisin était complètement gelé – donc je n'ai nagé que quelques mètres aller-retour, mais, glace ou pas glace, c'était bon d'être de retour dans l'eau.

Jeudi 15 janvier. 3° C

Il y a deux ans, j'écrivais aussi bien, voire mieux, en tous cas plus facilement et plus volontiers qu'à aucun autre moment de ma vie. Peut-être était-ce parce que j'avais longuement réfléchi au sujet pour *The Writer's Voice*, ou peut-être, encore avant, parce que le très beau texte de Jane Kramer à l'occasion de mes soixante-dix ans m'avait convaincu que j'avais bien une voix qui m'était propre, après tout. Bref, j'avais fini – quoiqu'un peu tardivement – par me sentir à l'aise devant la page. L'attaque m'a mis un coup, mais l'écriture m'a aidé à passer outre, grâce à Bob et ses dates butoirs. Au cours des douze mois suivants, j'ai écrit trois longs articles pour lui – sur McEwan, Graham Swift et Geoffrey Hill – et chacun a été plus long et difficile à écrire que le précédent. (Dix semaines sur Hill ! Franchement !) Puis il m'a demandé un texte sur des humoristes. J'ai bien aimé l'idée, j'y ai travaillé tout l'été, sans arriver nulle part. C'était l'été dernier, l'été désastreux en Italie où j'ai fini à bout de souffle. Depuis, je pédale dans le vide. En ce moment, je planche sur un article sur l'alpinisme dans l'Himalaya – un sujet que je connais par cœur – et à nouveau, je suis au point mort. Le point mort est devenu, de fait, mon état par défaut. J'ai nagé il y a deux jours et ça allait. Ce matin, le vent était glacial, l'eau un degré plus chaude, mais mon équilibre était tellement précaire que je n'aurais jamais pu atteindre l'étang sans mon déambulateur à trois roues ni retourner à la cabane après le bain sans l'épaule de Terry. J'ai remonté la colline au ralenti et j'ai mis tellement de temps à charger mes affaires dans la voiture qu'un bon Samaritain s'est garé derrière moi, est sorti de sa voiture et m'a proposé son aide. Une fois à Flask Walk, une voisine est passée tandis que je montais les marches à grand-peine. Elle s'est arrêtée brièvement, m'a toisé avec mépris et a dit : "Alors, encore en vadrouille." J'aurais dû lui mettre un coup de talon dans le con, à la Beckett. Mais ma cheville droite est trop douloureuse et ma jambe gauche trop instable ; je serais tombé à la renverse.

Mercredi 21 janvier

Six jours et deux bains plus tard, l'article est toujours au point mort, pas écrit et impossible à écrire. Et comme l'a dit Tadeusz Różewicz dans "Correction" :

La mort ne corrigera
Aucun vers dans une strophe
Elle n'est pas une correctrice

Ni une bienveillante rédactrice

Une mauvaise métaphore est immortelle

Un piètre poète qui meurt
Est un piètre poète mort

Un raseur une fois mort continue à raser
D'outre-tombe un sot
Débite encore des sottises

Vendredi 30 janvier. 4 °C

Le vent souffle de l'est, il est glacial et je suis vieux et chancelant. Mais j'imagine que le simple fait que je sois là, que je nage encore, malgré l'attaque, leur donne de l'espoir, ou une sorte de foi en l'avenir. Alors les maîtres-nageurs m'offrent leur bras pour aller à l'eau et m'observent pendant que je nage en cas de pépin, John me prépare du thé pendant que je me sèche et tout le monde essaie d'être attentionné sans condescendance. Plus d'escalade, très peu de poker, mais j'ai toujours ma petite réput' à l'étang.

Samedi 7 février. 3 °C

Il a neigé toute la semaine. La vraie came, profonde, craquante, uniforme. Elle est arrivée dimanche soir et a mis tout le pays à l'arrêt. Comme l'hiver 1962-1963, celui qui a vu partir Sylvia, celui où je suis revenu d'Exeter en voiture pour rejoindre Anne, la tempête de neige qui nous a réunis tous les deux. Mais cette fois, je n'allais nulle part. Marcher m'est difficile même par beau temps ; sur des chemins verglacés, couverts de neige – la municipalité de Camden ne trouve jamais le temps de déneiger les petites rues –, c'est impossible. Alors je ne suis pas sorti de la maison et à la fin de la semaine j'étais comme un lion en cage. Aujourd'hui, les routes sont praticables, plus ou moins, et Anne et moi sommes allés à Highgate. Les sentiers du parc étaient encore gelés, mais j'ai réussi à aller jusqu'à l'étang et j'ai piqué une tête rapide. L'eau était franchement froide, mais une bénédiction quand même, et Terry, Dieu merci, était de service. Je suis retourné à la voiture en m'appuyant sur son bras d'acier. La météo annonce encore de la neige.

Mercredi 25 février. 4 °C

L'impression d'être en chute libre. Les vertiges empirent chaque jour ; j'ai du mal à me déplacer, même dans les petits volumes de Flask Walk. Mon œil gauche n'accommode pas correctement quand je lis, alors je porte un cache en plastique sur mon verre de lunettes et, moi qui ai toujours lu lentement, je lis maintenant à la vitesse d'une tortue. Pareil quand j'écris au clavier, parce que mes doigts s'engourdissent : je tape à deux doigts en faisant constamment des fautes de frappe parce que je ne distingue pas les lettres correctement. J'oublie aussi où elles se trouvent. Pire encore, j'oublie ce que je m'apprêtais à dire et j'ai du mal à me raccrocher à une pensée dans ma tête et à ne pas en perdre le fil. Tout ça, je suppose, est causé par l'attaque et ce qui s'est passé l'été dernier, mais le résultat est qu'écrire, qui a toujours été difficile, est devenu un cauchemar. J'ai passé des semaines au point mort avec cet article pour Bob sur l'alpinisme dans l'Himalaya, un sujet sur lequel je devrais avoir des tas de choses à dire. Quant au livre que je suis censé écrire : ce journal décousu est le mieux que je puisse faire. Je suis encore capable d'aller jusqu'à l'étang, Dieu merci, et l'eau froide me donne un coup de fouet et apaise mes petits bobos pendant un temps. J'apprécie aussi la compagnie que j'y trouve, notamment parce qu'ils ne me voient pas comme un écrivain qui n'arrive pas à écrire, mais comme un ex-athlète comme eux, juste un peu plus âgé qu'eux et à un stade de dégradation un peu plus avancé. Cependant, l'eau froide et l'effort d'y aller m'épuisent et, quand je rentre chez moi, je n'ai qu'une envie, dormir, pas travailler. Je nage donc je suis. Mais comme le disait mon père du sexe : "Ça m'essouffle."

Mercredi 6 mai

Le bonheur écrit blanc, mais la noirceur n'écrit pas du tout. Le fameux article pour Bob, celui que j'ai commencé au nouvel an et sur lequel je planchais encore la dernière fois que j'ai écrit dans ce journal, a enfin été terminé il y a dix jours. Depuis, je n'ai pas écrit un mot et il y a eu une semaine de mort : Berenice samedi dernier, Cloe hier, Max Ott aujourd'hui. Tout ça pendant la quinzaine où l'Angleterre est le plus bel endroit sur terre. À l'étang hier, l'eau était douce et fraîche, et la baignade parfaite ; les chandelles du marronnier étaient toutes allumées, l'aubépine et la carotte sauvage en fleur, le monde entier sentait bon et le simple fait d'être en vie était une bénédiction. Maintenant je dois enfiler un costume et une cravate noire pour aller à l'enterrement de Berenice.

Lundi 8 juin

2009, l'année où je vais avoir quatre-vingts ans – si j'arrive jusque-là – n'est pas partie sous les meilleurs auspices. Elle a commencé avec six semaines de grippe avant d'enchaîner sur cette avalanche de morts – deux amis de longue date et ma pauvre belle-fille, en l'espace de quelques jours. J'ai dû prendre la parole aux obsèques de Berenice et je me suis couvert de ridicule devant tout le monde en pleurant comme un vieil imbécile, alors qu'il y avait trop de musique pop à mon goût. Pour l'enterrement de Cloe, Adam a confié la musique (Bach) à l'organiste de l'église et a choisi ses poèmes préférés : "La plage de Douvres" de Matthew Arnold, une élégie de Lorca lue par son ami Jasper Guinness, et pour finir, ma lecture de "The Jumblies". Le poème d'Edward Lear, forcément, a provoqué quelques gloussements, qui d'une certaine manière ont rendu l'événement plus authentique, et plus triste aussi. Adam a toujours eu un vrai sens de l'esthétique, et la cérémonie, à l'instar des nombreuses maisons qu'il a embellies, était parfaite.

Mais ça m'a rincé. Je suis désormais si fourbu que même le court trajet entre la voiture et l'étang me paraît au-delà de mes capacités. C'est comme l'inertie paralysante de l'été dernier, mais en pire. Je soupçonne le cocktail de médicaments post-attaque d'en être responsable, mais la médecin préfère bien sûr qu'on ne remette pas en doute son diagnostic, et elle m'envoie consulter un spécialiste qui pense que je suis peut-être anémique. Moi, anémique, après une vie passée à utiliser mes muscles ! Une humiliation de plus à ajouter à la liste ; je ne l'ai sans doute pas volé. Le spécialiste m'envoie à l'hôpital Wellington, où il fait ce qu'il a à faire et j'ai une chambre individuelle avec une terrasse qui donne sur Lord's Cricket Ground. Tout ça est bien sympathique, sauf que je n'ai pas le droit de manger et que je passe la nuit sur le trône pendant que mes boyaux se purgent, puis je passe la journée suivante allongé sur le dos et anesthésié pendant que mes entrailles sont sondées par les deux bouts. Je suis rentré vendredi après-midi, à peine capable de monter l'escalier, je suis toujours faible et mes jambes ne répondent plus. Nager me remettrait d'aplomb, je le sais, mais pas tout de suite.

Mardi 21 juillet

Six semaines plus tard et la situation empire. Après l'hôpital, il y a eu d'autres spécialistes, d'autres examens, d'autres visites à l'hôpital. Les médecins se sont succédé, tels des chercheurs d'or armés de leurs tamis. Les mauvaises nouvelles étaient leur filon : cancer de l'estomac, leucémie, tout ce qui peut les intéresser professionnellement et, lorsque c'est remboursé, qui peut les enrichir. Au bout du compte, ils n'ont rien trouvé d'autre que l'anémie – l'anémie, et l'arthrite chronique que j'ai héritée de ma pauvre mère, et de toute une vie à me pousser dans mes retranchements et à tirer sur la corde. En d'autres termes, je vieillis et la vieillesse n'est pas un état qui peut s'améliorer. Ma seule option, c'est d'avaler des gélules de fer jusqu'à l'overdose et retourner à l'étang où l'eau se réchauffe tandis que tout le reste, y compris la nage, devient plus difficile.

Mercredi 7 octobre

De juillet 2008 à juillet 2009, ça a été un long cauchemar de mauvaise santé, couronné par une nouvelle grippe carabinée qui a duré jusqu'à notre départ pour l'Italie mi-août. *Paradiso* étant loué, nous sommes d'abord allés chez Barbara et Andrew à leur *Fabbrica*, qu'ils ont fait restaurer. Comme avec Clarendon, ils ont transformé une ruine en œuvre d'art, parfaite jusqu'au moindre détail, et ils ont entrepris de faire de même avec ma tendre épouse épuisée et moi. *Luxe, calme et volupté**, avec un cuisinier sri lankais qui concoctait des repas délicieux et sa femme qui nettoyait, cirait et facilitait la vie de tout le monde. B et A sont venus nous chercher à l'aéroport de Pise, nous ont chouchoutés pendant quatre jours, puis nous ont ramenés à *Paradiso* en voiture, guéris, l'esprit sain dans un corps sain. Ils élèvent au rang d'art l'amitié et l'hospitalité, et nous avons de la chance de les connaître.

---

* En français dans le texte.

Kate m'avait dit de laisser mon ordinateur à Londres, ce que j'ai fait, et ça a été un soulagement incroyable. Pas d'article pour me tourmenter, pas d'e-mails débiles, pas d'Internet italien pourri pour m'énerver, pas même une partie de poker pour passer le temps. J'ai un peu lu, mais pas du tout autant que d'habitude, pendant qu'Anne cuisinait, jardinait et travaillait sporadiquement sur son livre. C'était merveilleux. Me voici rentré chez moi et j'ai toujours envie de ne rien faire. Appelez ça le syndrome de la page blanche, qui m'est familier depuis des années. Mais cette fois, c'est différent. Je crois que ça vient du fait que je vais bientôt avoir quatre-vingts ans. Avoir soixante-dix ans, cet âge canonique marquant la fin du temps qui m'était alloué, m'a mis un sacré coup. En même temps, je n'en revenais pas d'être arrivé jusque-là. En comparaison, avoir quatre-vingts ans me paraît juste absurde. J'ai l'impression de me voir enfin octroyer la liberté de faire tout ce que je veux. Et ce que je veux, pour l'instant, c'est ne rien faire à part profiter du temps qui me reste. Je suppose que je suis encore en convalescence de ces deux dernières années épouvantables, que je commence seulement à accepter d'être vieux et éclopé, etc. Mais les gélules de fer font leur effet et cette léthargie qui a duré près d'un an s'est dissipée. J'ai intérêt à en profiter tant que je peux. “Quelle importance ? Il ne sera bientôt plus de ce monde”, a crié une mégère à qui Anne demandait d'enlever sa voiture de la place de stationnement que la municipalité m'a réservée devant chez nous. Ma chère épouse était si scandalisée qu'elle a appelé la police, mais la mégère avait raison, bien entendu, et qui suis-je pour me disputer avec elle.

Lundi 26 octobre. 12 °C

Ce merveilleux été indien continue. À dix heures, les nuages se sont dissipés, le ciel est dégagé et le soleil brille.

Les feuilles sur les arbres devant ma fenêtre sont d'or et les vents sont ce qu'on appelait autrefois des zéphyrs, assez forts pour les faire chatoyer, pas assez pour les faire tomber. Toute la journée, mon bureau est baigné d'une lumière dorée.

Jeudi 29 octobre. 12 °C

Et ça continue… Les feuilles commencent à se détacher malgré l'air immobile, mais lentement, peu à peu, et mon bureau est toujours baigné d'une lumière dorée. Je n'ai pas souvenir d'un mois d'octobre plus beau que celui-ci.

Mercredi 4 novembre.

Le temps a fini par tourner : vents furieux, feuilles qui tombent rapidement, averses d'automne. La barrière des vingt-cinq mètres a été installée sur l'étang, ce qui me va très bien, puisque vingt-cinq mètres représentent à peu près ma limite ces temps-ci, que l'eau soit chaude ou froide. Je suis assez bon sur le timing de mes bains : j'arrive sous le soleil et je suis de retour dans la voiture avant l'averse suivante. Malgré tout, je ne suis pas en forme. Il y a deux jours, j'ai été convoqué à la municipalité de Camden pour prouver que je n'avais pas miraculeusement guéri et que j'avais toujours droit à une carte de stationnement pour personne handicapée. Avec mon déambulateur comme un lion rampant et Anne en accompagnatrice, l'entretien s'est bien passé, mais quand nous avons eu fini, il y avait une contravention (évidemment) sur mon pare-brise. J'étais tellement scandalisé par toute cette mascarade que même après un plongeon pour me calmer, il m'a fallu trois heures pour écrire une lettre de contestation convenablement tempérée et j'ai fini embrumé, chancelant et si épuisé que j'ai à peine réussi à descendre pour dîner. Pour l'exercice de mon métier, on repassera ! Je ne sais pas si j'ai abandonné l'écriture ou si c'est l'écriture qui m'a abandonné.

Mercredi 25 novembre. 9 °C

De retour à l'étang après huit jours sans nager. Toutes les raisons habituelles – un gros rhume et une forte pluie, pas assez de sommeil, le syndrome chronique de la page blanche, puis l'épuisement causé par deux jours de séminaire de la *New York Review of Books* à University College London. Le séminaire était passionnant et stimulant, mais il m'a fait beaucoup marcher et parler et, même avec l'aide du formidable déambulateur de Cyrus, j'en suis sorti lessivé. Toute la journée de lundi, je me suis traîné dans la maison, perclus de douleurs dans toutes les articulations. Mardi, il faisait beau et j'avais l'intention d'aller nager après un rendez-vous chez le médecin. Mais j'avais encore mal partout et je pouvais à peine marcher, donc je suis rentré chez moi avec l'intention de travailler, et je n'ai rien fait. Aujourd'hui le soleil brillait et – merde à l'arthrite – j'y suis allé. C'était superbe – froid, vif et revigorant – mais je devais avoir l'air aussi bancal que je le sentais. Terry m'a offert son bras pour me conduire à l'intérieur de la cabane, m'a regardé nager, puis m'a reconduit, tandis que John alignait des barrières métalliques pour que je puisse m'appuyer sur les dix mètres entre les marches et la cabane. Je suis devenu un nouveau vétéran dont il faut prendre soin, mais avec humour, affection et sans condescendance. Que pourrais-je espérer de plus ?

2010

Lundi 11 janvier

Cet hiver est rude, comme celui qui nous a réunis, Anne et moi. À Noël, Kate et Danny ont pendu la crémaillère en réunissant une grande tablée de Cogan, dont une douzaine d'enfants en bas âge, et ils nous ont épargné ce plaisir ; Luke et Simon fêtent toujours Noël seuls ; nous avions donc prévu de passer Noël à *Paradiso*, juste tous les deux. Ça paraissait trop beau pour être vrai, et la suite nous a donné raison. La veille de notre départ, cinquante centimètres de neige sont tombés sur Barga et la maison était inaccessible. Cindy nous a invités à fêter le réveillon chez elle, mais le matin, Kate était alitée avec une grippe, Anne à son chevet, et j'y suis allé seul. C'était une très bonne journée, mais pas tout à fait celle que nous avions prévue. Puis la neige s'est mise à tomber et tout le pays s'est immobilisé.

(Voilà la totalité de ce que j'ai écrit il y a deux jours. Puis rien. Je ne peux pas écrire. Je ne peux pas écrire. Je ne peux pas écrire. Et je n'en ai même pas envie.)

Mercredi 17 février. 3 °C

C'est un hiver brutal, des semaines de neige et de glace. Les petites rues secondaires comme la nôtre ne sont pas déneigées, donc impraticables en voiture et, étant donné mon équilibre de plus en plus précaire, impossibles à arpenter. Je suis donc resté à la maison, à pourrir sur pied. Et quand la neige a fini par disparaître, l'eau était atrocement froide. Un plongeon par semaine me suffit. J'ai nagé samedi dernier, mais aujourd'hui, jour de l'anniversaire d'Adam, le soleil brillait, et j'y suis retourné. L'eau était encore glaciale, mais le vent était tombé, les oiseaux se courtisaient et on avait l'impression que l'hiver se radoucissait peut-être un peu. Peut-être. Mais je ne marche pas, ces temps-ci ; je me traîne.

Jeudi 18 mars

Le printemps est lent. Au début de la semaine, l'eau était encore autour de 5 °C, et le vent était froid ; maintenant l'air est soudain plus chaud, les crocus dans le jardin des voisins sont ouverts et le monde a l'air de redémarrer. Moi non.

“Les oiseaux bâtissent leur nid – mais moi je ne bâtis rien…” etc.

Même essayer d'écrire – comme maintenant – me dégoûte, et ma prose s'en ressent. Mon esprit est ailleurs – à mon incapacité désormais chronique à marcher, à me tenir droit, à lire ou à voir une chose à la fois au lieu de deux. Je suis piégé dans et par ce corps imbécile, cette pauvre épave, et je ne peux ni m'en libérer ni voir au-delà.

2011

Lundi 17 janvier

Depuis, rien. La dernière fois que j'ai écrit remonte à un an, un an de dégradation rapide. C'était comme si l'attaque avait fini par me rattraper trois ans après. D'abord, j'ai renoncé à conduire, parce que l'engourdissement de ma cheville droite dépourvue de cartilage a progressivement gagné toute la jambe, au point que je ne pouvais plus distinguer l'accélérateur du frein. J'ai pris cette décision vers le mois d'avril dernier. En août, quand nous sommes arrivés en Italie, mes jambes ne fonctionnaient quasiment plus et j'avais beaucoup de mal à nager; quand j'ai essayé de nager le crawl, mes jambes ont coulé comme du plomb et j'ai dû être secouru par Anne. Alors j'ai nagé sur le dos et je m'en suis contenté. Ça n'a pas été franchement des vacances, ni pour elle ni pour moi; plutôt un cauchemar.

Mercredi 21 avril

Ça va de pire en pire. La neige a commencé à tomber en novembre, une grosse gelée, plus précoce de deux mois que l'an dernier et bien plus sévère. Je suis resté enfermé pendant environ trois semaines avant que le verglas disparaisse des rues et des sentiers autour de l'étang et, à ce moment-là, mes jambes ne fonctionnaient quasiment plus et mes bras étaient tellement plein d'arthrite que je n'étais plus capable de m'habiller, de boutonner mon pantalon ou de me laver les aisselles. Malgré tout, j'ai continué à nager trois fois par semaine, grâce à Mike

King, qui m'aidait à monter en voiture, m'emmenait jusqu'à Highgate, me surveillait pendant mes trajets vacillants entre la cabane et l'étang gelé, puis me séchait avec une serviette et m'aidait à m'habiller. Mike est devenu un ami cher et je ne pourrais pas continuer à nager sans son aide, mais le fait est qu'après soixante-dix années à nager dans les étangs de Hampstead Heath, je suis également devenu un chantier à superviser pour Terry et les maîtres-nageurs. Après m'avoir rendu visite à l'hôpital à la suite de mon attaque, ils sont déterminés à me soutenir de plus belle maintenant que la situation a empiré. En septembre, ils ont trouvé un gilet de sauvetage pour que je flotte malgré ma jambe morte et Terry m'a obtenu une autorisation officielle pour être conduit en voiture jusqu'au parc et déposé à l'entrée de l'étang ; quand le chemin a été verglacé, il a trouvé une paire de bottillons en caoutchouc pour éviter que mes pieds gèlent pendant ma marche d'escargot jusqu'à l'eau. Heureusement, car l'hiver semblait ne jamais vouloir finir. La température de l'eau est restée autour de 5 °C jusqu'à mi-avril, puis il y a eu une brève vague de chaleur. Le soleil brille, les arbres et les plantes sont en fleur, et pendant quelques jours, l'Angleterre est le plus bel endroit sur terre.

Vale

"Ne me laissez pas mourir comme ça.
Racontez-leur que j'ai dit quelque chose
d'intelligent."

Pancho Villa

Remerciements

Je tiens à remercier mon fils Adam et mon épouse Anne, pour leurs encouragements énergiques et leur soutien pour que ce journal voie le jour, ainsi que pour leur travail tout aussi engagé sur le texte. Pareil pour l'équipe de Bloomsbury : l'enthousiasme et le soutien d'Alexandra Pringle ont rendu un vieil homme très heureux, de même que sa patience avec mes chicaneries. Et Alexa von Hirschberg, Ianthe Cox-Willmott, Richard Collins et Mary Tomlinson forment vraiment une équipe de rêve.

Quant aux maîtres-nageurs des étangs de Hampstead Heath, Terry, Steve, Dan, Mick et le reste de la bande, ainsi que mon ami et collègue nageur Mike King, tous ont réussi à me maintenir en vie et, à défaut d'avoir bon pied bon œil, je peux (encore) nager.

Note du traducteur

Ce *Journal d'un nageur* est aussi le journal d'un poète. Au paysage des étangs de Hampstead Heath, qu'Alvarez fréquente depuis l'enfance, se mêle par petites touches, parfois implicites, un paysage poétique esquissé sur toute une vie, "comme de longs échos qui de loin se confondent".

Cette empreinte poétique nous invite à "ouvrir nos oreilles à la présence derrière les mots", comme l'a écrit Alvarez dans *The Writer's Voice*. Les quelques notes qui suivent sont un discret hommage aux traducteurs et aux traductrices qui ont accueilli ces réverbérations en français, et une invitation à poursuivre le voyage.

Page 24, mardi 2 avril 2002 : *Le printemps à venir*
Samuel Taylor Coleridge, "Christabel", traduction d'Henri Parisot, in *Le Dit du Vieux Marin*, Éditions Corti, 2024.

Page 25, mercredi 10 avril 2002 : *Jeunesse toute neuve*
Geoffrey Chaucer, *Troïlus et Criseyde*, traduction d'Hélène Dauhy, in *Les Contes de Canterbury et autres œuvres*, Bouquins, 2010.

Page 31, dimanche 21 avril 2002 : *avec un grand bruit effronté*
Thomas Hardy, *Tess d'Urberville*, traduction de Madeleine Rolland, J'ai lu, 1974.

Page 34, dimanche 28 avril 2002 : *Oh être en Angleterre*
Robert Browning, "Thoughts from abroad", non traduit en français.

Page 39, samedi 18 mai 2002 : *Il y a bien la pluie fine du poème*
Allusion au poème anonyme "Western Wind", tenu par Alan Ginsberg pour le plus grand poème jamais écrit en langue anglaise également évoqué en p. 202.

Page 41, vendredi 24 mai 2002 : *Et chasse dans l'air les corbeaux épuisés*
Lord Alfred Tennyson, "In memoriam", traduction de Léon Morel, in Poèmes, Hachette, 1898.

Page 60, vendredi 30 août 2002 : *au grand cœur qui bat là où il est*
Le *great heart beating where it lies* qu'évoque Alvarez rappelle plutôt le *strange heart beating where it lies* de Yeats, traduit ainsi par Yves Bonnefoy : "Comment un corps, sous cette ruée blanche, ne sentirait-il pas battre l'étrange cœur ?"
William Butler Yeats, "Léda et le Cygne", traduction d'Yves Bonnefoy, in *Quarante-cinq poèmes*, Gallimard, 1993.

Page 65, dimanche 15 septembre 2002 : *Un homme sans accessoire*
William Shakespeare, *Le Roi Lear*, traduction d'Yves Bonnefoy, Mercure de France, 1991.

Page 73, dimanche 27 octobre 2002 : *Ô vent d'ouest sauvage, âme et souffle de l'automne*
Percy Shelley, "Ode au vent d'ouest", traduction de Robert Ellrodt, in *Ode au vent d'ouest et autres poèmes*, Points, 2022.

Page 81, lundi 18 novembre 2002 : *la clarté qui descendait du ciel*
Cette "clarté qui descendait du ciel" est empruntée à Thomas Nashe dans "In a Time of Pestilence", non traduit en français.

Page 92, mardi 24 décembre 2002 : *la créature a un but*
John Keats, *Lettres à Fanny et autres correspondances*, traduction de Robert Davreu, Belin, 2010.

Page 101, mardi 14 janvier 2003 : *La perspective de la mort*
Alvarez paraphrase Beckett, qui écrit : "la fin d'une vie, ça ravigote" dans *Malone meurt.*

Page 103, mardi 21 janvier 2003 : *Comme l'a dit Louis MacNeice*
Louis MacNeice, "Neige", traduction de Clotilde Castagné-Véziès, in *Une voix*, La Différence, 1995.

Page 120, dimanche 16 mars 2003 : *dans le* Journal *de Cheever*
John Cheever, *The Journals*, non traduit en français.

Page 121, dimanche 16 mars 2003 : *tous les tracas oubliés*
Alvarez cite ici son propre poème : "He said, she said", dans *New and Selected Poems*, non traduit en français.

Page 122, jeudi 20 mars 2003 : *Le gel poursuit son ministère secret*
Samuel Taylor Coleridge, "Minuit de glace", traduction de Jacques Darras, in L*a Ballade du vieux marin et autres textes*, Gallimard, 2007.

Page 132, jeudi 1er mai 2003 : *Le printemps est roi*
Évocation d'un poème populaire humoristique à la grammaire et aux origines incertaines : "Spring is sprung, de grass is riz."

Page 134, jeudi 8 mai 2003 : *j'ai sombré dans un abîme*
Sylvia Plath, "La lune et l'if", traduction de Patricia Godi, in *Œuvres*, Gallimard, 2011.

Page 135, samedi 10 mai 2003 : *de l'âme et du corps le divorce commence*
T.S. Eliot, "Little Giddings", traduction de Pierre Leyris, in *Poésie*, Seuil, 1947

Page 136, mardi 13 mai 2003 : *dans le jardin d'Andrew Marvell*
"Ne laissant subsister de la Création / Qu'une verte Pensée au sein d'une ombre verte"

Andrew Marvell, "Le Jardin", traduction de Gérard Gacon, in *Les Yeux et les Larmes et autres poèmes*, La Différence, 1994.

Page 140, lundi 26 mai 2003 : *L'été arrive enfin*
"Summer is a-coming" : chant traditionnel anglais du XIIIe siècle.

Page 143, vendredi 13 juin 2003 : *un don de l'amour*
Sylvia Plath, "Du ciel", traduction de Patricia Godi, *op. cit.*

Page 167, jeudi 15 janvier 2004 : *Leur blancheur d'orage*
William Butler Yeats, "Coole Park and Ballylee, 1931", traduction d'Yves Bonnefoy, *op. cit.*

Page 190, jeudi 9 juin 2005 : *Beckett avait vu juste*
Samuel Beckett, *L'Innommable*, Minuit, 1953.

Page 217, mercredi 7 février 2007 : *Sylvia a écrit*
Sylvia Plath, "Dame Lazare", traduction de Patricia Godi, *op. cit.*

Page 217, mercredi 7 février 2007, *J'irai au-devant de la nuit*
William Shakespeare, *Mesure pour mesure*, traduction de Jean-Michel Desprats, Gallimard, 2021.

Page 219, vendredi 16 février 2007 : *Sir Henry Wotton a écrit*
Sir Henry Wotton, *Life and Letters*, non traduit en français.

Page 241, mercredi 23 avril 2008 : *dégrafez ce bouton*
William Shakespeare, *Le Roi Lear*, traduction d'Yves Bonnefoy, *op. cit.*

Page 246, samedi 13 décembre 2008 : *La décrépitude du corps est sagesse*
William Butler Yeats, "Après un long silence", traduction de Jean-Yves Masson, in *L'Escalier en spirale et autres poèmes*, Verdier, 2008.

Page 250, jeudi 15 janvier 2009 : *un coup de talon dans le con*
Samuel Beckett, *Premier Amour*, Minuit, 1970.

Page 250, mercredi 21 janvier 2009 : *comme l'a dit Tadeusz Różewicz*
Tadeusz Różewicz, "Corrections", traduction du polonais de Grazyna Erhard, in *Inquiétude*, Buchet-Chastel, 2005.

Page 253, mercredi 6 mai 2009 : *Le bonheur écrit blanc*
Henry de Montherlant, *Le Démon du bien*, Gallimard, 1954.

Page 260, jeudi 18 mars 2010 : *Les oiseaux bâtissent leur nid*
Gerard Manley Hopkins, "Justus quidem tu es", traduction de Jean-Georges Ritz, in *Poèmes*, Aubier Montaigne, 1980.

Cet ouvrage a été composé par
Atlant'Communication
au Bernard (Vendée)

N° d'édition : 2134001 – N° d'impression : 2085464
Dépôt légal : octobre 2025

Imprimé en France